講談社文庫

どちらかが彼女を殺した

新装版

東野圭吾

講談社

目次

どちらかが彼女を殺した

第一章

1

二枚目の便箋《びんせん》の、半分あたりまで書いたところで誤字をした。なんとかうまくごまかせないものかと字をなぞってみたが、却《かえ》って汚くなってしまった。和泉園子《いずみそのこ》は顔をしかめて破りとり、くしゃくしゃと丸めて屑籠《くずかご》にほうりこんだ。

書き直す前に、もう一度一枚目を読み直した。その出来映えは、納得するにはほど遠いものだった。彼女はその一枚も破り、やはり丸めて投げつけた。今度は屑籠に入らず、壁で一度バウンドしてカーペットの上に落ちた。

彼女はガラステーブルの下に脚を投げ出したまま、身体を倒して左腕を伸ばした。丸めた便箋に手が届いたので、再度屑籠に向かって投げた。ところが今度も外れ、壁際に落ちた。もう放っておくことにした。

身体を起こし、改めて便箋と向かい合った。しかし手紙を書く気は失せていた。今の気持ちを文字にすることなど、はじめから無理だったのだという気がした。

園子は便箋を閉じ、本棚に戻した。さらに万年筆も、ピエロの形をしたペン立てに入れた。帽子をかぶせると、陶器の人形にしか見えなくなる。

それから彼女は時計を一瞥《いちべつ》し、テーブルの上に置いてあるコードレスホンに手を伸ばした。そして最も馴染《なじ》みのある番号を押した。

「はい、和泉ですが」兄の無愛想な声が聞こえてきた。

「もしもし、あたし」

「おう、園子か」と彼はいった。「元気にやってるか」

いつもどおりの問いかけだった。園子としてもいつもどおりに、「元気だよ」と答えたかった。しかしそれだけの気力がなかった。

「う……ん、じつをいうとあまり元気じゃない」

「なんだ、風邪《かぜ》か？」

「ううん、病気はしてない」

「……なんかあったのか」途端に兄の口調に余裕がなくなった。受話器を片手に、背筋をぴんと伸ばした姿が目に浮かぶようだった。

「うん、ちょっとね」

「何があったんだ」

「いろいろと。でも心配しないで、大丈夫だから。明日、そっちに行ってもいいかな」

「そりゃあかまわんよ。おまえの家なんだから」

「じゃあ、明日帰れたら帰る。お兄ちゃんは仕事？」

「いや、非番だ。それより一体何があったんだ。とりあえずそれを先に話してくれよ。気になるじゃないか」

「ごめん。変なこといっちゃったね。気にしないで。明日になったら、もう少し元気になってると思うよ」

「園子……」

受話器の向こうから、低い唸《うな》り声が聞こえてきた。兄の苛立《いらだ》ちを思うと、少し申し訳なくなった。

「じつをいうとね」彼女は小声でいった。「裏切られちゃったんだ。信じてた相手に」

「男か？」と兄は訊《き》いた。

園子はどう答えていいかわからなかった。

「お兄ちゃん以外、誰も信じられなくなっちゃった」

「どういうことなんだ」

「あたしが死んだら」と少し声を大きくしていい、「きっと一番いいんだろうと思う」と沈んだ声で続けた。

「おい」

「冗談」といって兄に聞こえるように笑い声をあげた。「ごめん。ちょっと悪ノリしちゃった」

兄は黙っていた。「冗談」で済ませられることでないことを感づいているのだろう。

「明日、必ず帰ってこいよ」

「帰れたらね」

「きっとだぞ」

「うん、おやすみなさい」

電話を切った後も、園子はしばらくコードレスホンを見つめていた。兄がかけ直してくるような気がしたからだった。しかし電話は鳴らなかった。兄は園子が思っている以上に、妹のことを信頼してくれているようだった。

でもあたし、そんなに強くないんだよ、と園子は電話に向かって呟《つぶや》いた。強くないからこそ、わざと心配させるような電話をかけたのだ。誰かに、今の辛さをわかってほしかったのだ。

2

和泉園子が佃潤一《つくだじゅんいち》と出会ったのは、去年の十月だった。場所は、彼女が勤める会社のすぐ近くだ。

園子が勤務しているのは、電子部品メーカーの東京支社だった。高層ビルの十階と十一階を借り切っており、従業員は約三百名。本社は愛知県だが、実質的に社の中枢部は東京支社にあるといっても差し支《つか》えなかった。

園子は販売部に籍を置いていた。部員は約五十名だ。そのうち女子は園子を入れて十三名だった。大半は彼女よりも年下である。

昼休み、園子は一人で食事に出た。同期入社の仲間たちが全員退職して以来、昼食を誰かと共にすることはめったになかった。以前はよく後輩たちにも誘われたが、今ではそういうこともなくなった。和泉さんは一人のほうがいいようだ、と彼女たちも察したらしい。無論そのほうが彼女たちとしても気を使わずに済むのだろう。

園子が後輩たちと食べたくないのは、食べ物の好みがまるで違うからだった。彼女は和食が好きで、朝でも大抵は御飯だ。ところが数歳年下の後輩たちは、概して洋食を好む。園子も嫌いではないが、毎日となるとうんざりしてしまう。

彼女は蕎麦屋《そばや》に行くつもりをしていた。会社から歩いて十分ほどのところに、いい店を見つけたのだ。上品なだしを使ったその店のてんぷら蕎麦が彼女のお気に入りだった。愛知県出身の彼女は本来はうどん党だったが、東京で生活するようになってから蕎麦のおいしさもわかるようになっていた。それにまだ開店して日が浅いせいか、その店で知っている人間と顔を合わせたことはない。それもまた彼女がよく利用する理由だった。愛想笑いをしながら食事するのは、苦痛以外の何物でもなかった。

蕎麦屋のある細い通りに入ると、道端で一人の青年が絵を売っていた。といっても青年は折り畳み式の椅子に腰かけ、雑誌を読んでいるだけだ。十数枚の絵がキャンバスのまま、後ろのビルの壁に立てかけてあった。油絵の範疇《はんちゅう》に入るものだということは、こういうことに疎《うと》い園子にもわかった。

青年は園子よりも年下に見えた。二十四、五歳というところだろう。合成皮革の黒いジャンパーを羽織り、両膝が破れたジーンズを穿《は》いていた。ジャンパーの下はTシャツだった。顔色はあまりよくない。そしてひと昔前のミュージシャンのように、ひどく痩《や》せていた。彼は園子が立ち止まっても、雑誌から顔を上げようとはしなかった。

園子は十数枚の絵を見渡した。彼女の気をひいたのは真ん中あたりに置いてあった絵だ。それが気に入った理由は他愛ない。彼女の好きな猫の赤ちゃんが描かれていたからだ。上手《うま》い絵なのかどうかは全くわからなかった。

しばらく眺めていて青年のほうに目を向けると、いつの間にか彼も顔を上げて彼女を見ていた。細い顎に無精髭が生えている。物憂《ものう》い表情ではあったが、その目には純粋さが宿っているように彼女には思えた。この女性客は、もしかしたら自分の絵を気に入ってくれたのかもしれない——そう考え、期待している目だった。

その期待に応えてあげようか、と園子は思った。大したことはしなくていい。たった一言いえばいいのだ、これいくらなの、と。

だが彼女が今まさに唇を開こうとした瞬間、視界に一人の人物が入った。

「やあ、和泉さん」その人物が大きな声を出した。

園子たちの上司である井出《いで》係長だった。井出は両手をズボンのポケットに突っ込んだまま近づいてきた。背が低く頭の大きい彼は、そんなふうにすると一層小柄に見える。

「何してるの、こんなところで」訊きながら、園子の顔と並んでいる絵とを見比べた。

「そこの蕎麦屋に行こうと思って」と彼女は答えた。

「へえ、君もあの店を知ってたのか。いやじつはいい店があると教わってね、僕もこれから行くつもりだったんだ」

「そうだったんですか」愛想笑いをしながら、これでまたお気に入りの店が一つ減ったと園子は思った。

井出が歩きだしたので、園子も続かざるを得なくなった。青年を振り返ると、彼はもう雑誌に目を落としていた。彼女のことを冷やかし客の一人と解釈したに違いなかった。それが何となく心残りだった。

「絵に興味があるの？」と井出が訊いてきた。

「いえ、特に興味があるってわけじゃないんです。ちょっといいなと思った絵があったものですから、見ていただけです」

どうして言い訳しているんだろう、と自分で思った。

井出は彼女の答えには、特に何も期待していなかったようだ。一つ頷《うなず》くと、こんなことをいった。

「しかしああいう連中は、どうするつもりなのかねえ」

「ああいう連中って？」

「あの、絵を売ってた若い男だよ。たぶん美大出身か何かで、昨今の不況で就職にあぶれたくちじゃないかと思うんだが、あんなことをしていて大丈夫なのかねえ。将来のことを一体どんなふうに考えているんだって訊きたくなるよ」

「絵を描いて生活していこうと思ってるんじゃないですか」

園子の答えに井出は苦笑した。

「絵描きで食っていける人間なんてのは、ほんの一握りだよ。いや、一摘《つま》みといってもいいな。それがわかってて、ああいうことを続けているのかねえ。頭が悪いんじゃないかと思うよ。まあ、若いくせに生産的なことをせず、芸術家を目指すなんて奴は、どこか現実逃避した部分があるんだろうと思うがね」

上司の言葉に園子は相槌《あいづち》を打たなかった。芸術のことなんか何もわからないくせに、と心の中で毒づいた。そして、こんな男と一緒に昼食を食べなければならなくなった事態を嘆いた。

蕎麦屋では彼女は鴨南《かもなん》蕎麦を食べた。楽しみにしていた天ぷら蕎麦は、井出に先に注文されてしまったからだ。

井出は鼻水をすすりながら天ぷら蕎麦を食べ、その合間に園子にあれこれと話しかけてきた。話題はもっぱら結婚のことだった。この係長は、二十代後半になってもまだ結婚しない女子社員が課の中にいることを、まるで自分の恥のように思っているらしかった。

「働くのももちろんいいが、子供を育てるというのも、人間にとっては大事なことだからねえ」

天ぷら蕎麦を一杯食べる間に、この台詞《せりふ》を井出は三回繰り返した。園子は愛想笑いをし続けた。蕎麦の味は全くわからなかった。

園子たちの会社は定時が午後五時二十分だ。だが残業があって、建物を出た時には七時を過ぎていた。彼女はいつものように駅に向かう道を歩きかけたが、ふと思いついたことがあって途中から脇道にそれた。昼間、蕎麦屋へ行くために通った道だった。

もう、いないかもしれない——そう思いながら、青年が絵を売っていた場所に行ってみた。彼はまだそこにいた。しかし店じまいらしく、絵を片づけているところだった。

園子はゆっくりと近づいていった。彼は絵を二つの大きなバッグに詰めていた。例の子猫の絵は、もう詰めた後なのか、外には残っていなかった。

気配を感じたらしく、青年が振り向いた。彼は一瞬意外そうに目を見張ったが、そのまま作業を続けた。

園子は小さく深呼吸すると、思い切って声をかけた。

「あの子猫の絵、売れちゃったの？」

青年の手が止まった。だが彼は何もいわない。再び手を動かし始めた。

無視されたのかな、と園子が思った時だった。青年が一枚のキャンバスを一方のバッグから取り出してきた。子猫の絵だった。

「俺の絵が売れたことなんて、一度もないんだよね」絵を園子のほうに差し出しながら彼はいった。ぶっきらぼうな、だがどこか照れたような響きのある口調だった。

園子は改めて絵を眺めた。街灯のせいか、昼間とはまた違った表情をその絵は見せていた。茶色の子猫が、片足を上げて自分の股の間を舐《な》めているところが描かれている。ひっくり返らないように、片方の前肢《まえあし》で身体を支えている姿がなんともいえず愛らしい。彼女は思わず唇を緩めていた。

絵から顔を上げると、彼と目が合った。

「これ、いくら？」と彼女は昼間訊きそびれたことを訊いた。

すると彼は少し考えるように黙った後、やはりぶっきらぼうにいった。

「いいよ、あげるよ」

予想外の答えに、園子は目を見開いた。

「どうして？　そんなの悪いわ」

「いいんだ。その絵を見て笑ってくれただろ。それで充分だよ」

園子は青年の顔を見返し、一度絵に視線を落としてから、再び彼を見た。

「そうなの？」

「俺、それを描きながら考えてたんだ。この絵を見て微笑《ほほえ》んでくれるような人にプレゼントしたいなって」そういうと彼はバッグの中から白い大きな袋を一つ取り出してきた。「これに入れて持って帰るといいよ」

「本当にいいの？」

「うん」

「ありがとう。じゃあ、もらっとく」

青年は笑って頷いた。それからすべての絵を二つのバッグにしまうと、一方を左肩から提げ、もう一方を右手に持って立ち上がった。その間園子はそばに立っていた。ある一言をいうチャンスを窺っていたのだ。

「ねえ」彼女は思いきっていった。「おなかすいてない？」

彼はおどけたしぐさで腹を押さえた。「すごくすいてる」

「じゃあ、これから何か食べに行かない？　絵のお礼に、あたしが奢《おご》るから」

「俺の絵なんて、ラーメン代にもならないよ」

「でも、あたしには絵が描けないもん」

「絵は描けないかもしれないけど、もっと使える取り柄《とりえ》があるんだろ。だからこそ、そこの蕎麦屋で昼ご飯を食べられる」そういって、園子が昼に入った蕎麦屋を指した。

「やだ、見てたの？」

「あの蕎麦屋、結構高いよ。俺も腹が減ったから入ろうと思ったけど、値段を見てやめた」

「じゃあ、お蕎麦を奢ってほしい？」

彼女がいうと、彼は少し考えてからいった。

「スパゲティがいいな」

「オーケー。いい店を知ってるわ」と園子は答えた。後輩たちに付き合って、イタリアンレストランに行っておいてよかったと思った。

ギンガムチェックのクロスがかけられたテーブルを挟み、二人は向き合って座った。メニューは殆《ほとん》ど園子が決めた。魚介類を使ったオードブルをいくつか頼み、メインディッシュにはすずきの蒸し焼きを選んだ。ワインを飲むかと青年に訊くと、彼は少し考えてから、「シャブリ」といった。銘柄をいうとは思わなかったので、園子は少なからず驚いた。

青年は佃潤一と名乗った。井出係長が推測したように、やはり就職していないらしい。しかしその理由は、井出がいった内容とは違っていた。彼は絵を描く時間をたっぷりと取りたいから就職しなかったというのだ。現在は大学の先輩がやっているデザイン事務所を手伝い、生活費を稼いでいるということだった。

「俺の絵が額に入れられて、暖炉のある部屋に飾ってある、なんていう状況を望んでいるわけじゃないんだ。もっと気楽にみんなが俺の絵を好きになって、俺の絵で遊んでくれたらいいと思う。たとえばTシャツにプリントするとかさ」

「子猫の絵を見て笑ったりとか？」

「そういうこと」潤一はフォークにパスタを巻きつけながら、にっこりした。ところが、ふと何かを思い出したように、その笑いを消した。「でも、全部夢だったな」

「どういうこと？」

「タイムリミットが来ちゃったってことさ」

「タイムリミット？」

「約束させられたんだよ。卒業して三年以内に芽が出なかったら就職するって」

「誰と？」

彼は肩をすくめた。「親とさ」

ああ、と園子は頷いた。「じゃあ来年の四月から会社勤めというわけ？」

「まあね」

「絵はやめちゃうの？」

「続けたいけど、たぶん無理だろう。だから夢と決別するために、これまでに描いた絵を売ってるというわけさ。はは、全然売れないけどね」

「どういう会社なの」

「つまんない会社だよ」そういって潤一はワインをごくりと飲んだ。それから逆に園子のことを尋ねてきた。どこの会社に勤めているのか、と。

園子が会社名をいうと、佃潤一はちょっと意外そうな顔をした。

「電子部品メーカーって感じじゃないな。学校教材とか、そういうのを作ってる会社のほうが似合ってる」

「それって、あまり褒《ほ》め言葉に聞こえないんだけど」

「褒めてもいないし、けなしてるつもりもないよ。会社ではどんな仕事をしてるの？」

「販売」

「ふうん」潤一は少し首を傾げた。「経理かと思った」

「どうして？」

「なんとなく。会社にどういう部署があるのか、俺、よく知らないんだ。女の人っていうと、経理なのかなと思っちゃう。ほら、推理小説なんかだと大抵そうだから」

「推理小説なんか読むの？」

「たまにね」

二人の会話が途切れることはなかった。不思議だなと園子は感じていた。これほど食事中にしゃべったことなど一度もなかった。大体自分では口数の少ないほうだと思っている。だが潤一といると、話し上手になったような気さえするのだった。

結局この食事に二時間近くを要した。これほどゆっくりと夕食をとったのも久しぶりだった。

「こんなに御馳走《ごちそう》してもらっちゃって悪いな」店を出てから潤一がいった。「そういうつもりじゃなかったのに」

「いいのよ。あたしも少し栄養をつけたかったから」

これからどうする、といってみようかと園子は思った。このまま別れたくはなかった。長い間話をしていたにもかかわらず、潤一の連絡先を聞いていなかった。園子のほうも教えていない。

潤一と並んで歩きながら、園子は自分に言い聞かせていた。彼が和泉園子という年上の女に、後日連絡する必要などどこにもない。食事を奢ったのは自分の勝手だし、そもそも絵の代価だ。久しぶりに楽しい時間を過ごせたことを喜ばなければ。退屈な毎日の繰り返しの中で、ちょっとしたアクセントになったではないか。

駅に着いてからも潤一は関係のない話をするばかりで、園子の連絡先を尋ねてはこなかった。そして彼女が乗るべき電車が入ってきた。

乗り込む園子を、潤一は小さく片手を上げて見送った。電車の中には、彼女と同じような年齢の女性客も乗っていた。彼女らに対して、園子は少し誇らしい気分になった。

佃潤一と出会ってから四日が経過しても、まだ彼のことを考えていることに、園子は自分で驚いていた。

新たな出会いなど、この先はもうないだろう——このところの園子はそんなふうに考えていたからだ。劇的な恋愛などは起こらず、誰かに紹介してもらうなどして知り合った男性と、いろいろなことを妥協しつつ結婚することになるのだろうと予想していた。また、それはそれでいいと考えていた。そういうふうにして結婚していった仲間を、彼女は何人も知っている。それが不幸なことだとは少しも思わなかった。多くの人々は、テレビドラマのような恋愛とは無縁の人生を送るものだというのが彼女の考えだった。そして自分は多数派以外の何物でもないと分析していた。

それなのに、である。

心の中はいつも佃潤一のことに占められていて、仕事のほうに気持ちを集中させるのが困難という状況だった。彼との出会いはたしかに清涼剤を得たような気分にさせたが、これほど尾を引くとは彼女自身予期していなかった。

昼休みになると、園子は例の蕎麦屋へ向かった。あの日以来初めてだった。胸がときめいているのを彼女は自覚しないわけにはいかなかった。本当はもっと早く行きたかったのだが、ずっと我慢していたのだ。理由は、彼のほうも自分に会いたいと思っているとはかぎらない、ということだった。何か勘違いしている女、という役どころを演じたくはなかった。彼がいたとしても、あまりなれなれしく近づいていったりはせず、まずは遠くから笑いかける程度にしておこう——彼女は心の準備をした。そして彼のほうから何か声をかけてくれたら、そこで初めて歩み寄っていけばいい。

だがあの場所に佃潤一の姿はなかった。代わりにゴミを入れた半透明の袋が数個、置いてあった。ここは本来ゴミの集積所らしい。園子は蕎麦屋に向かって歩きながら、周囲をさっと見渡した。ほかの場所にも潤一はいなかった。彼女はがっかりしながら店に入った。

ところが——。

園子が天ぷら蕎麦を食べていると、向かいの席に誰かが座った。昼間は込んでいるこの店は、相席が常識になっている。特に気にも留めなかったが、「天ぷら蕎麦」と注文する声を聞いて顔を上げた。潤一がにやにやしていた。

「びっくりした」と彼女はいった。「今入ってきたの？」

「そうだよ。でも、偶然じゃないんだ。和泉さんが入るのを見てたから」

「どこにいたの？　あたしも探したんだけど」そういってから、しまったと園子は思った。

だが潤一は、彼女の言葉の意味を深くは考えなかったようだ。

「向かいの喫茶店にいたんだ。仕事の途中で寄ったんだよ。でも、いい勘をしてたな。今日は和泉さんが現れそうな予感がしていたんだ」

潤一が自分を待っていたと知り、園子は心が浮き立つのを覚えた。

「あたしに何か?」

「うん。渡したいものがあってね」

「何?」

「それは蕎麦を食べてからのお楽しみ」運ばれてきた蕎麦を前にして、彼は割り箸を割った。

外に出ると潤一は、側面に『計画美術』と書かれた大きなスポーツバッグの中から、キャンバスを一枚取り出した。それは先日貰《もら》った子猫の絵に似ていた。

「これを受け取ってほしいんだ」

「どうして?」

「前の絵は、どうも納得できないんだよ。どこが悪いのかずっと考えてて、答えが見つかったから描き直したんだ。で、せっかくだから出来の良いほうを受け取ってもらおうと思ってさ」

園子は改めて絵を見た。たしかに少し変わっている。だがそれが前の絵よりもどう良いのか、全くわからなかった。

「じゃあ、前の絵はどうすればいいの？」

あの絵はすでに彼女の部屋に飾ってある。

「捨ててくれていいよ。同じような絵が二枚あっても仕方がないし、あっちは失敗作だし」

「両方とも飾ることにするわ。まだ壁にスペースはあるから」

「何か、変だよ。それ」

「いいの。猫が好きだから」

「ふうん」

この後ごく自然に、退社後に待ち合わせる約束を交わした。いいだしたのは潤一のほうだ。園子はまるで自分の念波が通じたような気がした。

夜は串焼きの店でビールや日本酒を飲みながら食事をした。潤一は酔うとさらに饒舌《じょうぜつ》になり、日本で芸術に生きることは罪悪を意味する、というようなことを何度か繰り返した。夢を放棄することに、まだ悔いが残るのだなと、園子は少しぼうっとした頭で思った。

今度は手料理を御馳走してあげる、という話になった。潤一が、ここ何ヵ月も外食とコンビニ弁当しか食べていないといったのがきっかけだ。

「それって本気にしていいのかな」と彼は訊いた。

「もちろん」と園子は答えた。答えながら、あなたのほうはどうなの、と心の中で訊いていた。

その後で潤一は自分の部屋の電話を教えてくれた。園子も名刺の裏に自宅の番号を書いて渡した。

この約束は一週間後に果たされた。練馬にある園子のマンションへ、潤一は冷えたシャンペンを土産にやってきたのだ。園子はどちらかといえば不得手な洋風料理で彼をもてなした。

そしてその夜は、小さなベッドで二人で寝た。

3

出会いから三ヵ月が経った頃、園子は潤一の家へ行った。彼が一人暮らしをしているアパートではなく、彼の両親が住む家のほうだ。その家は等々力《とどろき》の高級住宅地の中にあった。門から奥を覗《のぞ》くと、玄関ドアが遠くに見えるという、西洋風の見事な邸宅だった。

「どういうことなの？」タクシーから降り、門の前に立つと、園子は潤一に訊いた。

彼は照れ笑いを浮かべながら種明かしをした。その結果、彼の父親が大手出版社の社長であること、彼がこの春から働くことになっているのはその会社であること、彼が長男であることなどを園子は知ることになった。何もかもが初耳であり、思いもよらないことだった。

「どうして今まで隠してたの？」園子は詰問する口調になった。これまでの話では、潤一の実家は小さい本屋だということだった。

「隠す気はなかった。なんとなくいいそびれちゃったんだ」

「せめて昨日までに話してくれればよかったのに」園子は自分の身なりを気にした。敢《あ》えて地味な服を選んできたのだった。「あたし、こんな格好でいいのかな」

「大丈夫だよ。うちの親なんか、もっと庶民的なんだから」

ためらう彼女の背中を、潤一は優しく押した。

彼の両親は、なるほど庶民的な雰囲気も備えていなくはなかった。しかしそれは余裕からきているものと解釈すべきだった。父親の巧みな話術も、母親の洗練された身のこなしも、園子が初めて接するものだった。

だが素晴らしいことに、彼等の態度の中に、園子を息苦しく感じさせるところは微塵《みじん》もなかった。むしろとても居心地のいい世界だった。こういうところで人生を送れたら、と想像し、園子は胸の高鳴りを覚えた。

園子に両親がいないことは、彼等の期待を裏切るものではなかったようだ。それよりも彼等は、園子の兄の職業が何であるかを気にしたようだ。

警察官ですというと、両親の顔に明瞭な安堵《あんど》の色が現れた。

「それは堅い職業だ」そういって父親は笑い、妻と頷き合った。そんな様子を見て、いくら表面的には庶民的でも、この人たちにはこの人たちなりのこだわりがあるのだろうと園子は解釈した。そして「堅い職業」に就《つ》いてくれた兄に感謝した。

この時将来についての具体的な話、つまり結婚に関する話題は出なかった。潤一の会社勤めがまだ始まってさえいないということが、全員にその話題をためらわせたといえるだろう。しかし園子は両親に会わせてもらえたということで満足していた。

考えてみれば、この後すぐに潤一を兄に会わせればよかったのかもしれない、と園子は後悔するのだった。兄ならば、きっと潤一に対して、何らかの言質を求めたに違いないからだ。そうすれば、その後の流れも全く違ったものになっていたかもしれない。

だが園子が潤一を紹介した相手は兄ではなかった。

弓場佳世子《ゆばかよこ》は、園子にとって唯一心の許せる友人だった。その出会いは高校時代にまで遡《さかのぼ》る。つまり佳世子も愛知県出身なのだ。某県立高校の一年と三年の時に同じクラスだった。

さらに付き合いが深まったのは大学生になってからだ。園子と佳世子は東京にある同じ大学の、同じ学部に入学したのだ。

全く知らない土地で一人暮らしをする身にとって、同郷の、しかも母校も同じ仲間がいるというのは心強いものだった。東京で知り合った友達には訊けないようなことでも、恥ずかしさを感じることなく尋ねられる。

「ねえ、忠犬ハチ公って、どこにあるの？」

これは佳世子が初めてデートする前の日、園子に質問したことである。そこが待ち合わせ場所だったらしい。相手の男子学生からその場所を指定された時に、知らないとはどうしてもいえなかったのだ、と佳世子は告白した。

その気持ちが園子には痛いほどよくわかった。彼女も忠犬ハチ公という名前は知っていたが、正確な場所は知らないままだった。誰にも訊けなかったからだ。二人は東京の情報誌を買ってきて、ハチ公の位置を調べた。

ただ大学時代の四年間で、佳世子のほうがずいぶんと変わった、ということはある。入学当初は、二人とも同程度に目立たない娘だった。ところが佳世子はみるみる変貌していったのだ。着るものも化粧も派手になった。彼女たちの出た高校は校則が厳しかったのだが、その反動がきているようだった。園子にしても、それなりに大人っぽくなり、垢抜《あかぬ》けしたつもりではあったが、彼女を見ると自分がひどく地味な人生を送っているように思えたものだ。

二人で買い物に行くと、佳世子はしばしば園子のために服を見立ててくれた。『プリティ・ウーマン』でジュリア・ロバーツが着ていたような服だった。しかし園子はとうとう着なかった。自分がそんなものを着たら滑稽《こっけい》なだけだと思ったのだ。

ところがそんな洋服を、佳世子は颯爽《さっそう》と着こなしていた。そしてよく似合ってもいた。園子よりもずっと小柄だし、ふだんは特に美人とも思えないのだが、そんな時には女優のような輝きが全身に宿るのだった。自信が内側から滲《にじ》み出るのかもしれない。

「化粧も大事だけどね、良い服を着るのは、もっと大事だよ」よく彼女はこういうことをいった。「良い服を着るとね、顔が締まるの。ほっぺたなんか、一センチぐらい縮むね。これ、ほんとうだよ」

外観を飾れば中身も伴ってくるというのが彼女の持論だったのだ。

やがて就職を考えねばならない時期が来たが、二人とも愛知県に帰る気は全くなかった。特に佳世子は、「何がなんでもマスコミ関係」と断言した。

園子は母の従兄のコネクションを使い、愛知県に本社がある今の会社に就職した。「メーカーなんてダサい」と佳世子はいったが、コネなしで入れる会社を見つける自信がなかったのだ。

そしてその佳世子も結局マスコミは諦めて、小さな保険会社に入社した。やはり親戚の紹介があったらしい。多くの女子大生が就職できずに困っている現状を考えると、二人は運が良かったというべきだった。

それから数年が経っている。二人共、まだ独身を続けていた。決まった相手が出来たら必ず報告する——それがお互いの約束事だった。

そう、あれは約束したことだったのだ。だから園子は潤一を彼女に紹介したのだ。

七月のある土曜日の夕方、園子は佳世子と共に新宿のホテルのロビーにいた。二人は買い物の帰りで、仕事で近くに来ているはずの潤一と待ち合わせをしていた。

園子は潤一について、大体のことを佳世子に話してあった。貧乏な画学生だと思ったら御《おん》曹司《ぞうし》だったという話を、佳世子は羨《うらや》ましがるというよりも、あきれたような顔で聞いたものだった。

やがて潤一が現れた。髪をきちんとセットした彼は、スーツもすっかり似合うようになっていた。

「弓場さんのことは、彼女からいろいろと聞いていますよ」潤一は佳世子に微笑みかけていった。

「どういう話なのかしら。気になるなあ」佳世子は園子と潤一の顔を交互に見た。

「絶世の美女だっていってあったのよ」

「えー、冗談でしょう、もう」佳世子は園子を睨《にら》み、次に恥ずかしそうに潤一を見た。

「でも、想像よりもはるかに素敵な人だったんで、びっくりしました」

「やめてくださいよお。二人でいじめるんだもん」佳世子はハンカチで顔を扇いだ。

この後レストランで食事をし、カクテルバーで少し酒を飲んでから佳世子と別れた。潤一は園子をマンションまで送ってくれた。その途中の会話で彼は、何度か同じ言葉を口にした。「素敵な女性」というものだ。佳世子のことを表現した言葉である。

「不思議な魅力があるよね。大勢の中にいても、なんとなく目立ってしまう。華があるというのかな。レストランでも、ちらちらと彼女を見ていた男がいたよ。ああいう人は芸能界に入るとよかったんじゃないかな」

「学生時代、少し目指したこともあるのよ。オーディションなんかも受けて」

「ふうん。でもだめだったのかい」

「いいところまではいったんだけど」

「難しいんだね。ああいう人が今まで独身だったというのは意外だな。恋人はいるの？」

「今はいないはずよ。職場にいい男がいないんだって」

「保険会社といってたね」

「そう。保険に入る時は、連絡してあげてね」

この日の成果に、園子は満足感を覚えていた。潤一は佳世子のことを悪くは思わなかったようだ。園子は彼女とは一生付き合っていくつもりをしていたから、将来の夫との相性をずっと気にしていたのだ。

まさかこの日の出会いが破滅を呼ぶことになるとは、夢にも思わなかった。

4

和泉園子は昔から、おっとりした性格だといわれていた。だがそれには彼女の外見の印象が大きく作用していた。決して太っているわけではないのだが、顔の輪郭が目の錯覚を誘うらしく、「少しぽっちゃりしている」と評されることが多かった。そしてそういうタイプの女性は概して「おっとり型」であるという固定観念が日本人にはある。

おっとりした部分もないことはない、と彼女自身も思っている。しかしたぶんそれとは正反対の要素のほうが、自分にはたくさんあると自覚していた。神経質だし臆病だ。そのくせ嫉妬心だけは人一倍強い。こういう性格が自分で嫌になることさえあった。

だがもし本当に「おっとり型」だったとしても、ここ一、二ヵ月の潤一の変化に気づかないことはなかっただろうと園子は思う。それほど明確に、彼の態度はおかしくなった。

まずデートの回数が極端に少なくなった。忙しいから、と彼はいう。しかし以前は、昼間は時間がないからといって、夜中に突然やってきたこともあったのだ。

電話も減った。というより、彼のほうからかかってくることは殆《ほとん》どなくなった。いつも園子のほうからかける。潤一は会話に付き合ってはくれるが、決して自分から新しい話題を出そうとしない。まるで電話が長くなるのを避けているようだった。

不吉な足音が近づいてくるのを、園子としては感じざるをえなかった。潤一に何が起こったのかを知りたかった。

だが彼女は敢えて彼に尋ねなかった。それをすることは、崩れそうになっている建物の突《つ》っ支《か》い棒《ぼう》を外すようなものだという気がしたからだ。時間が経過すれば、その崩れそうな建物も持ち直すのではないかと、幻想を抱いていた。

しかし結局それは甘い考えであったことを、園子は思い知らされることになった。

今週の月曜日のことだ。園子の職場に潤一から電話がかかってきた。久しぶりのことだった。今夜マンションに行ってもいいか、と彼は尋ねてきた。

「いいわよ、もちろん。じゃあ御馳走を作って待ってるわ」

「いや、食事は済ませていくよ。会食の予定があるから」

「じゃあお酒の用意をしておく？」

「悪いけど、その後会社に戻るから……」

「そう……」

「じゃ、今夜」といって彼は電話を切った。

潤一と会えるというのに、園子は少しも気持ちが浮き立たなかった。逆に怯《おび》えが彼女の心を支配した。彼が何か絶望的な宣告をしに来ることは、確実だという気がした。

だが逃げ出すわけにもいかず、彼女は部屋で彼を待った。食事は喉を通らなかった。

やがてやってきた潤一は、部屋に上がってもネクタイを緩めようとしなかった。園子が出したコーヒーに口をつけようともしなかった。

そして固い表情のまま告げたのだ。自分のことは忘れてほしい──園子が予想した、最悪の台詞だった。

どうして、と彼女は訊いた。ほかに好きな女性ができたからだ、と彼は答えた。

「誰なの？　どういう人なの？」続けて園子は訊いた。これに対して彼は答えなかった。それがおかしいと彼女は思った。彼女はさらに詰問した。泣きながら尋ねた。

隠し続けていては話が進まないと思ったか、ついに潤一はその名前を口にした。それは園子の全く予想しないところから出てきた。あまりに意外だったので、その名前の主が誰であるのか、一瞬わからなくなったほどだった。

「嘘でしょう？」と園子はいった。「どうして佳世子なの？」

「ごめん」潤一はうなだれた。

5

あの夜のことを思い出すと、園子は悲しみのあまり眩暈《めまい》を起こしそうになる。泣きわめき、潤一の身体にむしゃぶりつき、怒り、放心し、そしてまた泣いた。混乱の中、佳世子のことも罵倒した。どういうことを、どんなふうにいったのかも、よく覚えていない。記憶にあるのは、「あたしは諦めない」といったことだ。「きっとあなたを取り戻してみせる」ともいった。そんな彼女を、悲しげに見下ろしていた潤一の顔も、ぼんやりと瞼《まぶた》の裏に残っている。

あれから数日が経った。

この程度の時間では、心の傷が癒《い》えるはずはない。しかし少しは冷静になれた。それで一度実家に帰ろうと思ったのだ。今は兄の顔が無性に懐かしかった。

「あたしが死んだら、きっと一番いいんだろうと思う」

あの言葉を聞いて、兄はぎくりとしたに違いなかった。かわいそうなことをしたと園子は思った。だが彼女としては正直な気持ちだった。

彼か佳世子のどちらかが——。

園子は不吉な空想をした。どちらかがあたしを殺してくれればいいのに、と。

その時だ。
玄関のチャイムが鳴った。

第二章

1

和泉康正《やすまさ》が愛車で東名高速道路用賀インターチェンジを出たのは、十二月に入って第一週の月曜日のことだった。そこからは環状八号線に入り、北上した。さすがに師走《しわす》というだけあって、大型トラックや商用車で道路は絶望的なほど渋滞していた。裏道を知っていれば何か打開策があるのかもしれなかったが、康正は東京の地理に明るくなかった。下手に脇道にそれて、迷ってしまうという愚は避けねばならなかった。

やっぱり新幹線で来るべきだったかなという考えが、またしても彼の脳裏をよぎった。だがそのたびに彼は否定する。どういうことがあるかわからないから、とりあえず車は必要なのだ、と。

運送トラックの後部を見ながら、康正はラジオの周波数を合わせた。ＦＭでも、かなりたくさん番組がある。東京はやっぱり違うなあと思った。彼は愛知県の名古屋に住んでいる。

今回の上京は、急遽《きゅうきょ》決めたことだった。正確にいうと、今日の明け方決断したのだ。

そもそもの発端は、先週の金曜日にかかってきた、妹の園子からの電話だった。彼女は東京の女子大に入学し、卒業後も某電子部品メーカーの東京支社で働いている。だから兄妹で顔を合わせるのも、一年に一度あるかないかだった。特に三年前に母親が病気で亡くなってからは、ますますその頻度は少なくなったようだ。すでに父親のほうは、康正たちが子供の頃に脳溢血《のういっけつ》で死んでいた。

しかし二人きりの肉親であるから、あまり会うことはなくとも、お互いに連絡だけは絶やしたことがなかった。特に園子のほうから電話をかけてくることが多かった。大した用のあることなど殆どない。「きちんとご飯食べてるの？」というような電話ばかりだ。自分が寂しくてかけてくるのではなく、おそらく兄がそろそろ声を聞きたがっているだろうと思ってかけてきているのが、康正にはよくわかった。そういう優しい心を持った妹だった。

だが先週の金曜の夜にかかってきた電話は、これまでとは異質のものだった。元気かと訊くと、いつも、元気よと答えが返ってくるのだが、今回は初めて違う言葉が電話から聞こえてきた。

「うん……じつをいうと、あまり元気じゃない」園子は鼻の詰まったような声で、けだるくいった。

しかし何があったのかは、とうとう話してくれなかった。その代わりに最後に、康正がどきりとするようなことをいった。

「あたしが死んだら……きっと一番いいんだろうと思う」

すぐに冗談だといったが、そんなはずはなかった。何かが彼女の身に起こったのだ。その前に彼女はこうもいっている。信じてた相手に裏切られた、と。

翌日の土曜日は仕事が休みだったので、康正はずっと家で園子が帰ってくるのを待っていた。帰ってきたら、二人で寿司を食べにいこうと決めていた。それが彼女が帰省《きせい》した時の恒例だった。

ところが園子は帰らなかった。昼の三時頃に園子のマンションに電話したが、繋《つな》がらなかったので、すでに出発したのだろうと思ったが、夕方になっても夜になっても彼女は現れなかった。

日曜日の朝から月曜の朝、つまり今朝までは、康正は当直勤務に当たっていた。彼はそういう特殊な職業についているのだ。彼は職場から何度も家に電話した。園子は鍵を持っているはずだから、留守でも中には入れるはずだった。しかし電話には誰も出なかった。留守番電話に彼女からのメッセージも入っていなかった。東京の部屋にも電話をかけたが、ここでも彼女の声を聞くことはできなかった。

園子の行き先について、彼には何も思いつかなかった。園子の高校時代からの友人が、やはり東京で一人暮らしをしているという話を聞いていたが、その友人の連絡先を康正は知らなかった。

何もかもが上の空という状態で、彼は当直の夜を過ごした。重大な仕事が飛び込んでこなかったのは幸いだった。そして明け方になって上京を決意したのだ。不安は、もはやどうにもならないぐらいに膨れあがっていた。

仕事から解放され、家で二時間ほど仮眠をとった後、園子の職場に電話してみた。電話に出た係長の言葉は、康正の不安を増幅した。園子は出社しておらず、未だ何の連絡もないということだった。

康正は急いで荷物をまとめると、車を運転して自宅を出発した。当直明けではあるが、東名高速道路を走っている間も、眠気は全く感じなかった。いや、感じる余裕がなかったのだ。

環状八号線を抜けるのに一時間以上を費《つい》やし、ようやく康正は目的地に到着した。練馬区の、目白通りから少し入ったところだ。

薄いベージュ色のタイルで飾られた、四階建ての建物が園子の住むマンションだった。康正は前に一度だけ訪れたことがある。見かけは洒落《しゃれ》ているが、実体はかなり安普請《やすぶしん》の建物であることを見抜いた彼は、もっとまともなマンションを、賃借するのではなく購入しろと勧めた。だが園子は微笑みながらも頷かなかった。もっと有効なことにお金を使うのだといっていた。彼女がかなり頑固な女であることを、康正は熟知している。

マンションの一階部分は貸店舗になっていた。ただし昨今の不景気を象徴するように、シャッターが閉まり、借り手募集のチラシが貼られていた。その前に車を停め、店舗の脇にある入り口から中に入った。

まず最初にチェックしたのは郵便受けだ。二一五号室が園子の部屋番号だが、半ば予期したとおり、そこには三日分と思える新聞が突っ込まれていた。康正のいやな予感は、ますます色濃いものとなった。

昼間であり、一人暮らしの者が多いせいか、マンションの中はひっそりとしていた。康正は誰とも顔を合わせず、二階にある園子の部屋の前まで行った。

まずインターホンを鳴らしてみた。しかしいくら待っても反応はなかった。ためしにドアを二、三度叩いてみたが、結果は同じだった。中で人が動いている気配もない。

康正はポケットを探り、鍵を取り出した。前に来た時、園子から預かったものだ。貸し主である不動産業者からは、鍵を二つもらったのだという。所帯を持つまでは、お互いの合鍵を預かっておくというのは、両親を亡くした時に決めたことだった。鍵を鍵穴に差し込む時、静電気が指先に走った。

鍵を外し、康正はドアノブを回した。そしてドアを引く時、胸の中を一陣の風が吹き抜けるような感覚があった。不吉な風だった。彼は唾を飲み、ある心の備えをした。何を予想し、何を覚悟したのかと問われると彼にしても困るのだが、とにかく彼は仕事で現場に駆けつけた時と同種の準備をしていた。

園子の部屋は１ＤＫと呼ばれるものだった。入ったところがダイニングキッチンになっていて、その奥に寝室がある。一瞥したかぎりでは、ダイニングキッチンに異状はないようだった。寝室との仕切は引き戸になっていて、それが今は閉じられている。

玄関には焦げ茶色のパンプスと水色のサンダルが並べて置いてあった。康正は靴を脱ぎ、上がり込んだ。室内の空気は冷えきっていて、少なくとも今朝暖房が使われたふうではなかった。明りは消えていた。

ダイニングテーブルの上に小皿が載っていて、紙でも燃やしたらしく、黒い灰が残っていた。しかし康正はとりあえずは寝室の戸を開けた。

室内を見た途端、彼は息を止めた。同時に全身を硬直させた。

寝室は六畳ほどの広さであり、壁に寄せてベッドが置いてある。その上で康正の妹は目を閉じて横たわっていたのだ。

彼はしばらく戸を開けた時の格好のまま静止していた。頭の中が一瞬空白になり、その次には様々な考え、思いが、群衆の足音が近づくように押し寄せてきた。そしてやがて彼の耳元で喚《わめ》き始めた。だが彼はそれらを整理することができず、ただ呆然としているしかなかった。

やがて彼はゆっくりと足を前に出した。園子、と小さく呼びかけてみた。しかし反応はなかった。

死んでいることは間違いなかった。康正は仕事柄、一般人よりもはるかに大勢の死体を見てきている。肌の色や張りなどを見ただけでも、生体反応があるかどうかは判断できた。

園子は胸まで毛布をかぶっていた。康正は細かい花模様のついた毛布を、そっとめくってみた。ここで彼はもう一度息を飲んだ。

タイマースイッチが彼女の身体の脇に置いてあった。康正にも見覚えのある品だった。彼女が名古屋に住んでいた頃から使っていた古いものだ。一見したところは目覚まし時計のようだが、電源コードがあることと、文字盤の横にコンセントの差し込み口が二つあるところが違っている。差し込み口の一方には『ON』という文字が、もう一方には『OFF』の文字がついていた。セットした時刻になると、『ON』のコンセントでは電気が流れ始め、『OFF』のコンセントではそれまで流れていた電気が切れる仕組みだ。

今は『ON』のほうが使われていた。そこにプラグが差し込まれているのだが、そのプラグについている二本のコードは途中から枝分かれし、彼女のパジャマの中へと入っていた。

康正はタイマースイッチのセット時刻を見た。一時にセットされている。古いアナログタイプの文字盤なので、午前か午後かはわからない。

パジャマをめくることまではしなかったが、二本のコードがどのように使われているのかは、彼にはわかっていた。一方の端が胸に、もう一方の端が背中に付けられているのだろう。時刻がくれば電流が心臓を通過し、ショック死するという仕掛けだ。彼はタイマーの電源コードをコンセントから抜いた。それまで動いていたタイマーの針が、四時五十分を指したところで停止した。これは現在時刻と一致していた。

康正はしゃがみこみ、園子の右手を軽く握った。冷たく固い感触があった。先週の金曜日にはあったはずの、みずみずしい弾力は消え失せていた。

黒い雨雲が広がるように、悲しみが康正の心を占拠しつつあった。それが広がるままに任せておけば、このまま立ち上がることもできなくなるに違いなかった。泣けるだけ泣いてしまおうかという思いも頭をかすめたが、一刻も早く次の行動に移るべきだという考えのほうが彼の身体を動かした。それは彼の職業とも関係していた。

まずすべきことは警察に連絡することだった。彼は電話機を探すため、ここで改めて室内を見渡した。

この部屋にはベッドのほかに、洋服ダンス、テレビ、本棚などが置いてあった。化粧のためのドレッサーのようなものはない。見ると本棚の中段が、化粧品置きになっていた。化粧品の下の段は、文具置き場だ。セロハンテープやガムテープなどが置いてある。ピエロの形をした陶器製の人形が、不気味に笑っていた。

それからベッドの横には、小さなテーブルが置かれていた。テーブルの上には白ワインが半分ほど入ったワイングラスが載っており、その傍らに薬の空き袋が二つあった。睡眠薬なのだろうと康正は思った。ワインと共に飲んだらしい。テーブルの上にはそのほかに、手帳に付属していると思われる細い短い鉛筆、子猫の写真入りカレンダーなどが載っていた。コードレス電話の子機が、テーブルの足のそばに転がっていた。彼は、それを拾い上げようとして、その手を止めた。電話機と並んで落ちているものに目がいったからだ。

それはワインのコルク栓だった。しかもスクリュー式の栓抜きが刺さったままになっている。

何かが心に引っかかった。

康正はそれをしばらく眺めてから立ち上がり、ダイニングキッチンのほうへ行った。そしてまず冷蔵庫を開けた。

卵が三個、紙パック入りの牛乳、鮭の切り身を焼いたもの、マーガリン、マカロニサラダ、ラップした米飯などが目に入った。しかし彼の探しているものはなかった。

彼はキッチンのほうを眺めた。ワイングラスがもう一つ、流し台の中に立ててある。彼はそれを取ろうとして手を引っ込めた。ポケットからハンカチを出し、それで指先を覆い、改めてワイングラスに手を伸ばした。そして匂いを嗅いだ。

グラスからは何の香りも漂ってこなかった。少なくともワインの匂いはしなかった。

次にグラスに息をふきかけ、蛍光灯にかざしてみた。指紋はついてなさそうに見えた。

グラスを元の位置に戻す時、また別のものが彼の目をひきつけた。それは流し台の横の調理台に載っていた。

一センチぐらいの長さの、何かの削り屑《けず》のようなものだった。ざっと数えたところ、十数片ある。

何だろうと思ってじっと見つめるうちに、ふと閃《ひらめ》くことがあった。彼はなるべく大きい屑を一つ摘むと、寝室に戻った。そして園子の身体とタイマーを繋いでいるコードと見比べた。

思ったとおりだった。屑はコードのビニール被膜と同じものだった。身体に通電させるには、コードの端の被膜を削り、導線を露出させなければならない。この屑は、その時に出たものらしかった。

しかしなぜその作業を調理台なんかで行ったのだろう——。

康正はキッチンに戻り、今度はゴミ箱を探した。薔薇の模様の入った小さなゴミ箱がダイニングテーブルのそばにあったが、その中は空だった。ほかにプラスチック製の大きなゴミ箱が二つ、部屋の隅に並べて置いてある。燃えるゴミと、燃えないゴミに分別してあるようだ。

先程から康正が探していたものは、燃えないゴミのほうに入っていた。ドイツワインの空き瓶だ。彼はここでもハンカチを使って瓶を取り出し、まずその中身をたしかめた。中は完全に空になっていた。指紋はいくつかついているようだ。

またこのゴミ箱には、もう一つガラス瓶が捨ててあった。国産メーカーから発売されているアップルジュースの瓶だ。この飲み物にはアルコールが含まれていない。

二つの空き瓶を戻した後、康正は再び流し台のそばに立ち、周辺を見回した。食器の水切り籠の中に、菜切り包丁が一本入っていた。ここでも彼はハンカチを使って、それを取り上げた。

刃を下に向けて持つと、右側の面に、先程のビニール片と同じものが張り付いていた。なるほど、と康正は合点した。この包丁を使ってビニール被膜を削り取ったらしいと推察した。だから調理台に屑が残っているのだ。

彼は張り付いた屑を取り除くと、菜切り包丁を水切り籠に戻した。それから大きく深呼吸をした。

全身の血がざわざわと騒ぎ始めていた。先程園子の死を確認した時とは別の情動が、彼の肉体を支配しつつあった。そのくせ頭は不思議なほど冷えている。

立ったまま、彼はこれから自分がとるべき行動を、その冷え切った頭の中で整理した。彼は極めて短時間のうちに、多くのことを考え、想定し、そして決断せねばならなかった。その決断には勇気を要した。決して後戻りのできない道を進むことになる。

しかし康正は殆ど迷いなく決断した。そうすることが当然のことだと彼は思った。

一通り考えをまとめると、彼は吐息をついて腕時計を見た。午後五時を回ったところだった。のんびりしている暇はなかった。

彼は靴を履き、覗き穴で外の様子を確認してからドアを開け、素早く外に出た。そして足早に歩きだした。

マンションを出ると、周囲を見回した。百メートルほど離れたところにコンビニエンスストアが見えた。彼はブルゾンの襟で顔を隠すようにして、その店に向かった。

ストロボ付きの使い捨てカメラを二つと薄手の手袋一組、それからビニール袋のパックを買うと、マンションの前まで戻ってきた。自分の車を見た時、ふと思いついたことがあった。それで康正は、トランクを開けた。そこには野球のバットとグローブなどがほうりこまれている。彼は職場の草野球チームのエースなのだ。

トランクの奥から大型の工具箱を引き出すと、蓋《ふた》を開けた。箱は二段式になっている。下の段に、金属カッターが入っていた。巨大な鋏《はさみ》の形をしている。それを取り出し、トランクを閉めた。

再び園子の部屋の前に戻ると、周りに人がいないことを確認してから、ドアを小さく開け、身体を滑りこませた。その時ドアの内側で、小さな金属音が聞こえた。郵便受けの中から聞こえたようだった。新聞やふつうの郵便は、一階の郵便受けにしか入れてくれないが、速達の場合はドアについている郵便受けに入れてくれるという話を、以前園子から聞いたことがあった。

康正は郵便受けを開けてみた。中に入っていたのは鍵だった。彼はそれを取り出し、少し眺めてから、この部屋を開ける時に使った自分の鍵と比べてみた。どうやら同じもののようだが、園子が大家からもらったものではなく、後から鍵屋で作ってもらったものらしかった。彼はその鍵をブルゾンのファスナー付きの胸ポケットに入れた。この鍵について、現時点で何かの答えを出すことは、彼にはできなかった。だが、これを警察に渡すのは得策ではないと判断した。

続いて康正はドアのほうを向き、ドアチェーンをはめた。考えてみれば、ここへ来た時にこのチェーンがはめられていなかったのもおかしかったのだと彼は思った。園子が戸締まりに関して慎重な性格であることを康正は知っている。その習慣が、自殺の前だけ破られたとは考えにくいのだ。そういうことを思いながら、彼は金属カッターで、チェーンを中央部から切断した。

金属カッターはとりあえず玄関横の靴箱の上に置いた。また、使い捨てカメラもその横に置いた。彼は両手に手袋をはめ、買ってきたビニール袋を一つ出し左手に持った。これからの行動については、決して警察に感づかれてはならなかった。

康正は靴を脱ぎ、ダイニングキッチンの床に四つん這《ば》いになった。そして顎が床に触れるほどに目線を下げると、何らかの痕跡を探しながら、ゆっくりと前進を始めた。この爬虫類《はちゆうるい》のような姿勢も目線の動かし方も、彼には慣れたものだった。

ダイニングキッチンの床からは、髪の毛十数本が見つかった。そのほかに気になったのが、砂や土の小さな粒がわずかに落ちていたことだ。奇麗好きの園子の部屋らしくないと康正は思った。それらの粒も、可能なかぎり拾い集め、髪の毛と一緒にビニール袋に入れた。次にビニール袋を取り替え、寝室でも同じことをした。奇妙なことに、ここでも土や砂が少し落ちていた。まるで誰かが土足で上がり込んだようだ。

いや、土足にしては少ないか――。

康正は首を傾げながら作業を続けた。人が生活していれば当然のことだが、ここにも髪の毛が何本も落ちていた。

奇妙だと思えることがもう一つあった。寝室の隅に円筒形の屑箱があるのだが、その周囲に口紅のついたティッシュペーパーやダイレクトメールを丸めたものが落ちていたのだ。こういうだらしないことは、園子の性格とは合致しなかった。

また、部屋の隅には、使用方法が不明な紐《ひも》が一本落ちていた。ビニール製で、太さは四、五ミリというところ、長さは五、六十センチある。色は奇麗なグリーンだ。康正は室内を見回して、この紐が何かの生活の知恵なのかどうか、たしかめようとした。しかしこの紐の有効な利用方法は思いつかなかった。彼はその紐を、自分だけの証拠として、確保しておくことにした。

ベッドの脇に、着替えを入れるための籐《とう》の籠が置いてあった。調べてみると、ジーンズやセーターといった普段着が放り込まれていて、一番上には水色の毛糸のカーディガンが載っていた。

再びベッドの上のタイマーを見た時、康正はどきりとした。針が四時五十分を差して止まっていた。先程彼自身がコンセントを抜いて止めたのだ。だがこのままではまずかった。彼は園子の身体と繋がっているコードを引っ張らないよう気をつけながら、タイマーを裏返し、針を少し進めた。新たに表示された時刻は五時三十分だ。

例の栓抜きが刺さったままのコルク栓をどうするか、康正は少し迷った。が、結局回収はせず、コルク栓はワインの瓶が捨ててあったゴミ箱に入れ、栓抜きは食器棚の引き出しにしまった。

その時ダイニングテーブルの上にある皿と、その中の紙の燃え残りが気になった。これが重大な証拠であることは疑いようがない。問題は、このままにしておくかどうかだった。

康正は十数秒で決断を下した。新たなビニール袋を持ってくると、皿の中のものを慎重に移した。そして皿は水道の水で洗い、そのまま流しの中に置いた。それから少し考え、そこにあったワイングラスも軽く水ですすぎ、ハンカチで拭いてから、食器棚の適当と思える位置に置いた。

最後に使い捨てカメラで、室内の様子や、気になった部分を撮影していった。ただし園子の死んでいる姿だけは写さないでおいた。ＤＰＥ屋が死体であることに気づかないともかぎらないからだ。

以上の作業を終えると、ちょうど六時になっていた。本当は、まだやっておきたいことがあった。郵便物や日記、メモの類を調べたいところなのだ。しかしこれ以上時間をかけるのは危険だった。

康正はカメラやビニール袋など、本来この部屋にあってはいけないものを集めて、コンビニエンスストアの袋に入れた。そしてまたしても人目に触れぬよう部屋を出ると、自分の車のところへ行き、それらの極秘の品を運転座席の下に隠した。それからまた園子の部屋に戻った。

康正が園子の死体の横で、コードレスホンを取り上げ、一一〇番通報したのは、午後六時六分のことだった。警察が来るのを、彼はダイニングテーブルの横の椅子に座って待つことにしたが、その時冷蔵庫の扉に一枚の紙がマグネットで留めてあるのが目に付いた。そこには電話番号がいくつか並んでいた。クリーニング屋や新聞屋と並んで、次のようなものもあった。

J　03―3687―××××
カヨコ　03―5542―××××

康正はそれを取り外すと、小さく畳んでポケットに突っ込んだ。

2

通報から数分後には、最寄りの交番から制服警官が二人、現場保存のためにやってきた。警官たちは現在の状況を一瞥して、なぜか安堵したような態度を見せた。それについて康正が尋ねると、少し前に近くのアパートでＯＬが殺されるという事件があったので、もしや同じような状況ではないかと思ったのだという。その犯人はまだ捕まっていないらしい。現在は捜査本部が練馬警察署に置かれているということだった。

「もちろん、ご遺族の方にとっては、お気の毒なことに変わりはないのですが」と一方の警官が取り繕うようにいった。彼等は園子の死を自殺と決めてかかっているようだった。

そしてそれからさらに数分後には、マンションの前には所轄である練馬警察署のパトカーが並んだ。園子の部屋では指紋採取や写真撮影といった情報収集が開始された。

和泉康正は、園子の部屋のドアから少し離れたところで、立ったまま刑事の質問を受けることになった。刑事は、練馬警察署の山辺《やまべ》と名乗った。四十半ばぐらいの、痩せて皺《しわ》の多い男だった。この人物が指揮を取っているようなので、おそらく係長なのだろうと康正は想像した。

康正は型どおりに、まず住所や名前を述べた。職業については、地方公務員とだけいった。それが習慣になっているからだ。

「すると、市役所のほうですか」

「いえ」少し間を置いてから彼はいった。「豊橋警察署に勤務しています」

山辺と若い刑事は同時に同じように目を見張った。

「そうでしたか」山辺は大きく頷いていった。「どうりで落ち着いておられるはずだ。差し支えなければ所属のほうを」

「交通課です」

「なるほど。こちらにいらっしゃったのは、お仕事か何かでですか?」

「いえ、違います。妹の様子が気になったものですから、急遽やってきたんです」康正は予《あらかじ》め考えておいたとおりにいった。

この言葉に、山辺は反応を示した。「何かあったんですか」

「金曜日に妹から電話がありました」と康正はいった。「その時の様子が、ちょっとふつうじゃなかったんです」

「といいますと?」

「泣いていました」

ほう、と山辺は口をすぼめた。「泣いている理由をお訊きになりましたか?」

「もちろん訊きました。妹は、疲れたから名古屋に帰りたいというようなことをいってました」

「疲れた？」

「東京で生活していく自信がなくなったともいってました。それで私は冗談めかして訊いてみたんです。失恋でもしたのかって」

「妹さんは何とおっしゃいましたか」

「失恋したくても相手がいないといいました」

「ははあ」どう納得したのか、山辺は頷きながら手帳に何かメモした。

「大学時代を含めると、妹はこっちで住むようになって約十年になるのですが、心を許せる相手というのが殆どいなかったようです。そのことでずっと悩んでいて、しかも職場では売れ残りOLのように見られて、かなり辛い思いをしていたようです。先週電話で告白されるまで、そういう悩みがあるとは全く知りませんでした。迂闊《うかつ》だったと思います。もっとよく理解してあげていたら、こんなことにはならなかったと思うのですが」

康正は顔を歪《ゆが》め、沈痛な思いが伝わるような話し方をした。この話自体は彼の創作ではあったが、半分以上は演技ではなかった。妹を亡くして辛いことに変わりはなかったし、園子が人間関係に苦しんでいたらしいことは事実なのだ。

「するとその電話を切る時も、妹さんはさほど元気を取り戻されたというわけではなかったのですか」山辺は訊いた。

「そうですね。声には元気がありませんでした。明日、名古屋に帰ってもいいかというので、いつでも帰ってくればいいと答えました。すると妹は、じゃあもしかしたら帰るかもしれないといって、電話を切ったんです」

「その後連絡は？」

「ありません」

「その電話があったのは、金曜日の夜何時頃のことですか」

「十時頃だったと思います」これは本当のことだ。

「十時頃ねえ」刑事はまた何か手帳に書き込んだ。「しかし結局妹さんは、名古屋にはお帰りにならなかったわけですね」

「そうです。それでどうやら立ち直ったらしいなと思ったのですが、念のために土曜の夜に電話しましたが、誰も出ません。日曜日にも何度かかけたのですが、同じでした。それで今朝妹の会社にかけたところ、休んでるといわれたので、嫌な予感がして飛んできたというわけです」

「なるほど、それはいい勘をしておられましたな」山辺は感心したようにいったが、こんな台詞は少しもおだてにならないことに気づかないらしかった。「では、発見した時の模様をできるだけ正確に話していただけますか。ええと、鍵は持っておられたんでしたな」

「持ってました。インターホンを鳴らしても反応がないので、中に入ってみようと思って鍵を開けたんです。でもドアを開けると、ドアチェーンがしてありました」

「それで変だと思われたわけだ」

「ドアチェーンがしてあるということは、当然中に人がいるということですからね。一応何度かドアの隙間から呼びかけてみましたが、やはり応答がありません。それで、これはきっと中で何か起こっているんだろうと思い、車に戻って工具箱から金属カッターを持ってきたんです」

「そのことですが、よくそういうものをお持ちでしたね。かなり特殊な工具だと思いますが」

「自分で何か作ったりするのが好きなので、工具類は結構揃ってるんです。車の修理なんかもしますから、トランクに積んであったわけです」

「なるほど。で、部屋に入って、妹さんを発見したというわけですか」

「そうです」

「部屋に入った時、何か気づいたことはありませんでしたか」

「特には何も。とにかく真っ先に寝室の戸を開けて、妹が死んでいるのを見つけたんです。だから、何というか、室内の細かい様子など、観察している余裕はありませんでした」このように話す時、康正は両手を小さく広げ、首を左右に振った。

そうでしょうな、というように刑事は頷いた。

「で、その後すぐに通報を?」

「そうです。通報した後は、妹のそばでずっと座っていました」

「大変なことでしたなあ。また何かお尋ねすることがありますが、とりあえずここまでにしておきます」山辺は手帳を閉じ、背広の内ポケットにしまった。

「妹はやはり感電死ですか」康正は自分のほうから質問してみた。彼にも情報収集という目的があった。

「どうやらそのようです。ええと、遺体の胸と背中にコードが付いていたのは、御覧になったわけですよね」

「見ました。だから自殺だと思ったんです」

「なるほど。一頃、あの死に方が流行ったこともありますからな。いや、流行ったというのも妙な言い方ですが。鑑識の話では、コードを接着してあった皮膚の部分に、かすかに焦げ跡が見られるそうです。これは、あの死に方をした時の特徴です」

「そうですか」

「ああ、それから訊き忘れてましたが、タイマーのコンセントを抜いたのはあなたですか?」山辺が訊いてきた。

はい、と康正は答えた。「妹の姿を見た時、咄嗟《とっさ》に抜いたんです。意味のないことではありましたが」

お気持ちはわかります、と年輩の刑事は同情の目をしていった。

この後康正は山辺たちと共に室内に入った。園子の遺体はすでに運び出されていた。まずは練馬警察署に運ばれ、そこでさらに詳しい検視が行われた後、解剖に回されるのだろうと康正は思った。司法解剖になるか、行政解剖になるかはわからないが、いずれにせよ死体に不自然なところはないはずだと彼は確信していた。

室内では二人の刑事が、活動を続けていた。一人は本棚を調べ、もう一人はダイニングテーブルに向かって書簡類を並べていた。どちらも園子の自殺を裏づけるものを探しているに違いなかった。

「何か見つかったか？」山辺が部下たちに訊いた。

「バッグの中に手帳がありましたが」寝室で本棚を見ていた刑事が、小さな手帳を持ってきた。赤い表紙に、某銀行名が印刷されていた。預金した時にでも貰ったものらしい。

「中は見たのか」

「一応、ぱらぱらと見ました。でも、特にこれといったことは書いてありません」

山辺は手帳を受け取ると、康正の許しを求めるように小さく会釈してから手帳を開いた。康正も横から覗き込んだ。

若い刑事がいったように、中には殆ど何も書いてなかった。たまに書いてある内容といえば、料理の作り方や買い物メモだった。

手帳の最後のほうは住所録になっていた。そこには三つの電話番号が書き込まれていた。いずれも個人のものではなく、会社や店の番号らしかった。一つはおそらくこのマンションの貸し主である不動産業者であり、残る二つのうちの一つは美容院らしかった。最後の一つは『計画美術』とあるが、どういう会社あるいは店なのかは、名前だけではわからなかった。

「これ、一応お預かりしてもいいですかね」山辺が尋ねてきた。

「かまいませんよ」

「すみません。後日必ずお返しします」そういって山辺は手帳を部下に渡した。その時康正は、手帳に鉛筆が刺さっていないことに気づいた。

「その手帳の鉛筆、たしか寝室で見たように思うんですが」と康正はいった。

若い刑事がすぐに何か思い出した顔で寝室に入った。そしてテーブルの上から何かつまみあげた。「これでしょう」

たしかにそうだった。若い刑事はその短く細い鉛筆を、手帳の背の部分に差し込んだ。それはぴったりと収まった。

「日記はどうだ？」と山辺は続いてその刑事に訊いた。

「今のところ、見つかってません」

「そうか」山辺は康正のほうを向いた。「妹さんは日記をつける習慣は？」

「たぶんなかったと思います」

「そうですか」

山辺はさほど落胆しているふうでもなかった。日記をつけている人間に当たること自体が珍しいことを知っているのだろう。

「妹さんはかなり孤独を感じておられたということですが、こちらに親しい友人とかはいなかったのでしょうか」

この質問が出ることは康正も予想していた。その場合の答えも決めてあった。

「聞いたことはありません。そういう人がいれば、あんなに悩んで電話をかけてきたりはしなかったと思います」

「そうかもしれませんな」山辺は遺族の台詞に嘘があることなど、全く想像していないように見えた。

次に山辺は、ダイニングテーブルのところで、こちらに広い背中を向けて座っている刑事に声をかけた。「手紙類はどうだ。何か見つかったか?」

その刑事は振り返らずに答えた。

「ここ数ヵ月内に届いた手紙、葉書の類は見当たりません。もっとも新しいもので、七月末日に届いた暑中見舞い葉書です。それにしても三枚だけで、いずれもダイレクトメールみたいなものです。保管してあったのは、抽選くじがついているものだからでしょう」

「まさに孤独を象徴していますね」康正はいった。

「いやあ、最近はこうですよ」山辺が慰めるようにいった。「部屋を調べる時にはまず状差しから、と昔よく先輩にいわれたものですが、最近の若い人の部屋には状差し自体がない。手紙を書かない時代なんですな」

「そうかもしれません」

自分はいつ手紙を書いたかなと康正は考えた。園子ともう少し手紙のやりとりをしていたら、彼女の周りで何が起きつつあるのかを察知できたのではないかと悔やまれた。

刑事による調査は八時半頃まで続いた。しかしさほど収穫があるようには、康正の目には見えなかった。それでも責任者である山辺に、自殺ということでケリをつけることにためらいを感じている様子はなかった。もし少しでも自殺に疑いを抱いているのなら、刑事調査官を呼ぶはずだ。今のところ、そんな様子はなかった。

むしろ気になったのは、手紙類を調べていた刑事のことだった。あの刑事は手紙のほかに、領収書類をさかんに調べていたのだ。さらに流し台を見たり、ゴミ箱を覗き込んだりしていた。そのくせ最後まで、康正には何も質問してこなかった。山辺たちとは別の意図を持って動いているように康正には感じられた。

山辺は引き上げる前に、今夜はどこで寝るつもりかと康正に尋ねた。心理的なことを考慮した場合、この部屋では寝られないのではないかと思ったからだろう。

「ホテルにでも泊まることにします。あのベッドで眠る気にはなれませんから」

「そうでしょうな」

宿泊先が決まったら一応連絡してほしいのだがと山辺はいった。康正は承知した。

池袋駅に近いビジネスホテルにチェックインしたのが夜の十時過ぎだった。すでに山辺には連絡してある。近くのコンビニエンスストアでサンドウィッチとビールを買い、部屋で簡単に夕食を済ませることにした。食欲はないが、食べなければならないという意識がある。そしてこんな時でも食べられるだけの胃袋を彼は持っていた。それもまた職業による訓練のたまものかもしれなかった。

食事を終えると彼は警察の上司に電話をかけた。係長は、彼の話に仰天したようだった。

「そりゃあ、おい、大変なことだったなあ」唸るような声で上司はいった。やや頑固なところがあるが、人情家で、あまり腹芸をしない人物だった。

「それで、明日から弔事《ちょうじ》休暇をとらせていただきたいんですが、二親等の場合はたしか三日間だったと思うんです。申し訳ないんですが、年休を足していいでしょうか」

「もちろんいいさ。何しろ二人きりの肉親なんだからな。課長には俺のほうから話をしておく」

「お願いします」

「おい、和泉、それより」係長は少し声のトーンを落とした。「自殺だというのは間違いないのか」

康正は一拍置いてから答えた。「それは間違いないと思います」

「そうか。まあ、発見したおまえがそういってるんだから、たしかなんだろう。それなら変なことを考える必要もないわけだ」

上司の言葉に康正は黙っていた。係長も、答えを求めているふうでもなかった。

「じゃあ、こっちのことは心配しなくていいから」

「すみません。よろしくお願いします」

電話を切ると、彼はベッドに腰掛け、別のコンビニエンスストアの袋をバッグから取り出した。園子の部屋から回収した遺留品を入れたものだ。

落ちていた髪の毛が一種類でないことは、ちょっと見ただけでもわかった。園子の髪は細くて長い。そしてパーマをかけていない。ビニール袋の中には、太くて短い髪が何本か混じっていた。

次に彼は紙の燃え残りを入れた袋を取り出した。ダイニングテーブルに載っていた、小皿の中にあったものだ。

殆どが灰に変わっていたが、四角い紙の角と思われる部分が三つ残っていた。そのうちの二つは明らかに写真のようだった。カラー写真であることはわかるが、何が写っていたのかは全く推測できない。

残る一つの紙片も写真ではあるが、カメラで写してプリントしたものではなかった。おそらく印刷物だ。白黒の写真が印刷されていたらしいということが、辛うじてわかる。

何の写真か？　なぜ燃やしたのか――。

康正はベッドに身体を横たえた。そしてもう一度園子の死んでいた状況を思い浮かべた。悲しみと悔しさが鮮やかに蘇ってくるが、それに流されて冷静な判断力をなくしてはいけないと思った。だが心の揺れをコントロールするには、まだ少し時間が必要ではあった。

上司に対して康正は、自殺に間違いないと答えた。しかし本音は全く正反対だった。

現在の康正は、自殺でないことを確信していた。園子は何者かによって殺されたのだと考えていた。その根拠はいくつかあった。二人きりの肉親であるからこそわかる、些細《ささい》なヒントばかりだが、どれもが康正に強烈なメッセージを発していた。

「裏切られちゃったんだ」

園子の最後の言葉が、今更ながら耳に蘇ってくる。彼女は一体誰に裏切られたのか。あれほど激しく落ち込むほどショックを受けたということは、その相手は園子が最も信頼していた人間と考えていいのではないか。それはどういう相手か。

やはり――。

男ではないか、と康正は思った。

電話では比較的何でも話す園子だったが、異性との付き合いについては、殆ど報告してこなかった。それが当然だと康正も思っていたから、特に問いただしたこともない。だが妹に特定の相手がいるらしいということは、薄々感じていた。園子が発する言葉の端々に、そのヒントがちりばめられていたのだ。彼女にしても、内心は感づいてほしかったのかもしれない。

その男から裏切られた、ということは充分に考えられる。そして痴情の果てが最悪の結果になったというのも、世間ではよくある話だった。

とにかく相手の男を突き止めるのが先決だった。

彼はブルゾンのポケットから、折り畳んだ紙を取り出した。園子の部屋の冷蔵庫に、マグネットで留めてあった紙片だ。電話番号のメモらしいが、中に二つ、気になる番号があった。

J　　03—3687—××××

カヨコ　03—5542—××××

この「J」が、園子が付き合っていた男の頭文字ではないか、と康正は推理していた。確認するには、ためしに電話してみるのが手っ取り早そうだが、まだそれをする段階ではないと彼は考えていた。ある程度予備知識を得てからでも遅くはない。

その予備知識を得るのに、下の「カヨコ」という人物が役に立ちそうだと康正は思っていた。

先程刑事に、園子が親しくしていた人間に心当たりはないかと訊かれた時、康正はないと答えた。だがじつは一人だけ、頭に浮かぶ名前があった。

それがこの「カヨコ」だ。正確には弓場佳世子という。

園子とは名古屋の高校に通っていた頃からの親友である。そのまま揃って東京の女子大に入り、一時期は一つの部屋を借りて二人で住んでいたこともある。社会人になってからも、会社は違うが、ずっと交際を続けているということは、康正も園子自身から聞いて知っていた。「お兄ちゃん以外で、唯一心を許せる相手」だと、よくいっていた。その女性に訊けば、最近園子の周りで何が起こったかもわかるのではないかと康正は考えた。園子が付き合っていた男のことも知っている可能性は高い。

康正は時計を見た。今すぐにでも弓場佳世子に電話してみようかと思った。

だがその直後、彼の頭に別の疑念が浮かんだ。同時に園子の声が想起される。

「お兄ちゃん以外、誰も信じられなくなっちゃった」というものだ。

あの台詞を言葉どおりに解釈すれば、親友の弓場佳世子のことさえも信じられないということではないのか。園子が裏切られた相手というのは、男だとはかぎらないのだ。

しかしまさか、と思う。

康正は直接弓場佳世子と会ったことはない。それでも園子の話から、大体の人物像は描けていた。活発で明るく、しかも聡明だというイメージを持っていた。殺人者のイメージとは合致しなかった。

それに何より、園子を殺す理由がないじゃないか――。

康正の推理がそこまで進んだ時、ナイトテーブルの上の電話が鳴りだした。その音があまりに大きかったので、康正は飛び起きた。

「カガさんという方からお電話が入っておりますが」

「あっ、繋いでください」いいながら、ちょっと緊張した。山辺が部下の一人を、カガと呼んでいたことを思い出したからだ。領収書を調べていた刑事のほうだ。

もしもし、と男の声が聞こえた。たしかにあの男の声だった。

「和泉ですが」

「お疲れのところを、どうもすみません。練馬警察署のカガです。先程はどうも」役者のように歯切れのいい話し方をした。

「いえ、どうもご苦労様でした」

「まことに申し訳ないのですが、もう少しお話を伺いたいことが出てきましたので、これからそちらにお邪魔してもよろしいでしょうか。たいへんお疲れのこととは思うのですが」

言葉は丁寧だが、拒否を許さぬ圧力がある。康正は受話器を握る指に力を入れた。

「それは構いませんが、ええと、どのようなことをお訊きになりたいわけでしょうか」

「それはお会いしてからゆっくりと話させていただきます。いくつかありますので」

「いくつか……」ならば、なぜさっき園子の部屋にいる時に訊いてこなかったのだろうと康正は思った。「部屋で待っていればいいですか」

「そのほうがよければそうさせていただきますが、そちらのホテルですと最上階にバーがあるはずです。そこでいかがでしょう」

「わかりました。何時頃いらっしゃいますか」

「これからすぐに伺います。じつはもうそちらに向かっているんですよ。ホテルも見えてきました」

車の中から電話してきているらしい。

「では、私もこれからすぐに部屋を出ましょう」

「すみません。よろしくお願いします」

受話器を置くと、部屋を出る前に、ベッドの上に出したものをバッグの中にしまいこんだ。万一バーが閉まっていた場合、カガ刑事とこの部屋に来ることになるかもしれないからだ。

3

バーは無事営業していた。ガラス窓に沿って、丸い小さなテーブルが並んだ店だった。康正はウェイターに案内され、入り口からテーブル三つほど離れた席についた。そこからだと入り口を見ることができた。

ワイルドターキーのオンザロックを頼んで少しすると、黒っぽい色のジャケットを着た男が入ってきた。肩の張った、背の高い男だった。さっきの刑事に間違いなかった。店内を見回す目に、独特の鋭さがあった。

男はすぐに康正に気づいた。大股で近づいてきた。

「どうもすみません」と彼は立ったまま頭を下げた。

いや、と康正はいい、前の席を勧めた。だが刑事は座る前に名刺を差し出した。

「現場では、ばたばたして自己紹介するのも忘れていました。どうも失礼しました」

刑事の名前は加賀恭一郎《きょういちろう》といった。巡査部長だった。

おや、と康正は思った。この名前に見覚えがあったからだ。そう思って改めて相手を見て、顎の尖《とが》った彫りの深い顔だちに何となく記憶が刺激されるものがあることに気づいた。しかしその記憶がはっきりしない。どこかで会ったのかなと思ったが、東京の刑事に知り合いのいるはずがなかった。

「あの後、二、三、確認しておきたいことがいくつか出てきまして」と加賀はいった。

「いいですよ。どうぞおかけになってください」

「失礼します」ここで彼はようやく腰を下ろした。ウェイターが寄ってきて注文を訊くと、加賀は、「ウーロン茶」といった。

「お車なんですね」と康正は訊いた。

「そうです。こんなところでウーロン茶を飲むのは初めてです」そういってから加賀は何かに気づいたような顔をした。「そういえば和泉さんは交通課だそうで」

「ええ。交通指導係をしています」

「ということは、事故処理もなさるわけだ。大変なお仕事ですね」

「お互いさまです」

「自分は交通課に回ったことはないのですが、父が昔いたことがあるそうです」

「お父さんも警察官なんですか」

「古い話ですがね」といって加賀は笑った。「やはりかなり忙しかったようです。もっとも、現在の事故の数は、当時とは比較にならないんでしょうが」

「愛知県は特に事故が多いです」康正はいいながら、目の前の男の父親のイメージを思い描いた。

加賀は頷いた。「では質問に移らせていただいてよろしいですか」

「どうぞ」

「まず薬のことを」

「薬？」

「睡眠薬です」加賀はメモを取る姿勢を整えた。ちょうどその時オンザロックが運ばれてきた。康正が手を出さないでいると、「どうぞ飲みながら聞いてください」と加賀はいった。

「では失礼して」康正はグラスを口元に運び、舌先で舐めた。独特の刺激が口中から全身に広がった。「睡眠薬が何か？」

「妹さんの部屋にあったテーブルの上に、睡眠薬の空き袋が二つ置いてありました。ダイニングテーブルではなく、寝室の小さいテーブルのほうです。お気づきになりましたか」

「気づきました。たしかにありましたね」

「どちらの袋にも妹さんの指紋が、同じように付いていました」

「そうですか」

犯人が抜かりなく付けておいたに違いなかった。

「妹さんは睡眠薬を常用なさってたんですか」

「常用しているという話は聞いたことがありません。でも持っていたと思います」

「それは、常用はしていないが時々服用していたという意味ですか。それとも、今は飲むことはないが、以前使用されていたという意味ですか」

「ごくたまに飲むことがあったという意味です。妹は神経質なところがありましてね、たとえば旅行に行ったりすると、全く眠れないということがよくあったんです。それで知り合いの医師に頼んで、薬を分けてもらっていたようです。そういう解決法というのは、私はあまり好きではないんですが」

「知り合いの医師というと？」

「名古屋にいます。亡くなった父親が親しくしていました」

「その方の名前や病院名は、わかりますか」

「わかりますよ」病院名と医師の名前を康正はいった。電話番号などはすぐにはわからないというと、自分のほうで調べると加賀は答えた。

ウーロン茶が運ばれてきたので、加賀はいったん質問を切り、口を潤わせた。

「すると妹さんは、重度の不眠症だったというわけではないのですね」

「そういうことはなかったと思います。まあもちろん、自殺するほどの悩みがあったわけですから、そのせいで多少眠れないということはあったかもしれませんが」

加賀は頷いて、何事か手帳に書き込んだ。

「あの自殺方法について、何か思い当たることはありますか」

「といいますと？」

「何といいますか、若い女性が選んだにしては、非常に凝った方法です。まず感電死というのが珍しいし、胸と背中にコードの端を張り付け、電流を流した点も注目に値します。電流の経路を考えた場合、最も確実に感電死できる方法ですからね。しかも電流の流れる時刻はタイマーでセットし、自分は睡眠薬で眠りにつく。全く苦しまずに死ねる方法です。どこかで聞いたか、読んだか、とにかく予備知識がないと出てこない発想だと思うのですが」

加賀のいいたいことが康正にもわかってきた。あの自殺方法については、康正はさほど意外な気はしなかったのだが、たしかに重大なことかもしれなかった。

「高校時代、あの方法で自殺した同級生がいたんですよ」

康正の答えに、加賀は少し驚いたようだ。背中をぴんと伸ばした。

「高校時代？　どなたの？」

「妹のです。正確にいいますと、卒業間際だったと思います」

死んだのは、園子と同じクラスだった男子生徒だ。園子によると、「一年間で、話をした回数はたぶん二、三回だと思う」ということだったから、親しくはなかった。だが事件が事件であるし、マスコミに取り上げられたりもしたので、園子の周りでも様々な情報が乱れ飛んだようだ。康正も彼女を通じて、事件の詳細を知った。

その男子生徒は一言でいうと、「学歴社会に一石を投じる」ということで死を選んだらしい。自宅に残されていた遺書には、大学の合格通知を受け取った日に死ぬことは、一年前から決めていたと書いてあったという。

「何だかちょっと近寄りがたい雰囲気を持った男子だった」というのが、その生徒に関する園子のコメントである。

その時の自殺方法が、今回使われたものだった。だから康正はタイマーとコードを見た瞬間、あの時の方法を使ったのだなとすぐに納得したのだった。

「そういうことがありましたか。それでねえ」加賀も合点がいったようだ。

「あの方法は眠っている間に死ねるから怖くなくていいと、以前妹がいってたことがあります」

「それを覚えておられたわけだ」

「そういうことだと思います」

答えながら康正は、自分なりに思考を始めていた。犯人は、園子があの自殺方法を気に入っていたことを知っていたことになる。弓場佳世子は同じ高校の出身だ。事件のことは当然知っていただろうし、そのことで園子と話をしたこともあったに違いなかった。無論だからといって、弓場佳世子だけが怪しいわけではない。園子が高校時代の興味深いエピソードの一つとして、感電死自殺のことを恋人に話していたことは大いに考えられる。

「あのタイマーには見覚えはありますか。見たところずいぶん古いタイプのものでしたが」

加賀が訊いてきた。

「たぶん電気毛布用でしょう」と康正は答えた。

「電気毛布？」

「妹は寒がりでね、昔から冬になると炬燵だとか電気毛布とかがなければ寝られないといっていたんです。でもああいう暖房器具というのは、最初は暖かくて気持ちがいいものですが、そのうちに暑すぎて寝苦しくなるということがあるでしょう？」

「わかります」

「それで妹はよくタイマーを使っていたんです。眠っている間に、スイッチが切れるようにしておく。そうすれば、暑くて目が覚めることもないわけです」

「なるほど、そういうことでしたか」加賀は頷いて手帳に何やら書き込んだ。「たしかに妹さんのベッドには電気毛布が敷いてありました」

「そうでしょう」

「ただし電気は通っていませんでしたがね」

「あ、そうでしたか」

そこまでは康正も確認していなかった。

「というより、電気を通すことができなかったんです。タイマーに繋いであった電気コードは、電気毛布の電源用コードだったんですよ。あれを切って、使ったわけです」

これも康正が見落としていたことだった。コードのビニール被膜の削り滓《けずかす》が、瞼に浮かんだ。

「手頃なコードが見つからなかったんでしょう」

「でしょうね。したがって妹さんは、最後の眠りは冷たい布団の中で経験されたということです」加賀は文学的な表現をした。

「睡眠薬を飲んだから、寒くても眠れると思ったんでしょう」

「今のところ、そう考えるのが妥当のようですね」

今のところ――。

この言い方が引っかかったので康正は刑事の顔を見たが、刑事のほうは特に意味のあることをいったつもりはなかったのか、手帳に目を落としていた。

「妹さんは」加賀が次の質問に移った。「アルコールのほうはどうでしたか。よくお飲みになるほうでしたか」

「好きでしたね。でも強いほうではなかった」康正はロックグラスを傾けた。中の氷がからりと音をたてた。

「妹さんが最後に口にされたものは白ワインだったようですね。ベッドの横のテーブルに、ワインの入ったグラスがありました」

「あいつらしいと思います。酒の中でも、ワインが一番好きでしたから。銘柄なんかも、結構たくさん知っていました」

そのくせ食事は洋風のものは好まなかった。だから和食を食べながらワインを飲むのが一番いいといっていたのを康正は思い出した。

「どうでしょう。あまりアルコールにはお強くなかったということですが、一人でワインボトル一本を飲み干す程度のことはあったんでしょうか」

加賀の質問に、それまでは平坦だった康正の心に、少し細波《さざなみ》がたった。しかしそれを気取られてはならなかった。康正は再びロックグラスに手を伸ばし、ここでの答え方について考えた。

「それはなかったと思います。がんばって飲んでも、ボトル半分といったところでしょう」

「なるほど。そうすると、残りのワインはどうされたんでしょうね。ワインボトルは空になっていて、ゴミ箱に捨てられていたのですが」

この問いかけは康正が予想したものだった。この疑問があったからこそ、加賀ははじめに園子がアルコールに強いかどうかを尋ねてきたのだ。

残りのワインは流しに捨てたのだろうといいかけて、康正は思いとどまった。これまでのやりとりから、この刑事を舐めてはいけないという結論を出していた。

「おそらく、飲みかけだったんだと思います」

「飲みかけ?」

「ワインの栓を最初に開けたのは、前日か前々日だったたんじゃないですか。その時に半分ほど飲んで、残りを自殺する前に飲み干したんだと思いますが」

「宵越しのワインというわけですか。ワイン通のすることではないように思いますが」

「妹はワイン好きですが、通というわけではありません。飲みきれないからといって、残りを捨てるようなことはしませんでした。コルク栓をもう一度指で軽く押し込んでおいて、冷蔵庫に入れておくんです。そして次の日に飲む。これは和泉家のやりかたでしてね。貧乏臭いですが」

事実だった。亡くなった母親は、食べ物を粗末にすることを最も嫌ったのだ。

「よくわかりました。それなら筋が通りますね」

「宵越しのワインでも、とにかく好きなものを最後に飲めてよかったと思いますよ。もちろん、死なないのが一番いいんですが」

「お察しします。ところで、あのワインはどうされたんでしょうね」

「どう、とは？」

「つまり、どこで手に入れたかということです」

「そりゃあどこかの酒屋で買ったんじゃないですか」

「しかし領収書がないんですよ」

「えっ……」康正は相手の顔を見返した。ふいをつかれた思いだった。

「妹さんはかなりお金には几帳面だったらしく、独身女性には珍しく、非常にこまめに家計簿をつけておられました。十一月分までは、すべて記入済みで、十二月の分は領収書がとってあったのです。たぶん月末にまとめて記入するつもりだったのでしょうね」

「ところがワインの領収書がないと?」

「そういうことです。念のために財布やバッグの中も調べてみましたが、見つかりませんでした」

「へえ……」

そういうことかと康正は納得した。この刑事が領収書を睨んでいたわけを理解した。

「なぜでしょうね」と加賀は再度問いかけてきた。

「わかりません」と康正は仕方なくいった。「買ったけれど領収書を貰い忘れたか、貰ったけれどなくしたか、あるいはワインが貰い物だったのか」

「貰い物だとすると、誰から貰ったものでしょう。そういう人にお心当たりは?」

「ありません」康正は首を振った。

「妹さんが特に親しくしていた人というのはいなかったのですか」

「いたかもしれませんが、私は聞いていません」

「一人もですか? 妹さんと電話で話す時など、しばしば登場してくる人名というのが、二つや三つはあったのじゃありませんか」

「それがよく覚えていないんです。妹は自分の人間関係については殆ど話さなかったものですから。こちらとしても、根ほり葉ほり訊けませんしね。子供じゃないんだし」

「それはわかります」加賀はウーロン茶を飲み、手帳に何か書き込んだ。それから少し首を傾げ、こめかみのあたりを掻《か》いた。「妹さんから最後に電話があったのは、金曜の夜だとか」

「そうです」

「申し訳ありませんが、その時の話をもう一度していただけませんか。今度は少し詳しく」

「それはいいですが、さほど正確には覚えていませんよ」

「それでも結構です」

康正は、山辺にした話をもう一度繰り返した。警察を相手にする場合、何度も同じ話をしなければならないということは、彼自身よくわかっている。そして加賀は時折彼の話を中断させ、質問してきた。それは園子の口調や、何の話をした時に彼女が泣きだしたのか等、細部にこだわったものだった。康正はそれらの質問に対し、素早く先読みをし、後に致命傷とならぬよう気をつけながら答えていった。要するに曖昧《あいまい》な回答に終始した。

「今のお話をお聞きしたかぎりですと、妹さんの悩みというのは、かなり漠然としたもののように感じるんですが、その点はいかがでしょう？」加賀は狭い眉間をさらに寄せ、腕組みをして訊いてきた。この男が康正の答えに対して苛立ちを感じているのは間違いがなかった。

「わかりません。漠然としているといわれればそうかもしれませんが、結局東京の水に馴染めず、孤独に耐えられなかったという言い方をすれば、具体的な自殺動機という気もします」

「おっしゃることはわかりますが、妹さんはすでに十年近く東京に住んでおられるわけでしょう。孤独感に襲われたということであれば、その引き金となるような出来事があったのではないかと思うのですが」相変わらず加賀は、歯切れよく問題提起してくる。この男に対して、その場逃れの答弁は通用しそうになかった。

「わかりません。何かあったのかもしれませんが、私は知りませんでした」康正は、こういう場合に最も有効な答え方をした。

「遺書はなかったのですが、そのことについてはどうお感じになりますか。文章を書くのは、あまりお得意ではなかったのでしょうか」

「いや、わりと筆まめなほうでしたから、苦手ということはなかったですよ」康正は本当のことをいった。調べればすぐにわかることは嘘をいわないほうがよかった。「たぶん、きっちりとした文章にできるような動機ではなかったのだろうなと思っています。あるいは、そこまで気が回らなかったか」

加賀は黙って頷いた。この点についても不服のようだが、これ以上掘り下げた質問をする手材料がないようだった。刑事はちらりと手帳に目を落としてからいった。「もう一点お訊きしておきたいことがあるのですが」

「何ですか？」

「妹さんの部屋にお入りになって、遺体を発見し、警察に通報した後は、部屋でじっとしていたというふうに聞いているのですが、その点に間違いはありませんか」

こんなふうに尋ねてくる加賀の目を、康正は警戒心を持って見返した。口調はごく事務的なものであったが、そういう時こそ刑事は罠を仕掛けるものだということを彼は知っていた。この質問にどういう狙いがあるのかを康正は数秒間で考え、答え方を決めねばならなかった。

「下手にそのへんのものに触ったりはしなかったつもりですが……何か？」

「いや、じつは流し台の中が少し濡れていたんです。妹さんのお亡くなりになったのは、たぶん金曜の夜だと思われますから、土曜日と日曜日の二日間、流し台は使われなかったはずなのです。それならば空気の乾燥している今の時期、まだ流し台が濡れていたというのはどうも解せない気がするのですが」

「そのことですか」康正は頷きながら、素早く言い訳を考えた。紙の燃えかすが入っていた小皿やワイングラスを洗ったことは、隠し続けねばならなかった。「すみません。私が使ったんです。うっかりしていました」

「流し台で、何をされましたか」

「まあ、ちょっと……」

「何ですか。お差し支えなければ、教えていただきたいんですが」微笑みながらの訊き方ではあるが、加賀はメモを取る姿勢を固めた。

康正は吐息をついてから答えた。「顔を洗ったんです」

「顔を？」

「ええ。警察の方に、みっともない顔をお見せしたくなかったものですから。つまり、その、涙というやつを」

「ああ……」加賀は少し意表をつかれたようだった。康正の泣き顔というのを想像しにくかったのかもしれない。「そういうことでしたか」

「最初からお話ししていればよかったのでしょうが、いいにくくて。何かご迷惑をおかけしたのでしたら謝ります」

「いや、流し台が濡れていたことの説明がつけばそれでいいんです」

「ほかのところは、触ってはいないはずですが」

「そうですか」加賀は頷き、手帳を閉じた。「ありがとうございました。また何かお伺いすることもあるかもしれませんが、その時もよろしくお願いいたします」

「ご苦労様でした」

康正は伝票に手を伸ばしかけたが、それより早く加賀がそれを手に取った。そして康正の遠慮を制するように右手を広げると、立ち上がり、レジカウンターに向かって歩きだした。

康正は刑事の脇を抜けて店を出た後、儀礼的にその前で待った。

加賀が財布をしまいながら出てきた。ごちそうさまでした、と康正は礼を述べた。

エレベータに二人で乗ったが、途中の階で康正だけが降りた。

「それではこれで」

「お疲れさまでした」加賀もこういったので、康正は身を翻《ひるがえ》して歩き始めた。ところがすぐに後ろから声をかけられた。「あっ、和泉さん」

康正は足を止めて振り返った。「何ですか」

加賀はエレベータの扉を手で押さえていた。

「山辺さんから伺ったのですが、妹さんの身体に繋がっているコードやタイマーを見て、はじめて自殺だとわかったとおっしゃったそうですね」

「ええ。それが何か？」

「では、ドアチェーンをお切りになった時には、どのようにお考えだったのですか」

あっ、と康正は声を出すところだった。あるいは表情に変化が出たかもしれなかった。

加賀の指摘はもっともなものだった。ドアチェーンがしてある以上、中に人がいることは確実であり、インターホンに対して反応がなかったことから、何らかのアクシデントをその時点で予想するのがふつうである。しかもそれまでの経緯から、康正としては真っ先に園子の自殺を考えるはずだった。

「もちろん」康正はいった。「その時にも妹が自殺したのではないかという考えは頭にありました。だから、あの死んでいる状態を見て、やっぱり自殺したのかと改めて思ったということです」

「ははあ」加賀は瞬《まばた》きを数回した。あまり納得している顔ではなかった。というより、納得していないことを意思表示したのかもしれなかった。

「山辺さんに対して、不正確な言い方をしてしまったようですね。申し訳ありません。何しろ気が動転していたものですから」

「ええ、わかります。それはそうでしょうね」加賀は頭を下げた。「以上です。どうもすみませんでした」

「あの、加賀さん」

「はい」

康正は大きく息を吸い込んでから訊いた。「何か問題でも?」

「問題、といわれますと?」

「だから妹の死について何か疑問でもあるんでしょうか。たとえば自殺でない可能性があるとか」

するとき加賀は意外そうに目を大きくした。

「なぜそう思われますか」

「いろいろと不審がっておられるように感じるからです。私の気のせいかもしれませんが」

康正の答えに加賀は口元をすこし緩めた。

「不愉快に思われた質問があったのなら謝ります。何でも疑ってかかるのが我々の仕事なんですよ。それは和泉さんならご理解いただけると思いますが」

「それはわかりますが」

「現場の状況について、特に疑問点はありません。今のままですと、自殺と考えざるをえないでしょうね。何しろ現場は推理小説でいうところの」ここで加賀は言葉を切り、康正を見つめた。「密室状態でしたから。部屋の鍵は妹さんのバッグの中に入ってましたし、あなたの証言によるとドアチェーンがしてあったらしい。まさに完璧な密室です。そして推理小説のようには、この密室を破ることはできないでしょう」

康正は、この刑事を逆に睨み返したりすることは得策でないと思った。それで一度目を合わせた後、いったん下を見て、それからまた顔を上げた。

「もし何か疑問があった場合は、早急に教えていただきたいのですが」と彼はいった。

「ええ、それはもちろん真っ先にご連絡しますよ」

「そのようにお願いします」

「では」加賀がボタンを離すと、エレベータの扉は静かに閉まった。閉じた扉を見つめたまま、康正は彼と交わした会話の一つ一つを反芻《はんすう》していた。何かミスはしなかっただろうか、矛盾するようなことをいいはしなかったか。

大丈夫のはずだ——そう自分にいい聞かせてから、彼は自分の部屋に向かった。

部屋に戻ると、康正は先程バッグにしまったビニール袋を再び取り出し、ベッドの上に並べた。

どういう理由でかはわからないが、加賀が園子の死に疑いを抱いているのは確実のようだった。刑事の中には独特の勘を持っている者がいる。案外そういうところかもしれなかった。

しかし加賀が真相に到達することはないはずだと康正は思っている。なぜならばそのために必要と思われる物的証拠の殆どが、今彼の目の前にあるからだった。

だがワインボトルに目をつけたとはさすがだな——。

コルク栓を捨て、ワインオープナーを片づけておいてよかったと思った。もしあのままにしておけば、あの勘の鋭い刑事が、きっと目をつけたに違いなかった。

康正にしても、自殺に疑問を持ったきっかけはワインだった。具体的にいうと、ワインオープナーが刺さったままのコルク栓だ。あのようなものが落ちているということは、ワインを開けたばかりということになる。ならば加賀に説明したように、園子はあまり酒が強くないのだから、どこかに飲みかけの瓶が残っていなければならない。ところが見つかったのは、空瓶だった。

残りを流しに捨てたというのは、いかに死ぬ前にしても、園子の性格を考えるとありえない。冷蔵庫の中には、中途半端な食べ物がたくさん残っていたのだ。ワインだけを片づける理由がない。それに寝室のテーブルの上に載っていたワイングラスには、ワインが入っていた。あれはなぜ捨てなかったのか。

やはりもっとも妥当な考え方は、誰かと二人でワインを空にしたというものだと康正は思った。そしてそれを裏づけるように、流し台の中にはもう一つワイングラスが置いてあった。

園子は死ぬ直前、誰かとワインを飲んでいた。するとその相手が帰った後、園子は自殺したのか。それももちろん考えられる。

だがそうでないことを康正は確信していた。間違いなく園子は殺されたのだ。それを示すものが、あの部屋には残されていた。

それは包丁に付着していたビニール屑だ。

鉛筆を削る時、ナイフが錆止め油で濡れていたりすると、削り滓《けずかす》がナイフに付着することがある。その場合削り滓は、必ずナイフの上面に付く。右利《みぎき》きの人間の場合、それは刃の右側になる。

例のビニール屑も、包丁の刃の右側に付着していた。しかしそれではおかしいのだ。

なぜなら園子は左利きだったからだ。彼女は鉛筆と箸は右手で持つ。そのように親から矯正されたのだ。だがそれ以外はすべて左利きだった。テニスもボール投げも左だ。そして彼女が左手で器用にキャベツを刻む姿を、康正は何度も見ている。

したがって園子がビニール被膜を削ったのなら、ビニール屑は刃の左側に付くはずなのだ。

他殺だとわかった瞬間、康正は自らの手で犯人を突き止めることを決心した。世の中には自分の手ですべきことと、そうでないことがあるが、これは決して他人の手に委《ゆだ》ねるべき事柄ではないと彼は思った。彼にとっては妹の幸せこそが、最大の望みだったのだ。それを奪われた無念さは、犯人が逮捕された程度のことではおさまらなかった。

突き止めた後はどうするか。それについてもじつは康正はすでに決めていた。しかしまだそのことに思考を向ける段階ではないと思った。まずすべきことが山のようにある。

肝心なことは――。

警察に気づかれないことだった。特にあの加賀という刑事に、自分の狙いをかぎつけられてはならないと思った。彼等が園子の自殺に少しでも疑いを挟むようなことがあれば、康正は全力を傾けて、それを打ち消していくつもりだった。

第二章

1

　翌日は朝から忙しかった。まず名古屋の葬祭業者に電話し、通夜や葬儀の段取りをつけねばならなかった。康正の母が死んだ時にも世話になった葬儀屋なので、かなりスムーズに話は進んだが、何しろ警察との絡みがあるので、すぐに決定できないことが多く、どうしても作業が煩雑《はんざつ》になってしまうきらいがあった。

　それでも昼前には練馬警察署から連絡が入り、夕方には遺体を運び出していいという話になった。解剖を終えた遺体は、すでに縫合も完了しているということだった。康正は葬儀屋と相談し、今夜中に遺体を名古屋に運び、明日通夜をすることにした。

　その後は各方面への連絡に追われた。豊橋警察にも改めて電話し、葬儀の日程を報告した後は、親戚一軒一軒に電話しなければならなかった。ふだんは全く付き合いのない相手ばかりだが、無視するわけにもいかなかった。じつのところ、この作業は康正にとって最も苦痛だった。相手が死因を訊かないはずがなく、それについて答えるのが辛かったのだ。

自殺だと聞くと、どの親戚も口を揃えて、だから一人で東京になんか行かせてはいけなかったのだと和泉家の方針を非難した。日頃親戚付き合いをしない、康正と園子に対する嫌味も含まれていたのかもしれない。もちろん、本気で悲しみ、それゆえに腹を立てている親戚もいた。園子が子供の頃によく世話になった叔母などは、電話口で号泣し、これからすぐに東京へ行くといいだしたので、なだめるのに苦労した。

親戚の次は、園子の会社に電話をした。じつは朝一番に、園子が死んだことだけは伝えてあった。小さいながらも朝刊に記事が載っているのを見つけたので、問い合わせが来る前に知らせておこうと思ったのだ。二度目の電話は、葬儀の予定を教えるためだった。もっとも、わざわざ名古屋まで焼香をしに来てくれる人間がどれだけいるかは怪しかった。園子は常々、会社には打ち解けて話せる相手がいないとこぼしていたからだ。

午後三時過ぎには葬儀屋が到着したので、ホテルの部屋で打ち合わせをした。決めなければならないこと、準備しなければならないことが山のようにあった。肉親が二人きりでなかったら、あるいはここが名古屋であったなら、もう少し余裕があるのかもしれないが、康正にはもはや家族は一人もなく、最後の肉親が死んだ場所は、彼には全く馴染みのない土地だった。

葬儀屋との打ち合わせの最中、一度だけ電話が鳴った。加賀からだった。

「今日はもう妹さんの部屋には行かれないんですか」と彼は訊いてきた。

「ええ。遺体を引き取ったら、そのまま名古屋に帰るつもりです。葬儀の準備もありますので」と康正はいった。「何か？」

「いえ、もし部屋のほうに行かれるのでしたら、もう少し見せていただけないかと思ったんです」

「何をですか。部屋をですか？」

ええ、と加賀は答えた。

康正は受話器を塞《ふさ》ぎ、背後を振り返った。眼鏡をかけた葬儀屋の担当者は、書類に何か書き込んでいる最中だった。

「まだ何か？」と康正は小声で訊いた。

「いや、大したことではないんです。ちょっと確認したかっただけです。今日でなくても結構です。ええと、今度はいつこちらにいらっしゃいますか」

「まだわかりません。いろいろとしなければならないことがありますので」

「そうでしょうね。では、こちらにいらっしゃる時には、電話をいただけないでしょうか。決してご迷惑はおかけしません」

「わかりました。加賀さんに電話すればいいわけですね」

「そうです。よろしくお願いします」

では、といって康正は電話を切ったが、割り切れない思いが残った。加賀はあの部屋の何を確認したがっているのだろう。あれだけ犯人の痕跡を消したというのに、一体何を根拠に自殺に疑いを持つのだろう――。

「じゃあ、ご予算はこういうことでやらせていただきましょうか」

葬儀屋の言葉で、康正は我に返った。

康正が弓場佳世子に電話することを決心したのは、遺体を引き取りに行く直前のことだった。すでに部屋はチェックアウトするつもりで、荷物もまとめてあった。

園子が「裏切られた」といった相手が、高校時代からの親友である可能性もゼロではない。しかし弓場佳世子が、最近の園子のことを最もよく知る人間であることは間違いなかった。そういう人間には、一刻も早くコンタクトを取っておく必要があった。

それに葬儀のことを考えた場合、弓場佳世子が持っているネットワークは貴重だった。彼女に連絡しなければ、友人が一人も来ない寂しい葬儀になってしまうおそれがあった。

呼び出し音を聞きながら康正は壁の時計を見た。六時を少し回ったところだった。帰っていてくれるといいのだがと思った。

四度目のコールの途中で、電話の繋がる音がした。もしもし、という若い女の声。ややハスキーで、けだるい響きがあった。

「もしもし、弓場佳世子さんのお宅でしょうか」

「そうですけど」身構える気配があった。聞き慣れない男の声だからだろう。

康正は息を整えてからいった。

「あの、私は和泉といいます。和泉園子の兄です」

二秒程の沈黙の後、「ああ」と相手の女はいった。この反応については、あまりこだわってはいけなかった。突然友人の兄から電話があれば、大抵の人間は一瞬戸惑うに違いなかった。

「和泉さんの……。あ、そうですか。どうも……」何と答えていいのかわからないという感じだった。これもまた自然な反応かもしれなかった。

「妹がいつもお世話に……なってたみたいで、ありがとうございます」

途中で過去形の表現にしたので奇妙な言い方になったが、弓場佳世子のほうは気にならなかったようだ。「いいえ、こちらこそ」と応じてきた。それから、「あの、和泉さんがどうかされたんですか」と尋ねてきた。

「ええ、じつは……」康正は唾を飲んでから訊いた。「ええと、新聞はお読みになってないんですか」

「新聞？」

「朝刊です。今朝の」

「今朝の朝刊？　いえ。あたし、新聞をとってないものですから」

「そうなんですか」

「あの、何があったんですか。新聞に載るようなことが起きたんですか」

じつは、といって康正は深呼吸を一つした。「園子が死にまして」

「えっ」

弓場佳世子は絶句した。いや、絶句したように聞こえた。康正は相手の顔が見えないことを残念に思った。

「死んだって……そんなあ」呆然としているように感じられた。「嘘でしょう?」

「嘘だと私もいいたいです。でも残念ながら本当のことなんです」

「そんなあ」と彼女はもう一度いった。泣き声に聞こえた。「どうしてですか? 事故か何かですか」

「いえ、今のところ、自殺ではないかと見られています」

「自殺……どうして? 何かあったのでしょうか?」弓場佳世子の口調には、大げさでない程度に嘆きの響きがこめられていた。これが演技なら大したものだと康正は思った。

「それについては、警察も調べているところなんです」

「信じられません。彼女がそんな……そんなことをするなんて」

鼻をすする音が康正の耳に伝わってきた。

「弓場さん」と康正は呼びかけた。「一度、ゆっくりとお話を伺わせていただけないでしょうか。最近の園子については、おそらくあなたが一番よく御存じだろうと思うんです。あなたのお話を伺って、自殺の理由なんかを突き止めたいと思うのですが」

「それはかまいません。大したお話はできないかもしれませんけど」

「園子に関することであれば、何でもいいのですよ。とにかく私はあいつのことは何一つ知らないも同然なんですから。では、いずれこちらから、連絡させていただきます」

「お待ちしています。あっ、それからお葬式はどちらで？」

「名古屋なんです」そういって康正は、斎場の場所と電話番号を伝えた。

「何とかお葬式には出られるようにします」と弓場佳世子はいった。

「そうしていただけると、園子も喜ぶだろうと思います」

「ええ、でも……」途切れた言葉の後に、すすり泣きが続いた。「信じられない……」

「私もです」と康正はいった。

電話を終えた後、太く長い息を彼は吐き出した。

2

園子の通夜は、彼女の母親の時と同様、葬儀屋所有の斎場で行われた。五階建てのビルで、そのうちのワンフロアを使用するわけだ。夕方の六時頃から、遠縁の親戚や近所の人間、それから豊橋署の同僚や上司も駆けつけてくれた。

康正は畳を敷いた小部屋で、交通課の仲間たちとビールを飲んで過ごした。

「周りに全く親しい者がいない状態で何年も一人暮らししてたら、そりゃあノイローゼにもなるかもしれんなあ」本間《ほんま》という係長が、ビールの泡がついた口元をぬぐってからいった。交通課の連中と園子の死についてゆっくり話をするのは、これが初めてだった。

「でも、相談できる相手が一人ぐらいはいなかったのか?」田坂《たさか》という同僚が訊いた。康正とは警察学校でも同期だった。

「いなかった、ということなんだろうな。とにかくうちの妹は人付き合いが下手でさ、一人で本を読んでたりするほうが性に合ってたらしい」

「それはまあそれで、別に悪くはないけど」田坂はやりきれないというように頭を振った。この男は交通事故で若い者が死ぬのを見ると、誰よりも辛そうにするのだった。

「練馬署だったか、所轄は」本間が訊いた。

「そうです」

「あっちはどんなふうにいってるんだ。自殺ということで、書類を作るのかな」

「そのはずですけど、何か?」

「うん、大したことじゃないんだがな」本間はあぐらを組み直し、黒いネクタイの結び目に手をやった。「昨日の昼頃だったかな、あっちのほうから問い合わせがあった」

「あっちのほう、というと……練馬警察からですか」

うん、と頷いて本間はビールを飲んだ。ほかの者も特に驚いた顔をしていないところを見ると、すでに知っているらしかった。

「どういう内容ですか」

「おまえの先週の勤務内容を訊いてきた。特に金曜と土曜だ」

「へえ……」康正は首を傾げた。「なんでかな」

「理由は、はっきりとはいわなかった。こちらからあまり訊くのも礼儀に反するしな」

「何という名前の刑事でした？」

「加賀、といったな」

やっぱり、と康正は頷いた。

「遺書がなかったことにこだわっているようです」

「それだけの根拠で自殺に疑問を持ってるのか？」田坂が唇を尖《とが》らせた。

「そうらしい」

やれやれ、と田坂は口元を歪めた。

「声を聞いたかぎりでは、わりと若い感じがしたな、あの刑事」

「自分と同い年ぐらいだと思います」康正は本間にいった。「どこかで会ったような気がするんですが、思い出せません。気のせいでもないと思うのですが」

すると横から坂口《さかぐち》という後輩が尋ねてきた。「加賀……何という名前ですか」

「恭一郎といったかな」

後輩はビールの入ったコップをテーブルに置いた。「じゃあ、あの加賀恭一郎じゃないですか。全日本チャンピオンの」

「チャンピオン？　何のだ？」と田坂が訊く。

「剣道ですよ。もう何年前になるかな。二年連続で優勝したはずです」

あっと康正は声を出した。封印されていた記憶が、急速に蘇ってきた。剣道雑誌で見た写真が脳裏に浮かんだ。

「そうだ、間違いない。あの加賀だ」

「ほう、そりゃあ有名人に当たったものだなあ」剣道よりも柔道を得意としている本間は、あまり関心のなさそうな口調でいった。

「剣道がうまいからって、優秀な刑事とはかぎらねえよ」田坂がいったが、ビールが少し回り始めたか、呂律《ろれつ》が怪しかった。

交通課の仲間たちが去る頃には、親戚の者も引き上げており、広いフロアには静寂が訪れた。祭壇に向かって、パイプ椅子がずらりと並べられている。その一番後ろに康正は座り、缶ビールを飲んだ。

練馬警察署の加賀が、康正の金曜と土曜の勤務内容を問い合わせてきたというのは、気になる話だった。どう考えても、アリバイ調査としか思えなかった。つまり加賀は園子の死を他殺ではないかと疑っており、実の兄である康正が犯人である可能性もあると考えているのだ。

なぜなんだ――。

康正は自分が何かミスをしたのだろうかと考えた。そのミスに、加賀は気づいたということだろうか。康正は園子の部屋で自分がしたことを、できるかぎり克明に思い返し、点検した。だがミスは思いつかなかった。

仮にあの刑事が何か摑《つか》んでいたとしても決定的なものではないはずだと彼は考えることにした。

これまでの状況を見るかぎりでは、練馬警察署としては自殺として処理する方向に固まっている気配だ。そして余程の証拠が出てこないかぎりは、その方針を曲げることはないだろうと康正は踏んでいた。仮に他殺ということで捜査するのならば、練馬警察署は当然警視庁に連絡しなければならない。そうなると捜査本部が結成され、大がかりな捜査が開始されることになる。そこまで話が進んだ場合、今度は所轄として最も恐れることは、やはり自殺だったという結論が出されることだった。大勢の応援を動員してもらい、結局犯罪ではありませんでしたでは、署長が恥をかくだけでなく、多方面に迷惑をかけることになるからだ。しかも練馬警察署の場合、先に起こったＯＬ殺しの一件で、すでに一つ捜査本部が設置されている。こういうケースでは、所轄は慎重になるということを康正は知っていた。大丈夫、加賀なんかは無視しておけばいい。真相は俺が暴く——。

康正は缶ビールを飲み、前方に目を向けた。祭壇に置かれた写真立ての中の園子が、白い歯を見せて笑っていた。

チン、という音がしたのは、その直後だった。

康正は身体を捻《ひね》って振り向いた。音の原因はエレベータだった。それがこの階に止まった音だった。今頃誰が来たのかなと康正は訝った。

エレベータの扉が開いた。現れたのは、黒いコートを着た若い女だった。顔が小さく、髪は短かった。

女は康正に気づくと、ゆっくりと歩み寄ってきた。その靴音が広いフロアに響いた。彼女は真っ直ぐに彼を見つめてきた。その目にはアンティーク人形を思わせる深みと神秘性があった。康正は一瞬彼女のことを、通夜に関する何かの儀式をする女なのかと思った。

「あの」立ち止まり、彼女は抑えた声でいった。「和泉園子さんのお通夜をしているのはこちらでしょうか」

その声に覚えがあった。康正は立ち上がった。「弓場さんですか？」

「あ、お兄さんですか？」康正の声を、彼女のほうも覚えていてくれたようだった。

「そうです。わざわざ来てくださったんですか」

「ええ。とてもじっとしていられなかったものですから」弓場佳世子は目を伏せた。長い睫《まつげ》が、少ない照明の光を反射して光っていた。意識的なものか、化粧気は少なかった。それでも肌は少女のようにきめ細かだった。

彼女はバッグから香典袋を取り出した。水引が印刷された、簡単な袋だった。

「どうかお納めください」

「ありがとうございます」

康正はそれを受け取ると、フロア後方に設置された受付に案内し、署名を求めた。彼女は右手で毛筆ペンを持ち、住所と名前を書いた。見事な楷書だった。

「お一人なんですか」筆を置いてから、弓場佳世子は周りを見て訊いた。

「うるさいのは嫌いでね、みんなには帰ってもらいました」

「そうなんですか」彼女の視線はすでに祭壇に注がれていた。果たして彼女はいった。「あの、お焼香させていただいてよろしいでしょうか」

「ええ、もちろん」

弓場佳世子は祭壇に近づきながらコートをゆっくりと脱ぎ、それをそばの椅子に置いた。そして園子の写真の正面に立った。その姿を康正は後ろから眺めた。

彼女は焼香した後、ずいぶん長い間合掌していた。その肩は細く、黒いミニのワンピースからのびた脚も細かった。日本人の女性としても小柄な部類に入るだろうが、恐ろしく踵《かかと》の高いハイヒールで、その欠点をカバーしていた。長身であったならモデルになれるのではないかと思えるほど、均整のとれた体型だった。

焼香を終えると、彼女は康正に背を向けたまま、ハンドバッグを開いた。ハンカチを取り出して目元を拭《ぬぐ》っているというのは、彼にもわかった。だから自分のほうに顔を向けるまでは話しかけないことにした。

ようやく佳世子が身体の向きを変え、戻ってきた。途中、脱いだコートを手に取った。

「コーヒーでもいかがですか」と康正はいった。「自動販売機のものですけど」

彼女はかすかに頰を緩めて、「いただきます」と答えた。

「ミルクと砂糖は？」

「いえ、ブラックで結構です」

康正は頷き、フロアの外に出た。トイレの横に自動販売機があった。ブラックコーヒーを二つ買いながら、彼は作戦を立てた。弓場佳世子を特に疑っているわけではない。しかし事件について調べる以上、抜かりがあってはならなかった。たとえば彼女は犯人でなくても、それが犯人と知り合いである可能性は高い。油断して康正の手の内をしゃべったりしたら、それが犯人に伝わるおそれもあるのだった。

紙コップに入れたコーヒーを持って戻ると、弓場佳世子は先程康正が座っていた椅子に座っていた。彼は右手に持っていたカップを彼女のほうに差し出した。彼女は微笑み、「ありがとうございます」といって受け取った。

康正は彼女の隣に腰を下ろした。

「本当に、何がなんだかわからないというのが正直なところです」

「そうでしょうね。あたしもそうです。まさか園子がこんなことになるなんて」そういって頭を小さく振り、紙コップを口元に運んだ。

「昨日も電話で少しお話ししましたが、あいつが自殺する理由というのが、私には全くわからないんです。弓場さんは、何かお心当たりはありませんか」

康正がいうと、佳世子は顔を上げ、瞬きを繰り返した。長い睫が光った。

「でも新聞には、動機はあるようなことが書かれていましたけれど」

「新聞をお読みになったんですか」

「ええ。昨日お電話をいただいた後、近所の喫茶店へ行って読んできたんです。そうしたら、都会の生活に疲れたようなことを、本人が家族に漏らしていたらしいというようなことが書いてありました」

その記事は康正も読んでいた。あれは自分が適当にいったことだと、ここで告白するわけにはいかなかった。

「まあそうなんですがね、単に都会の生活に疲れたというわけではなく、自殺の引き金となった出来事があったと思うんです。それを知りたいと思っているわけです」

ああ、と彼女は頷いた。

「何か思いつくことはありませんか」と彼は訊いた。

「昨日からずっと考えてはいるんですけど、これといったことは……。もしかしたら、あたしが何かうっかりしているのかもしれませんけど」

「最後に妹と話をしたのはいつですか」

「あれは、いつだったかしら」彼女は顔を傾けた。「二週間ぐらい前……だったと思います。電話で少し話しました」

「かけたのはどちらですか」

「たしか彼女からかかってきたのだったと思います」

「どういう話をしたんですか」

「ええと、どんな話だったかな」

弓場佳世子は右手を頰に当てた。その指の爪は長く、美しい艶《つや》を持っていた。赤く塗れば、妖艶な魅力を放つのだろうと想像できた。

「そんなに大した話ではなかったと思うんです。最近買った服の話だとか、お正月の予定だとか、たしかその程度の内容でした」

「園子から何か相談を受けたというようなことはありませんでしたか」

「ありませんでした。あれば覚えています」そういって弓場佳世子はブラックコーヒーを飲んだ。彼女が唇を離した紙コップには、口紅の色がうっすらとついていた。

「園子の部屋には、よく行かれるんですか」

「以前はよく遊びに行きました。でも最近はあまり……。この夏に一度行ったきりだと思います」

「そうですか」

「すみません。何もお役に立てなくて」

「いや」康正もコーヒーを飲んだ。苦いだけで、風味が全くなかった。

彼は少し迷ったが、手持ちのカードの中から一枚を出してみることにした。

「一つ教えていただきたいことがあるんですが」

「何ですか」彼女は少し緊張したようだ。

「園子には、付き合っている男性がいたんでしょう?」

この質問に、弓場佳世子は唇を小さく開いた。不意をつかれたという表情だった。予想外の質問だったのかもしれない。彼女は持っていた紙コップに視線を落とした。

「どうなんですか」と康正は訊いた。

彼女は顔を上げた。

「それは、吉岡《よしおか》さんのことをおっしゃってるんでしょうか」

「吉岡さん……というんですか。何をしている人です」

「園子と……和泉さんと同じビルで働いていた人です」

「同じ職場の人なんですか」

「いえ、ビルが同じというだけで、会社も別なんです。たしか建築会社の人だったと思います」

彼女の言い方が康正には気になっていた。すべて過去形で語られているからだ。

「園子はその人と付き合っていたわけですか」

「ええ。でも」と彼女はいった。「三年前に別れたと思うんですけど」

「三年前？」

「はい。園子の話では、その吉岡さんという人は、実家の商売を継がなければならなくなって、九州の福岡にお帰りになったということでした。その人は園子に、ついてきてほしいというようなことをおっしゃったみたいですけど、園子は断っちゃったんです」

「それで別れたと……」

「はい」

「その吉岡という人のフルネームは御存じですか」

「たしか、オサムだったと思います」

「吉岡オサム……か」

康正の頭の中には、園子の部屋の冷蔵庫に貼り付けてあった電話番号のメモがあった。「カヨコ」は弓場佳世子のことだとして、「J」は恋人のことだろうと考えていたのだ。しかし吉岡オサムでは、どう解釈しても「J」にはならない。

「園子には最近まで付き合っていた男性がいたはずなんです。その人のことを聞いていませんか」

「さあ……あたしは聞いてません。そういう人がいたなら、すぐに教えてくれると思うんですけど」

「そうですか」

康正としては、まだ自分の勘に未練があった。園子には絶対に特定の男がいたはずだという確信がある。ではなぜその男のことを親友に話しさえもしなかったのか。

弓場佳世子が腕時計を見た。それにつられて康正も自分の時計に目を落とした。若い女性を引き留めておける時間帯ではなかった。彼女の紙コップが空になっているのを確認して、康正は腰を上げた。

「長々とお引き留めして申し訳ありませんでした。今夜はどちらにお泊まりですか」

「実家のほうに泊まります。あの、明日はすぐに東京に戻らなければいけませんので、お葬式のほうは……」

「わかっています。今日来ていただけただけで、園子も喜んでいると思いますよ」

「だといいんですけど」

弓場佳世子は紙コップを椅子に置き、コートを羽織ろうとした。康正はそれを後ろから手伝った。その時コートの襟のところに、髪の毛が一本付いているのが目に留まった。彼はさりげなくそれを指先で摘み取った。

二人はエレベータの前まで行った。康正がボタンを押すと、すぐに扉が開いた。

「ではこれで失礼します」弓場佳世子がいった。

「下まで送りますよ」

「いえ、園子を一人ぼっちにしたくないですから」彼女は一人で乗り込んだ。

康正は頭を下げた。扉が閉じる直前、彼女が微笑むのが見えた。

彼はポケットからティッシュペーパーを取り出すと、先程採取した弓場佳世子の髪を丁寧に包んだ。

葬儀は、園子が惨めにならない程度に豪華に、そしてそれなりにしめやかに執り行われた。昨日は現れなかった、園子の中学、高校時代の友人たちも、大勢駆けつけた。後で康正が尋ねたところ、弓場佳世子から連絡があったということだった。

すべての儀式を終え、康正が自宅に戻ったのは、夜の七時過ぎだった。彼は遺骨と遺影を仏壇に置き、改めて線香をあげた。それから葬儀に参列した人々の名簿を、入念にチェックした。しかし園子と特別な関係にあったと思える男の名前を見つけだすことはできなかった。

彼はリビングルームに行くと、ソファに腰かけ、傍らに置いてあったバッグから紙製の箱を出した。そこには、園子の部屋から採取した毛髪が入っていた。それらはすでに康正によって、長さや表面の特徴などから三種類に分類されていた。彼は便宜上、ＡＢＣという記号を付けていた。長さから見て、Ａがおそらく園子のものだった。残る二つ、ＢとＣのどちらかが、犯人のものだろうと思われた。どちらも短い髪だった。

康正は上着のポケットから、奇麗に折り畳んだティッシュペーパーを取り出した。昨夜、弓場佳世子の髪を包んだものだ。

携帯用の顕微鏡を使い、彼はその髪を観察した。化学的な分析をしなくても、色や表面状態などでかなり見分けがつけられる。

結果はすぐに出た。弓場佳世子の髪は、Ｂの髪と同一だと考えて、まず間違いなかった。

園子の部屋へは、この夏に一度行ったきり――彼女がこういったのを、康正は思い出していた。

3

葬儀の翌日、康正は新幹線を使って上京した。これからはなるべく車は使わないつもりだった。前回、ひどい渋滞に遭って懲りていることもあるが、地理を把握することも大切だと思ったからだ。

ひかり号の一号車に乗り、サンドウィッチを食べながら、康正は都内地図を広げ、今後の予定を立てた。弔事休暇は明後日まで認められている。今日を含めた三日の間に、なるべく多くの手がかりを掴んでおきたかった。時間は一秒も無駄にできなかった。

東京には昼過ぎに着いた。彼は山手線と西武線を乗り継いで、園子のマンションへ行った。数日前にはパトカーの並んだ通りが、今日は商用車やトラックの路上駐車場と化していた。それらを横目で見ながら彼はマンションに入っていった。

マンションの入り口にある郵便受けの暗証番号は、先日不動産業者から聞いていたので、簡単に開けることができた。しかしそこに入っていたのは、ダイレクトメール数通だけだった。新聞はすでに精算を済ませてある。

園子の部屋の家賃は、来月、つまり新年の一月まで払ってあった。その後どうするかを、今日不動産屋と相談することになっていた。契約期間は、あと三ヵ月残っている。

鍵をあけて部屋に入ると、まだかすかに香料の匂いが残っていた。化粧品や香水の匂いだろう。園子の名残《なごり》だなと康正は思った。

室内は遺体発見の日に警察が出ていった時のままだった。つまり刑事たちにいじられたところ以外は、犯行時の姿を留めているということになる。

康正はバッグを床に置き、中から写真のファイルを取り出した。先日警察を呼ぶ前に、この部屋で撮影したものだ。

彼はダイニングの中央に立ち、金曜の夜に起こったことを頭の中で再現してみることにした。園子を殺した犯人が誰であるかを突き止めるには、まず犯行方法を知らねばならない。

園子が俺のところへ電話してきたのは夜の十時──康正は推理を始めた。

電話を終えたのは十時半頃だった。犯人はその後この部屋にやってきたと考えるのが妥当である。忍び込んだのではなく、正面から堂々と訪ねてきたと思われる。

あの時の電話では、園子はその夜人が訪ねてくるようなことはいっていなかったから、突然の訪問だったのだろう。そのような時間帯に予告もなしに来るというのは、園子と余程親密な関係にある人間と考えてよかった。たとえば弓場佳世子や園子の恋人なら、その条件を満たす。

しかもその人物はワインを手土産に持ってきた。

親密な間柄にある人間だから、園子の嗜好を知っていたといえる。その人物はたぶん彼女にこういうことをいったはずだ。

「あなたに謝りたくて、やってきたの。ワインを飲みながら、あたしの話を聞いてくれない？」

あるいは次のような台詞だったか。

「君を裏切ったことを深く後悔している。どうか許してほしい」

人の良い園子は、その人物を追い返すことはしないだろう。多少のわだかまりを胸に抱きながらも、彼女は反省しているという相手の言葉を真に受けて、部屋に上げたに違いなかった。

相手の人物は園子にグラスを用意させ、そこへワインを注ぐ。コルク栓を抜いたのが園子なのか犯人なのかはわからない。どちらにせよ、コルク栓はワインオープナーが刺さったまま放置された。

何か酒の肴《さかな》が欲しいね――犯人はそのようなことをいって園子を立たせる。あるいは自分が持ってきた肴を入れる食器を要求する。園子はおそらく何も怪しまずに立ち上がっただろう。たとえどれほどの確執があろうとも、他人が自分を殺そうなどと考えるはずがないと信じていたのが彼女なのだ。そのことを康正はよく知っている。

ところが犯人はその隙に睡眠薬を園子のワイングラスに入れる。園子は何も疑わず、犯人の向かい側に座る。

そして、と康正は想像する。白々しい顔で「乾杯」といって相手が差し出したグラスに、園子は自分のグラスを合わせ、そのまま透明な黄金色の液体を喉に流しこんだ。

相手は全身全霊を込めて芝居を続けたことだろう。彼もしくは彼女の目的は、園子にワインを飲ませ続けることだった。そのためには、どんな誓いの言葉だって述べられただろう。

しかしその芝居も長く続ける必要はなかった。間もなく薬が効いてきて、園子は眠りの世界に入ってしまう。瞼を閉じ、身体を横たえただろう。それこそが犯人が待ちに待った瞬間だった。

ここで康正は手帳を取り出した。犯人が訪れてから、園子が眠りにつくまでの時間を推定してみた。睡眠薬の効力にもよるが、なんだかんだと手順があるので、三十分では不可能だと思われた。最低四十分、と康正は手帳に書き込んだ。

彼は立ち上がり、寝室に入った。そしてテーブルの横に膝をついた。カーペットを見下ろして、そこに横たわる園子の姿を想像した。

彼女は洋服を着ていたかどうか。

死体となって発見された時、園子はパジャマ姿だった。あれは犯人が着替えさせた結果なのか、それとも犯人が来る前に、園子がすでに着替えていたのか。

康正の目は、ベッド脇の籐製の籠にいった。そこには遺体を発見した時のまま、水色のカーディガンがさりげなく置かれている。

彼はいったん寝室を出て、バスルームの中を覗いてみた。バスタブの蓋を取ると、湯が半分くらい入っていた。温浴剤を使っていたらしく、薄いブルーに染まっている。水面に髪の毛が浮いていた。タオルかけにはブルーのタオルがかけられ、壁に取り付けられた吸盤式のフックにはシャワーキャップが引っかけられていた。

康正は寝室に戻った。結論は出た。温浴剤が入っていたことや、髪の毛が浮いていたことなどから考えて、入浴後であったと考えるのが妥当だ。となれば、園子はすでにパジャマに着替えていた可能性が高い。おそらくその上からカーディガンを羽織っていたのだろう。

そうなると犯人としては仕事が楽になる。カーディガンを脱がせるだけでいいからだ。そしてベッドに寝かせる。

いや、ベッドに寝かせたのは殺害を終えてからだろうか――。

康正はここで園子の体重を推測した。彼女は決して小柄なほうではなかった。身長は一メートル六十五センチ以上あった。ただし中肉中背より、やや細い部類に入るだろう。最近はあまり会っていないが、急激に太ったという話も聞いていないし、遺体を見たかぎりでもさほどそれまでのイメージと変わってはいなかった。たぶん五十キロ前後ではないかと彼は考えた。犯人が男なら、眠っている園子をベッドに寝かせるのはた易い。では犯人が非力な女の場合はどうか。

ひきずるように運べば、何とかベッドの上に載せることはできるかもしれない。しかしそれでは園子が目を覚ますおそれがある。犯人が女なら、先に殺してからベッドに運んだと考えたほうがよさそうだった。

いずれにせよ次に犯人は、いよいよ偽装自殺の準備にとりかかったはずだ――。

加賀に話したように、園子は電気毛布に旧式のタイマーを取り付けて眠ることを習慣にしていた。犯人はそのことを知っていて、あの方法による偽装自殺を思いついたのだろう。もちろん園子自身が、同級生の死をヒントに、自殺するならば感電死がいいといっていたことも、犯人は承知していたに違いない。

犯人はタイマーに差し込まれている電気毛布のプラグを引き抜いた。この電気毛布用のコードが感電死用に使われたことは、加賀がいっていた。

ここで犯人は鋏を探したはずだ、と康正は推理した。電気毛布のコードを切断するためだ。それで彼は周囲をさっと見回してみた。目の届く範囲には、鋏は見当たらなかった。これは予想通りだった。

鋏を見つけられなかった犯人は、電気毛布のコード全体を、まず毛布本体から取り外した。この状態ではコードに、温度調節用のコントローラがくっついている。仕方なく犯人は、それをそのままキッチンの流し台のところへ持っていったに違いない。そして包丁を使って、コントローラから電気コードを切り離したのだ。

電気コードは二本の導線を束ねたものだ。犯人はそれを裂くようにして二本に枝分かれさせた。さらに包丁を使い、ナイフで鉛筆を削る要領で、それぞれの線の端を二センチほど、ビニール被膜を切り取って導線を露出させた。その時のビニール屑は、調理台の上に残っていた。

康正は実際にキッチンへ移動し、犯人がやったと思われる行動を、自らの動作で再現してみた。余程不器用な人間でないかぎり、十分以上は要しないだろうと思われた。

彼は寝室へ戻った。そしてもう一度周囲を見た。彼の目は、本棚の中程に置いてある、ガムテープとセロハンテープに向けられた。

犯人はどちらかのテープを使い、枝分かれさせた電気コードの一端を園子の胸に、もう一端を背中に密着させた。そしてプラグを再びタイマーに差し込む。

問題はここだ。犯人は実際にタイマーを仕掛けて、自分が出ていってしばらくしてから電流が流れるようにしただろうか。

それはない、と康正は思った。そんなことをする意味がなかった。万一タイマーが作動する前に、園子が途中で目を覚ましたり、何かのはずみで電気コードの仕掛けが外れたりしたら、犯人としては致命的だ。余程の馬鹿でないかぎり、その場ですぐに電流を流し、園子を感電死させたと考えるべきだった。

その情景を康正はできるかぎりリアルに思い浮かべようとした。タイマーの針が犯人の手によって、きりきりと回される。その針があるところまで行ったところで、かちりと音がして、スイッチが入ったはずだ。園子は一瞬ぴくりと身体を震わせる。もしかしたらその瞬間だけは瞼を開け、天井を睨んだかもしれない。それまで繰り返されていた規則正しい呼吸が止まり、口は半開きのまま硬直する。

やがて彼女は人形になった――康正の頭の中で、こうして園子は二度目の死を終えた。

悲しみと憎悪が、改めて彼の心を包んだ。無意識のうちに顔が強ばり、表情が歪んでいた。身体は熱く、心は冷たい。

爪が掌に食い込むほどに、強く両手を握りしめた。二つの拳はぶるぶると震え続けた。震えが止まると彼は深呼吸を数度繰り返し、それと共に拳を解いた。掌がところどころ赤くなっていた。

園子の顔が不意に蘇った。だがそれはずいぶんと昔の彼女だった。高校生の時だ。家の前に立ち、きっちりと背広を着た康正を見上げて、こういった。

「もうこれからはあまり会えないね」

その日は康正が春日井《かすがい》にある警察学校に入る日だったのだ。学校にいる間は無論、卒業後もしばらくは寮に入っていなければならない。

しかし康正はこの妹の言葉を、さほど深く受けとめたわけではなかった。あまり会えないことは事実だが、全く会えないわけではないと思っていた。それにこの時は未知の世界に入っていく不安で頭がいっぱいで、妹と会えなくなる程度のことはどうでもいいという思いがあったのだ。

だが両親が死に、自分の肉親は一人しかいないのだと思った時、園子だけは何が何でも幸せにしなければならないと自らに誓った。そうしなければ、自分が和泉家の長男に生まれた意味、園子のたった一人の兄であることの意味が何ひとつないと思った。

見合いの話はしょっちゅう来るが、康正は独身を続けている。それも、所帯を持ってしまうと、自分の家族のことで手一杯になり、園子のほうに気が回らなくなるかもしれないと考えたからだ。

それに――。

康正は園子の背中にあったはずの、星形の痣《あざ》のことを思い浮かべた。それは彼女が小学生の頃、裸同然の格好で寝ていた彼女の背中に、彼が熱湯をこぼし、刻印してしまったものだった。もちろんわざとではなかった。沸騰した湯の入ったやかんを移動させようとした時、何かのはずみでほんの少しだけこぼれたのだ。彼女の悲鳴、泣き声は、今も彼の耳にこびりついて離れない。

「これさえなかったらビキニを着られるのに」

年頃になると、夏が近づくたびに園子は恨み言をいった。

「おまえのビキニなんか、誰も見たがらねえよ」

康正はこういって切り返す。しかし胸の中は申し訳なさでいっぱいだった。あの星形の痣が、園子の心にコンプレックスを植え付けなかったはずはないから、少なくともそれを忘れさせてくれる男性が現れるまでは、償いは終わらないと思っていた。

だがその償いはとうとう終わらなかった。

康正は顔を手でこすった。彼自身が不思議に思っていることだが、園子の死後、彼は一度も涙を流していなかった。そのためのスイッチが、脳の中で麻痺しているような状態なのだった。顔をこすった手を眺めると、掌が脂でぎらぎら光っていた。

彼は推理を再開することにした。犯人が園子を殺したところからだ。

犯人が女ならば、この後で死体をベッドに載せただろう。そして布団を整えたりして、さも自分の意思で眠ったように見せかける。

睡眠薬も園子が自分で飲んだことにしなければならないから、空き袋をテーブルに置き、ワインが半分ほど入ったワイングラスを傍らに残しておく。その中から睡眠薬が検出されるだろうが、それは園子自身が入れたと考えられるだろうから、犯人としてはかまわない。問題は、犯人自身が使ったグラスだ。それをテーブルに残しておくことは、園子と一緒にワインを飲んだ人間がいることを警察に教えることになる。そこで犯人は自分が使ったグラスのほうは流し台で洗った――。

ここで康正は首を傾げた。なぜ洗っただけだったのか。きちんと拭いて食器棚にしまっておかなかったのか。証拠隠滅なら、そこまでしなくては意味がないではないか。うっかり忘れたということは考えられなかった。

それにワインボトルのこともあった。

ボトルが空になるまで、犯人と園子が飲んでいたとは思えない。犯人が園子を殺害した時点で、ボトルにはまだワインが残っていたはずだ。それをなぜ犯人は捨てたのか。

一つだけ考えられることがある。睡眠薬は途中で犯人が園子のグラスに入れたのではなく、最初からワインの中に入っていたということだ。それならば犯人としては、証拠隠滅のために瓶を空にしておかなければならない。

だがそんな方法をとるだろうか、と康正は考える。瓶を見れば、一度栓を開けたかどうかなどは、すぐにわかってしまう。ワインに詳しい園子ならば、栓を開ける前にラベルなどをしげしげと眺めるに違いないのだ。しかも瓶の中に睡眠薬を混入させるとなると、濃度が薄くなるから、薬も余分に必要になる。そしてこれも大事なことだが、瓶に薬を入れてしまうと、犯人自身はそのワインを飲んではいけないのだ。

どう考えても、予めワインの中に薬を仕込んでおいたというのは不自然だった。しかしそうでないとするならば、瓶を空にした理由がわからない。

康正は手帳に、「ワイン、ワインボトル」と書き込み、その横にクエスチョンマークを付けた。

とにかく犯人はワインボトルを空にしてゴミ箱に捨てた。その後、いよいよこの部屋を脱出するわけだが、戸締まりをしないわけにはいかなかった。とはいえ、園子の鍵を使うわけにはいかない。事件発覚後、この部屋の鍵がなくなっているとなれば、何らかの疑いを招くのは確実だからだ。そこで犯人は合鍵を使った。部屋を出た後、合鍵で施錠したのだ。

康正は自分のバッグを探り、一本の鍵を取り出した。ドアの内側の郵便受けに入っていた鍵だ。これが犯人の使った鍵だろう。

ここでまた疑問が二つ生じる。犯人はいかにしてこの合鍵を手に入れたか。そしてもう一つ、なぜ郵便受けに戻しておいたか。

合鍵については説明がつかないこともない。たとえば園子自身がスペアキーとして作っておいたものを、犯人がどこからか見つけだしてきたということもありうる。犯人が元恋人で、もともとそのスペアキーを園子から預かっていたとなれば、さらに問題がない。

わからないのは、鍵を郵便受けに入れておいたことだ。こんなことをすれば、警察に怪しまれるとは考えなかったのか。それとも犯人には、そのようにする必要があったのか。

康正は手帳に、「合鍵？」と書き込み、アンダーラインを二本引いた。この調子でいくと、クエスチョンマークを付けねばならない事柄はどんどん増えそうだった。事実、まだまだ疑問はある。たとえば小皿の中で灰になっていた紙片の正体だ。あれが園子の死に無関係だとは思えなかった。

わからないことは多い。しかし――。

必ず解いてみせるさ、と彼は呟き、記憶の中にいる妹に誓った。

その時電話が鳴った。

鳴るはずのないものが鳴ったので、康正は痙攣《けいれん》を起こしたように飛び上がった。たしかに電話はまだ解約していないが、ここへかけてくる者などいないと思い込んでいた。だが考えてみれば、世の中の人間すべてが園子の死を知っているわけではないのだ。

コードレス電話機の親機が、ダイニングの壁に取り付けてある。その受話器に手を伸ばしながら、彼は瞬時にいくつかの可能性を考えた。考慮しなければならないのは、相手が園子の元恋人である場合だった。その男はもしかしたら園子の死を知らずにかけてきたのかもしれない。その時には彼は犯人ではないということになるが、本当に知らずにかけてきたのかどうかを確認する必要がある。それにはどうすればいいか。

知らないような態度を示した場合は、こちらが園子の兄であることを示し、知っているようなら刑事を名乗ろう——そう決めて彼は受話器を取り上げた。

「もしもし」

「やっぱりそこにいらっしゃいましたか」だが受話口から聞こえてきたのは、康正が全く予期していなかった声だった。「練馬署の加賀です。先日はどうも」

「ああ……」康正は一瞬返答に困った。なぜ自分がここにいることを加賀が知っているのかわからなかった。

「豊橋署のほうに連絡したら、今週いっぱいはお休みだということですし、お宅に電話しても誰もお出にならないから、おそらくこちらに来ておられるのだろうと思ったんです。勘が当たりました」

自信に満ちた口調が、少し康正の癇《かん》に障った。

「何か急な用でも?」急な、というところにアクセントを置いたのは、精一杯の皮肉だった。

「またいくつかお伺いしたいことが出てきたんです。それにお返ししたいものもありますし。せっかくこちらに来ておられるわけですから、お会いしたいと思うのですが」

「そういうことなら、かまわないけど」

「そうですか。ではこれからそちらに伺わせていただいてよろしいでしょうか」

「これから?　ここに来るんですか?」

「ええ。何か不都合でも?」

「いや、そういうわけでは」

康正としては、この刑事に再びこの部屋を観察されるのは気が進まなかった。しかし断るだけの理由が思いつかない。それに加賀がどういう手材料を持っているのかについても興味があった。

「わかりました。では、待ってます」と彼は仕方なくいった。

「すみません。二十分ほどで行けると思います」そう答えるなり加賀は電話を切った。

二十分——ぐずぐずしていられなかった。康正は外に出したままの重要証拠物件を、あわててバッグに詰め込んだ。

4

加賀はきっかり二十分後に現れた。黒っぽいスーツの上に、濃紺のウールのコートを羽織っていた。寒くなりましたね、というのが彼の第一声だった。

康正は彼とダイニングテーブルを挟んで向き合った。コーヒーメーカーやコーヒーの粉、ペーパーフィルターなどが見つかっていたので、それでコーヒーをいれることにした。スイッチを入れると一分もしないうちに熱湯が粉の中に落ち始めて、部屋の中を香ばしい匂いが漂った。

加賀はまず先日預かったものだといって、園子のメモ帳や預金通帳などを返還した。康正は一つ一つ確かめた上で、加賀が出してきた書類に署名捺印した。

「その後何か見つかりましたか」書類をしまいながら加賀が尋ねてきた。

「何か、とは？」

「妹さんの死に関することです。どういうことでもかまいません」

「ああ」康正は吐息をついてみせた。「葬式をしたんですがね、東京からの弔問客が少ないことにびっくりしました。会社から来たのは品のない顔をした係長が一人だけ。全く信じられない。こっちに来て十年にもなるというのに、会社の友達の一人も来てくれないなんてねえ。園子がどれだけ孤独な生活を送っていたのか、目に見えるようじゃありませんか」

これに対して加賀は一度小さく頷いた。

「たしかに会社でも親しい人は少なかったようですね」

「会社のほうも調べたんですか」

「ええ、妹さんの遺体が見つかった翌日に」

「そうでしたか。まあそのうちに私も挨拶に行かなければと思っているのですが」細々とした手続きについては、葬儀の時に係長と打ち合わせしてあった。「それで、職場の人間はどのようにいってましたか。つまり、その、妹の自殺について」

「当然のことですが、皆さん驚いておられました」

そうでしょうねと康正は頷いた。

「ただ何人かの方が、全く心当たりがないわけでもない、というようなことをおっしゃってましたね」

「どういうことですか」康正は身を乗り出した。聞き捨てならなかった。

「その人たちの話によると、たしかに亡くなる前の数日間、和泉さんの様子がおかしかったということなんです。話しかけても返事がなかったり、つまらないミスをしたりということが少なからずあったようです。複数の人がいっておられることから、その方たちの気のせいだけでもないと思われます」

「そうか……」康正はゆっくりと頭を揺らせた。芝居でなく、つい眉を寄せた。そして立ち上がると、用意しておいた二つのマグカップにコーヒーを注いだ。「やはりいろいろと悩んでいたんだろうな。かわいそうなことでした」カップの片方を加賀の前に置いた。「ミルクと砂糖は?」

「ありがとうございます。ブラックで結構です。しかしですね」と加賀はいった。「もしあなたのおっしゃるように、都会での孤独に耐えきれなかったということなら、ふだんからその兆候があったと思うんですが。なぜ先週になって、突然職場の仲間にもわかるほどの変化が生じたんでしょう」

「……どういう意味かな」

「仮に自殺で、その動機があなたのおっしゃるものだったとしても、何らかのきっかけのような出来事が数日前にあったのではないかと思うのです」

「そういうことはもしかしたらあったかもしれない」

「それについて心当たりは?」

「ありません。何度も話しているように、金曜の夜に話をしたのも久しぶりのことだったんです。そういう心当たりがあれば、とっくに話しています」刑事相手に苛立ってはいけないとわかっていながらも、康正はつい声を尖らせた。

「そうですか」加賀のほうは相手の口調など気にも留めていない様子だ。「職場の方々にも尋ねてみましたが、これといった回答は得られませんでした。ただ」といって手帳に目を落とした。「先週の火曜日に妹さんは会社を休んでおられます。体調が悪いというのが理由だったようです。で、どうやらこの次の日から、妹さんの様子がおかしかったということなんです」

「へえ」康正としては初耳だった。「つまりその日に何かあったと?」

「その日か、もしくはその前日の夜に何かあった。そう考えるのが妥当だと思うのですが、あなたの御意見はいかがですか」

「わからない。そうなのかもしれない」

「その火曜日について念のために聞き込みをしたところ、この部屋の二つ隣に住んでいる女性が、昼頃妹さんが外出されるのを目撃していました。その女性は美容師で、火曜日は仕事が休みなので、よく覚えていたらしいです」

「買い物にでも出たんじゃないのかな」

「そうかもしれませんが、少し奇妙なことが」

「何です」

「妹さんの服装です。ジーンズにジャンパー姿だったというのは、まあいいんですが、口元を隠すようにマフラーを締めて、しかもサングラスをかけていたというんです」

「へえ……」

「変だと思いませんか」

「少し変ですね」

「顔を隠していた、と考えるのが妥当だと思いますが」

「目にものもらいでも出来てたのかな」

「私もそれを考えて、鑑識で遺体の写真を確認してきました」そういって加賀は上着の内ポケットに手を入れた。「御覧になられますか」

「いや……結果はどうだったんですか」

「ものもらいもニキビもありませんでした。奇麗なお顔でした」

「よかった」と康正は思わずいった。せめて奇麗な顔で死ねたのはよかったという意味だった。

「となると」と加賀はいった。「妹さんはあまり顔を晒《さら》したくない場所へ行かれたのではないか、ということが考えられます。そういう場所に、お心当たりはありませんか」

「ありません」康正は首を振った。「園子がいかがわしい場所に出入りしていたとも思えないし」

「昼間ですしね」

「そう」

「では、これについても考えておいてください。何か思い出したことがあれば是非連絡をお願いします」

「期待されると困るけれど」

康正はコーヒーを飲んだ。少し濃すぎたようだ。

「次にお尋ねしたいのは」加賀は再び手帳を開いた。「妹さんはデザインに関心がおありだったのでしょうか」

「デザイン？　何のデザインですか」

「何でも結構です。服のデザインでもいいし、装飾でもポスターでも」

「訊かれてる意味がよくわからないな。妹とデザインと、何の関係があるんですか」

すると加賀は康正の手元を指差した。

「先程お返しした手帳の後ろに住所録がありましたよね。そこに一つ、妹さんと繋がりがわからない会社の電話が書いてあります。『計画美術』というんですが」

康正は園子の手帳を開いた。「ありますね」

「調べましたところ、デザイン事務所でした。いろいろなデザインを請け負う会社です」

「へえ……その事務所には問い合わせたんですか」

「問い合わせました。しかし事務所のほうでは、和泉園子さんのことを知らないというんです。おかしいと思いませんか」

「たしかにおかしいな。社員全員に訊いたんですか」

「いや、事務所といっても、経営者兼デザイナーが一人とアルバイトの美大生が一人いるだけです。その美大生にしても、この夏から働いているだけだそうです」

「その経営者兼デザイナーは、何という人ですか」

「フジワライサオという人です。この名前に聞き覚えは？」

「ありません」

「ではオガタヒロシというのはどうですか。アルバイトの美大生です」

「聞いたことがないな。妹は、女友達の話をする時でも、具体的な名前はいわなかったですからね。まして男の名前なんか、あいつの口から出たためしがない」

「そういうものかもしれませんね。しかし念のために、もう一人。ツクダジュンイチという名前はどうですか」

「ツクダジュンイチ……」

康正の頭に引っかかるものがあった。そしてコンマ何秒か後には閃きを得ていた。

ジュンイチ——頭文字は「J」だ。

「その人はどういう人ですか」加賀に気づかれないよう、平静を装って訊いた。

「この三月までその事務所でアルバイトをしていた人です。四月から出版社に就職したそうです」

「その人にも園子のことを尋ねたのですか」

「一応電話で尋ねてみました。やはり知らないということでした」

「そう……」

その男がメモにあった「J」なのかどうかは、康正としても、まだ判断できなかった。もしそうなら、園子のことを知らないといっているのはおかしい。いずれにしても、早急に確認する必要があった。

「わかりました。そのうちに妹の荷物を全部整理するつもりだから、そのデザイン事務所と関係がありそうなものがないかどうか、チェックしておきましょう」

「お願いします」加賀は軽く頭を下げた。それから筆記具をしまった。「長々と申し訳ありませんでした。今日のところは、これで失礼します。ええと、今日はこの後何かご予定でも？」

「この部屋の貸し主と会うことになっているんです」これは本当のことだった。康正は、もうしばらくはこの部屋を借りておくつもりだった。

「そうですか。いろいろと大変ですね」刑事は腰を上げた。

「それで、この件の捜査はいつまで続けるつもりなのかな」康正は訊いた。この事件、といわなかったのは、自分の意思表示のつもりだった。

「なるべく早くすっきりとした形でまとめたいとは思っています」

「わかりませんね。山辺さんの話では、自殺ということですんなり片が付くような感じだったけれど、そうじゃないんですか」

「結果的にはそうなるかもしれません。しかしそれにしても、報告書を完璧にしておく必要がありますので。和泉さんならご理解いただけると思うのですが」

「それはわかるけれど、何が不足なのか理解に苦しむな」

「こういうことは、調べすぎて悪いということはないというのが私の主義なんです。お手間をとらせて申し訳ないとは思いますが」加賀は頭を下げた。そんなしぐさも、この刑事がすると何だか意味ありげに思えるのだった。

「解剖の結果はどうだったんですか」康正は質問の方向を変えた。この刑事がどういう手札を持っているのか知りたかった。

「どうといいますと？」

「何か不審な点はありましたか」

「いえ、これといったことは」

「じゃあ行政解剖のままだったわけだ」

行政解剖中に医師が不審を感じた場合、警察に連絡が入り、司法解剖に切り替えられる。

その時には警察官が立ち会うことになっている。

「そういうことです。何か、お知りになりたいことがありますか」

「特にはないけど……」

「医師の報告によりますと、妹さんの胃袋の中には殆ど食べ物が残っていなかったそうです。絶食というほどではないにしろ、ろくに食事をとっていなかったのではないか、と見られています。これは、自殺者によく見られる特徴の一つではあります」

「つまり食欲がなかった……」

ええ、と加賀は顎を引いた。

康正は悲しみで顔が歪みそうになるのを隠すため、頬を手でこすった。死の直前にかけてきた園子の声を思い出した。

「血中アルコール濃度はどうだったのかな。妹がワインをどのぐらいの量飲んだかということを、先日は気にしてたみたいだけれど」

「そうでしたね」加賀は再び手帳を取り出した。「アルコールは検出されましたが、さほどの量ではなかったようです。あなたのおっしゃってたとおり、妹さんは残り物のワインをお飲みになったらしい」

「睡眠薬は？」

「飲んでおられました。ああそれから、ワイングラスに残っていたワインからも、同種の薬が検出されました」

「なるほど」

「少し変だと思うんですがね」加賀は手帳を閉じ、ポケットにしまいこんだ。「ふつう自分で薬を飲む場合、そんなことをしますかね。まず薬を口に入れ、それを飲み物で流し込む。そうするのが一般的だと思うんですが」

「別にワインに混ぜて飲んでも悪くはないんじゃないかな」

「それはそうですが」加賀は何かいいたそうだった。

「死因はやはり感電死？」康正は次の質問に移った。

「そのようです。ほかに外傷はなく、内臓にも異常は見られません」

「じゃあ、当初の望みどおり、園子は苦痛を感じずに死ねたわけだ」

康正のこの台詞に対して、加賀は何も答えなかった。ではこれで、といってコートを羽織った。その後で、「ああ、そうだ。もう一つだけ確認したいことが」といった。

「何ですか」

「タイマーはあなたが止めたとおっしゃいましたよね」

「ええ」

「しかしコードや妹さんの身体には触ってないとおっしゃってましたね」

「いえ、触ってないはずだけど、それが何か」

「いや、大したことではないのかもしれませんが、遺体を調べた時、胸のコードが外れていたんです。正確にいうと、コードを留めてあった絆創膏《ばんそうこう》が少しはがれて、導線がきっちりと胸にくっついていなかったのです」

「何かの拍子にはがれたんじゃないのかな」

「私もそう思いますが、それはいつのことでしょうね。妹さんが亡くなった瞬間は、コードはきっちりと胸に張り付いていたはずです。そして亡くなった後は、妹さんは決して動かない。となると、『何かの拍子』が起きることもないはずですが」

康正は、はっとした。彼は本当にコードや園子の身体に触れた覚えはなかった。警察を呼ぶ前にいろいろと工作したが、死体に関しては後で疑いを招かぬよう、そのままにしておいたのだ。だがあの時すでに、そういう不自然な状況になっていたらしい。コードが取れたのは、『犯人が何かをした拍子』のことだろう。となれば、これについても加賀の疑念を晴らしておかねばならなかった。

「じゃあ、私だろう」と康正はいった。「私が触って、コードを外してしまったんでしょう。それしか考えられない」

「でもあなたは触れてないとおっしゃった」

「いや、正直にいうと、全く触れてないかと訊かれると自信がない。毛布の上から妹の身体を揺すったような気もする。その時にコードを留めてあったテープがはがれたんじゃないかな」

加賀の片方の眉が、ぐいと上がった。

「あなたがそうおっしゃるなら、この件はこれで解決するわけですが」

「解決ということでいいんじゃないですか。不正確な答え方をして申し訳ない。とにかく混乱していたからね。なんだかご迷惑をおかけしたようだ」

「いや、それほどのことではありません。気になさらないでください」加賀は今度こそ本当に辞去する気らしく、靴を履いた。だがその鋭い視線が、靴箱の上で静止した。「これは？」

刑事が見ているのはダイレクトメールの束だった。さっき康正が郵便受けから取ってきたものだ。

「全部ダイレクトメールですよ。手紙類はありません」

「ははあ」加賀はそれらを手に取った。「お預かりしてよろしいですか」

「どうぞ。差し上げますよ」

「では遠慮なく」加賀はそれらをコートのポケットに入れた。康正は、それらに何らかの価値があるとは思えなかった。

「ではまたいずれ」と加賀はいった。

「いつでもどうぞ」康正は刑事を見送った。

ドアを閉め、鍵をかけようとした時だった。康正の胸に、何かが引っかかった。それはつい今しがた、加賀が口にした言葉だった。

刑事を呼び止めて確認しようかと思った。しかしそれはできなかった。そんなことをすれば、あの刑事はまたしてもピラニアのように食いついてくるに違いなかった。

絆創膏といったな——。

コードを園子の身体に張り付けるのに、絆創膏を使ってあったと加賀はいった。それが死体発見時には、はがれかけていたのだと。

康正は寝室に入り、ぐるりと室内を見回した。彼が目的のものを発見したのは、視点を少し上に向けた時だった。本棚の上に、木製の救急箱が置いてあった。彼は両手を伸ばしてそれを取ると、ベッドの上で蓋を開けた。

風邪薬、胃腸薬、目薬、包帯、体温計などが、奇麗に並べて入れてある。その中に絆創膏もあった。幅は一センチほどだ。半分ほど使ってあるように見えた。

犯人はこれを使ったのか——。

刑事たちがこれを見逃すはずはないから、すでに指紋の採取は終わっているのだろう。その上でこれについて何もいわないところをみると、園子の指紋しか見つからなかったのかもしれない。

康正は蓋を閉じ、救急箱を元の位置に戻しておいた。

時計を見ると、三時近くになっていた。とりあえずこの部屋の貸し主と会わねばならなかった。そしてしばらくは借りておけるよう話をつける必要がある。この貴重な殺人現場を、手放すわけにはいかなかった。

夜、康正は「J」の番号に電話してみることにした。

どういう相手が出るかによって、彼は応対を変えるつもりをしていた。もし事件と関係のある相手だった場合を考えると、迂闊に本名は名乗れない。

唇を舐め、深呼吸を一つしてから番号ボタンを押した。

呼び出し音が三回鳴ったところで電話が繋がった。

「はい」とだけ相手はいった。男の声だった。しかし期待に反して名乗ってはくれない。

「もしもし」

「はい」

やはり相手は自分のほうから名前をいう気はないようだった。都会で生きるノウハウなのかもしれない。康正は勝負をかけることにした。

「ツクダさん……でしょうか」

すぐには返事が戻ってこない。しまった間違えたか、と康正は思った。

だが二、三秒後に相手は答えた。「そうですけど」

康正は電話機を持っていないほうの手を握りしめた。勘は当たった。しかし問題はここからだった。

「ツクダジュンイチさんですね」

「ええ。あの……どなたですか」怪訝そうに尋ねてきた。

「私、警視庁捜査一課の者です。相馬といいます」口調が不自然にならぬよう、康正はわざと早口でいった。

「どういうご用件でしょうか」身構えたのが、声の調子でわかった。

「じつは、ある事件のことでお話を伺いたいんです。明日、お時間をいただけませんか」

「どういう事件でしょう？」

「詳しいことは、その時にお話しします。会っていただけますね」

「ええ、それはいいですけど……」

「明日は土曜日ですが、ご出勤ですか」

「いえ、家にいます」

「では昼の一時頃、ご自宅に伺うということでいかがでしょうか」

「はあ、かまいません」

「よろしいですか。それではご住所のほうをお願いします」

住所を聞き出すと、ではよろしくといって電話を切った。たったこれだけのことで、胸が痛いほど鼓動が速くなっていた。

5

翌日の昼過ぎ、康正は園子の部屋を出た。風が強く、コートの裾がぱたぱたとはためいた。頬が冷え、耳が痛かった。だがそのくせ腋の下は汗ばんでいた。

ツクダがどう出るか――。

「J」はやはりツクダジュンイチだった。しかもツクダは加賀に、園子のことを知らないといったらしい。冷蔵庫に電話番号のメモを貼っておくほどの仲なのに、一方が知らないなどというのはどう考えてもおかしい。園子の死に関係しているかどうかは速断できないが、怪しいことに変わりはなかった。

携帯用の東京都地図を手に、康正は電車を乗り継ぎ、中目黒に行き着いた。途中時間が余りそうだったので、蕎麦屋で天ぷら蕎麦を食べた。

ツクダから聞いた住所には、オートロックがついた九階建てのマンションが建っていた。外壁は落ち着いた焦げ茶色で、品の良い邸宅が並ぶ周囲に溶け込んでいる。今年就職したばかりの若僧が、なぜこんなマンションに住めるのだろうと、康正は少し嫉妬を覚えた。

正面玄関から入ると、まずガラスドアがあり、その横に各部屋に繋がるインターホンがあった。康正はずらりと並んだ郵便受けを見た。七〇五号室のところに、「佃潤一」と書かれたプレートが入っていた。

彼はキーボードを操作して七〇五号室を呼んだ。ガラスドアの向こうには、広いエントランスホールが見える。エレベータと向き合うようにして管理人室があった。管理人はきっちりと制服を着ていた。

「はい」という声がスピーカーから聞こえた。

「警視庁の相馬です」とマイクに向かって康正はいった。

ドアロックの外れる音が、かちりと鳴った。


七〇五号室で康正を待っていた青年は、長身で痩せており、顔も小さかった。セーターにジーンズという格好だったが、舶来のスーツを着ればファッションモデルとしても通用しそうだった。康正は美青年という言葉を思い浮かべ、次にこう思った。園子とは釣り合わないな、と。

「おやすみのところ、すみませんでした。相馬です」康正は名刺を出した。佃潤一は緊張した面持ちで受け取り、その表面を見つめた。

それは正真正銘、相馬という警視庁捜査一課の刑事の名刺だった。ずっと以前、東京で殺人を犯した男が愛知県で交通事故を起こすという事件があり、その時に犯人を引き取りにきたのが相馬刑事だったのだ。しかし今も彼が警視庁捜査一課にいるかどうかはわからない。

警察手帳は、一応上着のポケットに入れてある。昨日の朝、警察署に寄って取ってきたのだ。刑事たちと違い、交通課の警官などは、通常手帳を持ち帰ることは禁じられているが、警察署の出入口でチェックされるわけではない。

だが康正は、なるべくなら手帳を見せたくはなかった。カバーだけならまだいいが、中身を見られると、正体がばれてしまう。

しかし潤一は特に怪しまなかったようだ。どうぞ、といって康正を室内に招いた。

部屋は十二、三畳はありそうなワンルームだった。南に面した大きな窓から、たっぷりと日の光が入ってくる。ベッド、本棚、パソコンラックが、壁際に並んでいた。窓のそばにはイーゼルが立てられ、小さなキャンバスが置いてあった。描かれているのは胡蝶蘭《こちょうらん》のようだ。

潤一に促され、康正はカーペットの上にあぐらをかいた。

「いい部屋ですね。家賃が高そうだ」

「それほどでもないですよ」

「ここにはいつからお住みなんですか」

「今年の四月です。あの、それより今日はどういうご用件で」潤一は、得体の知れぬ相手と世間話をする気はないようだった。

康正は本題に入ることにした。

「まずあなたと和泉園子さんのご関係から伺いたいのですが」

「和泉さん……ですか」潤一の視線が揺れた。

「練馬警察のほうからも問い合わせがあったはずです。和泉園子さんという人を知らないかと。あなたは知らないとおっしゃったそうですね。でも本当は御存じなんでしょう？」康正は口元に笑みを浮かべながらいった。

「なぜそう思うんですか」と潤一は訊いてきた。

「だって和泉さんの部屋に、ここの電話番号があったんですよ。だから昨夜あなたに連絡できたんです」

「そういうことですか」潤一は立ち上がり、キッチンのほうへ行った。茶を入れるつもりらしい。

「なぜ練馬署の刑事には、知らないとおっしゃったんですか」いいながら康正は、そばのゴミ箱に目を向けていた。その中に、髪の毛や埃がびっしりと付いた紙が、丸めて捨てられていた。カーペットを掃除するための粘着紙だろう。人が来るということで、急いで掃除したらしい。

「面倒なことに巻き込まれたくなかったんですよ」背を向けたままで潤一はいった。「彼女とは、ずいぶん前に別れているし」

「別れてる？　ということは、恋人だったわけですか」康正はゴミ箱に手を伸ばした。粘着紙を取ると、素早くスラックスのポケットに突っ込んだ。

「付き合ってたのは事実です」

日本茶を入れた湯飲み茶碗をトレイに載せ、潤一が戻ってきた。そして一方を康正の前に置いた。いい香りがした。

「いつ頃まで?」

「今年の夏頃……いやもう少し前だったかな」潤一は茶を啜《すす》った。

「なぜ別れたんですか」

「なぜって、まあ僕も就職して忙しくなったし、なかなか会えなくなってなんとなく……自然消滅というやつかな」

「それ以後はお会いになってない?」

「ええ」

「なるほど」康正は手帳を取り出した。しかし特にメモする気はなかった。「面倒なことに巻き込まれたくなかった、とおっしゃいましたね。どういうことですか」

「どうって、それはつまり……」潤一は上目遣いに康正を見た。「死んだんでしょう? 彼女……」

「御存じでしたか」

「新聞で読みました。自殺だって書いてありました。だから僕が昔付き合ってたことがあるっていうと、きっといろいろ訊かれると思って」

「それが鬱陶《うっとう》しいから嘘をついたと？」

「まあそうです」

「お気持ちはわかりますな。何しろ刑事というのは、しつこい生き物ですから」いただきます、といって康正も茶を啜った。うまいほうじ茶だった。「じつは自殺の動機がよくわからないんですよ。佃さんに何か心当たりはありませんか」

「全くわからないな。だって別れてから、半年近くになるんですよ。それより動機については、新聞に何か書いてあったけど」

「都会の生活に疲れて、というやつですか。しかし具体性がない」

「自殺の動機ってのは、そういうものじゃないかなって気もしますけどね」

「自殺であるということが動かせない事実なら、我々としてもそれで納得せざるをえないでしょう。しかし今回のケースは違う」

この言葉に、佃潤一は目を見開いた。頬がかすかにひきつったのが康正にもわかった。

「あなたは、あれが自殺じゃないというんですか」

「まだ断言できませんが、私は自殺ではないと考えています。つまり、自殺に見せかけた殺人、というわけです」

「根拠は？」

「自殺にしては変だと思われる点はいくつかあります」

「どういうものですか」

潤一の質問に対して、康正は肩を小さくすくめて見せた。

「申し訳ありませんが、捜査上の秘密でしてね。しかもあなたは出版関係のお仕事をなさってる」

「エチケットは守りますよ。それに、肝心なことを教えてもらえないんじゃ、僕としても捜査に協力はできないな」

「厳しいことをおっしゃる」康正は少し考えるふりをしてからいった。「わかりました。では一つだけお教えしましょう。ただしこれは内密にお願いしますよ」

「ええ、わかっています」

「園子さんが最後にワインをお飲みになったことは知っていますか」

「新聞記事で読みました。そのワインと一緒に睡眠薬を飲んだんでしょう」

「そういうことですが、じつは発表されていないことで、一つ奇妙なことがあるんです。それはね、現場にはもう一つワイングラスがあったということです」

「へえ……」潤一は視線を宙に漂わせた。その表情の意味が、康正には読みとれなかった。「あまり驚いておられませんね」と彼はいった。「変だと思いませんか。グラスが二つあったということは、園子さんは誰かと一緒だったということになるんですよ」

潤一は戸惑ったように、せわしなく目を動かした。それからテーブルの上の湯飲み茶碗に手を伸ばした。

「そりゃあ誰かと一緒だったのかもしれないけれど、その人が帰ってから自殺したのかもしれないじゃないですか」

「もちろんそれも考えられないことじゃない。しかしそれならば、その時に一緒だったという人物が、すでに見つかっていなければおかしいんじゃないですか。これまでの捜査で我々は、和泉園子さんと関係していそうな人間にはほぼ全員当たっているんですよ。でも未だにそういう人間は見つかっていない。それとも」といって、康正は目の前の青年の顔を覗き込んだ。「その時に一緒だったという人物は、あなたですか？」

「とんでもない」潤一は茶碗を乱暴に置いた。

「あなたでもない。では一体誰なんでしょうね。未だに見つからず、本人から名乗り出てもこないというのは不自然です。考えられることは一つ。その人物が意図的に隠しているということです。なぜ隠すか、それはいうまでもないことでしょう」

「僕は」潤一は唇を舐めてから続けた。「自殺だと思うけど」

「そうであってくれればと私も思います。でも疑問があるかぎりは、安易に結論は出せません」

佃潤一は、ため息をついた。

「それで僕に何を訊きたいわけですか。さっきからいってるように、最近では彼女と付き合いはなかったんです。交際していたことは認めますが、今度のこととは無関係です」

「ではあなた以外で、和泉さんと親しくしていた人物に心当たりはありませんか。若い女性が、夜自分の部屋に入れるような相手となると、かなり親しい人間と考えざるをえないわけですが」

「僕は知りません。僕と別れてから、新しい恋人でもできたんじゃないですか」

「それは考えにくいですね。あなたの電話番号をメモした紙が貼ってあったのに、そういう人物の連絡先はどこにもない」

「じゃあまだそういう相手はいなかったのかもしれない。でも僕とももう付き合いはなかった。それは本当です」

康正は何とも答えず、手帳に何か書き込む姿勢をとった。

「先週の金曜日、あなたはどこにおられましたか」

アリバイを尋ねていることは潤一にもわかったはずだった。一瞬眉をひそめたが、それについて不満はいわなかった。

「金曜日はいつも通り、会社に出勤しました。帰ってきたのは九時過ぎだったと思います」

「その後部屋では一人だったわけですね」

「はい。絵を描いてました」

「絵というと、あれですか」康正は、イーゼルの上の胡蝶蘭の絵を指した。

「そうです」

「見事なものですな」

「ある作家の先生が引っ越しをされましてね、土曜日に挨拶に伺う時の手土産として用意したものだったんです。買ったのは金曜の夕方で、僕が一晩保管することになったんですが、あまりに美しいので写生させてもらったというわけです。こう見えても画家志望だったんですよ」

「それはそれは。で、その間はずっと一人だったわけですね」

「ええ、まあ大体」

「大体？」曖昧な言い方が気になった。「どういうことです。大体とは」

「夜中の一時過ぎに、このマンションに住んでいる友人が来ました」

「一時？　なぜそんな時間に？」

「その友人は都内のイタリアンレストランで働いてるんですけど、仕事が終わって帰ってくるとそういう時間になるんです」

「突然訪ねてこられたんですか」

「いや、そうじゃなくて僕が頼んだんです」

「頼んだ？」

「十一時頃だったかな、店のピザを一枚、買って持って帰ってきてほしいと電話で頼んでおいたんです。夢中で描いてるうちに、夜食が欲しくなったものですから。何でしたら、友人から直接話を聞いてみますか。彼も今日は部屋にいると思いますよ」

「ぜひお願いしたいですな」と康正はいった。

潤一が電話をすると、五分ほどしてドアがノックされた。現れたのは、潤一と同い年ぐらいの顔色のあまりよくない若者だった。

「こちらは刑事さんなんだけど、先週の金曜の夜のことを聞きたいとおっしゃってるんだ」佐藤幸広という青年に、潤一が説明した。刑事と聞いて、青年は少し警戒する顔つきになった。

「何ですか」と青年は康正に訊いた。

「夜中の一時頃にピザを持ってこられたということですが、間違いありませんか」

「間違いないですよ」

「そんなふうに持ち帰ることはよくあるんですか」

「彼に頼まれたのは三回目かな。俺自身が夜食代わりに買って帰ることもあります。店員だからといって、ただではないんですけどね」佐藤はドアにもたれ、ジーンズの前ポケットに両手を入れた。「ねえ、これ何の事件の捜査なんですか」

「殺人事件だよ」潤一がいった。

「本当かい？」佐藤は目を丸くした。

「まだ決まったわけじゃないですよ」

「さっきと話が違うな」潤一は髪をかきあげながら、独り言のように呟いた。

「ピザを持ってこられた後は、すぐにご自分の部屋のほうへ？」康正は佐藤に訊いた。

「いや、一時間ぐらい話をしてたんじゃなかったかな」

「絵の話とかね」と潤一がいった。

「そうそう。すごい花が置いてあって、それを写生してたんだよな。あれ、何という花だっけ」

「胡蝶蘭」

「そうだった。あの花はもうないみたいだな」佐藤は室内を見回した。

「次の日には、本来の持ち主のところへ届けたさ。残ってるのは、この絵だけだ」潤一は絵のほうへ顎を向けてから康正を見た。「彼がピザを持ってきてくれた頃には、ほぼ絵が完成していました」さらに、「そうだったろ」と佐藤にいった。

うん、と佐藤は頷いた。「さすがにうまい絵だった」

「ほかに彼に確認することは？」潤一は康正に訊いた。

いいえ、と康正は首を横に一回振った。

「もういいそうだ。ありがとう」と潤一は佐藤にいった。

「どういう事件か、後で教えてくれよな」

「まあ、そこそこね。あまりしゃべると叱られるから」そういって潤一は康正を見た。

佐藤が出ていってから康正は質問を再開した。

「あの人とは、いつからの付き合いですか」

「このマンションに越してきてからです。エレベータなんかで顔を合わせるうちに親しくなったんですよ。まあ、その程度の付き合いです」

偽のアリバイ証言を頼めるほどの仲ではない、ということをいいたいようだった。

「絵を描き始めたのは、何時頃ですか」

「帰ってきてすぐです。だから九時半頃からかな。何しろ次の日には花を手放さなきゃならなかったから、大急ぎでしたよ」

潤一の話を聞きながら、康正は頭の中で計算をしていた。この部屋と園子のマンションを往復しようとすれば、二時間近くかかる。園子を殺害し、偽装工作をするには最低一時間はほしい。潤一がいうように、本当に九時過ぎに部屋に帰ってきて、一時には佐藤が来たのだとしたら、彼に与えられた時間は三時間半だ。となると、犯行は可能だが、絵を描くのに残された時間は三十分だけだ。

康正はキャンバスの絵を見た。彼は絵には全くの素人だが、三十分でこういうものが描けるとは思えなかった。

「佃さん、車はお持ちですか」

「実家にはありますが、僕は持ってません。というより、運転できないんです」

「えっ、そうなんですか」

「お恥ずかしい話ですがね、あまり必要性を感じなかったものですから。いずれ免許を取ろうとは思っているんですが」

「ははあ……」

車の運転ができないとなると、当然移動は電車かタクシーだ。しかし佐藤が帰った後となると、電車は動いていない。つまりタクシーを拾うしかないわけだ。殺人を犯そうとする者が、深夜に足のつきやすいタクシーを使うというのは、考えにくかった。

「あなたがここに帰ったのが九時過ぎだということを証明できますか」

「下の管理人さんが覚えてるんじゃないかな。それに一緒に残ってた会社の人間に訊いてもらってもいいと思います。社を出たのが八時半頃ですからね、どう急いでも、そのぐらいの時刻にしか到着できません」潤一の自信に満ちた口振りは、実際に会社の人間に訊く必要はないことを示していた。

「その胡蝶蘭は」康正はいった。「金曜日にここへ持ってくるまでは、どこにあったんですか」

「もちろん花屋でしょう」と潤一は答えた。「金曜の午後、僕が社外に出ている間に、女性社員が上司に命じられて買ってきたらしいですから。夕方になって僕が社に戻ると、机の上に置いてあったというわけです」

「花はその時にはじめて見たということですか」

「そうなります」

「花を決めたのは誰ですか」

「編集長と女性社員が相談して決めたということでした。薔薇《ばら》にしたらどうかという意見も出たらしいですがね」

つまり事前に胡蝶蘭の絵を用意しておいて、さもその夜に描いたように見せかけた、という可能性はないということらしい。

「ほかに質問は?」

「いえ、ありません。どうもお手間を取らせました」康正は腰を上げざるを得なかった。

「あの、相馬さん」と潤一がいった。

「あ……はい」相馬というのが自分の偽名だということを、康正は一瞬忘れていて返事が遅れた。

潤一は真剣な顔つきでいった。「僕は、彼女を殺してなんかいませんよ」

「だといいのですが」

「第一、僕には彼女を殺す動機がない」

「よく覚えておきます」と康正は答えた。

エレベータで一階に降りると、康正はマンションを出る前に管理人室に寄った。制服を着た年輩の管理人は、狭い部屋の中でテレビを見ていた。

康正が近づいて会釈すると、管理人はガラス窓を開けた。

「警察の者ですが」といって康正は手帳を見せた。「このマンションに非常口はありますか」

「そりゃあありますよ。建物の裏に非常階段がついとります」

「出入りは自由ですか」

「よその人が入ることはできませんよ。非常階段に出るドアに鍵がかかってますから」

「鍵があれば出入り自由なんですね」

「まあそうです」

「どうもありがとう」礼をいって康正はマンションを後にした。

園子の部屋に帰ると、康正はダイニングテーブルで作業を始めた。佃潤一のところのゴミ箱から拾ってきた、粘着紙を広げ、そこに付着している毛髪を慎重にはがすのである。陰毛も少し付いていて、あまり気分のいい仕事ではないが、嫌がっている場合ではない。

毛髪は、全部で二十本以上採取できた。次に彼はバッグの中から箱と携帯用顕微鏡を取り出した。箱の中には、殺害現場から拾った髪が入っている。ＡＢＣと分類されている三種類の髪のうち、Aが園子のもので、Bが弓場佳世子のものらしいということは、すでに判明していた。

粘着紙から採取した髪の中に、Cの髪と一致するものがなければ、とりあえず佃潤一を容疑者の対象から外してもいいかもしれないと康正は思った。

だが結果は違っていた。顕微鏡で観察した一本目が、いきなりCと合致したのだ。

潤一は、園子とは夏に別れて以来会っていないといっていた。それにもかかわらず、園子の部屋に髪が落ちていたというのは話が合わない。

康正は確認のため、さらにほかの髪も調べてみることにした。可能性は低いが、Cと合致した髪が潤一のものでないこともありうる。

粘着紙に付着していた髪は、二種類に分けることができた。その一方の特徴がCと一致しているのだ。だがもう一方の髪を調べるうちに、康正は身体が熱くなってくるのを感じた。彼は何度も髪を取り替え、顕微鏡を覗いた。思いもよらぬ結論が導き出されつつあった。

その髪は弓場佳世子のものと酷似していたのだ。

第四章

1

車は交差点の分離帯に突っ込んでおり、ボンネットの部分が紙屑《かみくず》を丸めたようにひしゃげていた。ガソリン漏れはなかったが、砕けたフロントガラスの破片が、路面に散っていた。運転していたのは若い男で、同乗者はいない。某電気機器メーカーのサービスマンらしく、社名の入った紺色の制服を着ていた。車も会社のライトバンだった。走行距離メーターが十万キロを優に越えているのは、さすがに営業用車両である。

男はすぐに病院に運ばれた。頭部と胸を強く打っているのは確実だった。シートベルトをしていれば防げた怪我《けが》だった。

康正はコンビを組む坂口巡査と共に実況見分を行った。自損事故は気が楽だ。被害者との間で話のこじれる心配がないからだ。事故処理の手続きも、格段に簡単に済ませられる。

深夜ではあったが、街灯が明るく、路面の様子は比較的簡単に観察できた。ブレーキ痕がなく、道路が緩やかにカーブしていることなどから考えて、おそらく居眠り運転だろうと思われた。

「和泉さん。これ」運転席を調べていた坂口が小さな鞄《かばん》を見つけだしてきた。

「免許証は入ってるか」と康正は訊いた。病院に運ばれた男の服を探ったかぎりでは、免許証が見つからなかったのだ。

「入ってます。ええと、オカベシンイチ。住所は安城《あんじょう》です」

「自宅の連絡先は？」

「ちょっと待ってください。ええと……あっ」

「どうした？」

「これ」といって坂口が鞄から取り出したのは薬の箱だった。「風邪薬です」

康正は顔をしかめた。「じゃ、やっぱり居眠りか」

「この薬を飲んでいたなら、その可能性が強いですね。おっ、名刺が出てきました。夜間用の連絡先も書いてあります」

「じゃあすぐに電話して、家族の連絡先を訊いてくれ」

「わかりました」

坂口の後ろ姿を見送った後、康正は首を回し、腕時計を見た。深夜の二時を回ったところだった。昨日の午前八時四十五分から事故当番に就《つ》いているが、これで四件目の事故だった。一昨日の夜に東京から戻ったばかりなので、さすがにきつかった。

この分だと朝までにあと二、三回は呼ばれそうだと思った。愛知県は交通事故が多い。康正のこれまでの最高記録は、一日に十二回出動というものだった。

実況見分を終え、事故車両の始末を業者に頼んだ後、康正は坂口の運転するワゴン車で署に戻ることにした。幸い、次の事故の連絡は入ってきていない。

「家族の話では、やっぱり風邪をひいていたそうです。薬を飲んでいたんじゃないかということでした」坂口が運転しながらいった。

「風邪薬ぐらい大丈夫だと思ったんだろうな」

「そうですね。本当はアルコール以上に危ないんですがね。酔って眠いのは我慢できても、薬で眠いのだけは我慢できませんから。ふだんから睡眠薬を常用している人なら別でしょうが」

「そうだな」

この時康正の記憶に、睡眠薬の空き袋が浮かんだ。園子の寝室のテーブルに置いてあったものだ。袋は二つあった。

犯人が袋を置いたのは、睡眠薬を飲んだのは園子の意思だと示すためだろう。だが二つも必要だったのだろうか――。

康正は睡眠薬に関しては殆《ほとん》ど知識を持っていない。だから二つの袋を見た時も、単にそれが服用量なのだろうと思っただけだった。

一度調べてみなければならないと彼は思った。

署に帰り、康正が自分の席に戻ると、机の上に封筒が一つ載っていた。表に「和泉君へ」と走り書きしてある。野口だな、と彼は思った。

野口は鑑識にいる康正の友人である。昨日の朝、何本かの髪について鑑定してほしいと頼んでおいたのだ。もちろんこういう個人的な鑑定依頼は禁じられている。野口も、「おおざっぱなことでいいのなら」ということで、引き受けてくれたのだ。

封筒には髪の毛の入ったビニール袋と一緒に、紙が一枚入っていた。そこには野口の字で、次のように書かれていた。

「毛髪の損傷状態、散髪後の経過日数、その外見の特徴から、X1とX2が同一であることはまず間違いない。また染毛の時期や毛質などから、Y1、Y2、Y3も同一人物のものと思われる。もっとくわしいことを調べてほしければ、依頼書を書いてくれ」

血液検査や微量含有元素の分析などは、さすがにしてもらえなかったようだが、康正としては専門家からこれだけの意見を得られれば充分だった。

X1、Y1とは、園子の部屋で採取した毛髪のうち、園子の髪ではないと思われる二種類である。またX2、Y2は、佃潤一のゴミ箱に捨てられていた粘着紙に付いていたものだ。そしてY3は、弓場佳世子の抜け毛だった。

この結果から結論づけられることは二つである。弓場佳世子も佃潤一も、それぞれの言い分に反して、ごく最近園子の部屋に入っている。そして弓場佳世子は佃潤一の部屋へ行ったことがある。

康正は改めて、園子との最後の電話を思い出す。「信じてた相手に裏切られた」と彼女はいった。それは男かと康正が訊くと、はっきりと答えず、「お兄ちゃん以外、誰も信用できなくなっちゃった」といった。

よくあることだ、と康正は空しさを感じながら思う。おそらく弓場佳世子と佃潤一を引き合わせたのは園子自身だろう。恋人を親友に紹介したのだ。その時にはまさか、その両者から裏切られることになるとは、夢にも思わなかったに違いない。

しかし、と康正は考える。

そうした三角関係にあったからといって、弓場佳世子もしくは佃潤一が、園子を殺す必要があるだろうか。

潤一と園子が結婚していたのなら、まだ話はわかる。だが単なる恋人同士にすぎなかった。潤一が園子よりも弓場佳世子のことが好きになったのなら、園子のことは振って、佳世子と結婚すればいいだけのことだ。誰に気兼ねすることもない。

もっとも――。

男女の愛憎のもつれというのは、なかなか杓子定規《しゃくしじょうぎ》には行かないというのも事実だった。三者の間には、複雑な情念のもつれがあったのかもしれない。

いずれにしても、現場に弓場佳世子と佃潤一の毛髪が落ちていた以上、そして両者共どうやら嘘の供述をしている以上、容疑者は彼等二人に絞ってよさそうだった。無論、共犯もありうるが、その可能性は低いのではないかと康正は思った。犯行内容を吟味した場合、共犯で行う必要もメリットもないのだ。

康正は確信していた。どちらかが園子を殺したのだ。

結局この夜は、その後二回の出動があっただけだった。午前八時四十五分になるのを確認し、康正は坂口と共に安堵のため息をついた。勤務終了時刻以前に連絡の入った事故については、すべてその時の当番が処理に当たることになっている。極端な場合、八時四十四分に事故通報が入ってきた場合でも、康正たちが出ていかなければならないのだ。十二回出動した時などは、家に帰ったのは夜の十一時過ぎだった。

事故当番明けの日は非番である。家に着くと康正は風呂を沸かした。そしてその間に、病院に電話することにした。園子に睡眠薬を処方してくれた医師に連絡を取るためだ。

幸い医師は手が空いていたらしく、すぐに電話に出てくれた。

「康正君か。妹さんのことは聞いたよ。たいへんだったなあ」医師は少し興奮した口調でいった。

「御存じでしたか」

「うん。じつはこの間、東京の警察から電話がかかってきて、知らされたんだ。びっくりしたよ」

「東京の警察……」

加賀だな、とすぐに思い当たった。そういえばあの刑事も、園子の睡眠薬を処方した医師の連絡先を尋ねてきた。

「その後君にも何度か電話したんだがね、ずっと留守だった」

「すみません。東京に行っていたものですから」

「だろうと思った。いやあ、とにかく、何といっていいのかわからんなあ」医師は人の良い人物だった。その性格が滲み出たような口調で、いくつもの悔やみの言葉を述べた。彼自身が悲しんでいるのが伝わってきた。

「じつは先生にお尋ねしたいことがあるんですが」と康正はいった。

「何かね。睡眠薬のことかね」

医師がずばりと彼の目的を指摘したので、康正は少々面食らった。

「そうです。どうしておわかりになりました？」

「東京の刑事が、そのことで電話してきたからだよ。園子さんに処方した薬の服用量を知りたいということだった」

やはり加賀はあの時すでに、二つの袋について疑問を持っていたのだ。

「何とお答えになったのですか」

「一回一包だと答えたよ。本人が多いと思う場合は、半分に分けてもいい」

「一包で足りないということはないんですか」

「まずないね。特に園子さんの場合は、なるべく半分ずつにするようにいってあったほどだ。しかし康正君、どうしてそんなことを訊くのかね。何か問題でもあるのかい」

「東京の刑事は何といってましたか」

「確認だとしかいってくれなかったよ」

「そうですか。じつは私もよくわからないんですが、刑事たちが睡眠薬のことを調べていると聞いたものですから、先生のところへお電話したというわけです。お忙しいところ、すみませんでした」

「それは別にかまわないが」

医師は釈然としていないようだった。だが康正としてもこれ以上は何も話せない。適当に礼をいって、早々に電話を切った。

康正は首を捻《ひね》った。

犯人はなぜ睡眠薬の空き袋を二つ、テーブルの上に残しておいたのだろう。園子が自分の意思で薬を飲んだように見せかけたいなら、一袋で充分だったのではないか。それとも自殺する時には二袋ぐらい飲むかもしれないと思い、リアリティを出すために演出したことだったのか。

このことに拘《こだわ》るべきなのかどうか、康正は迷った。じつは大した意味はないのかもしれない。だがどうにも引っかかるのだった。加賀はどんなふうに考えているのだろうと、ふと気になった。

風呂に入った後、コンビニエンスストアで買ってきた弁当を食べながら、大学ノートを開いた。そこにはこれまでに調べたことを書き記してある。そこへ彼はボールペンで新たに、「睡眠薬の袋を二つ置いたのはなぜか」と書き足した。その少し上には、佃潤一のアリバイについて書いてある。

「中目黒のマンションに九時過ぎ帰宅。午前一時から二時まで佐藤幸広と話をする。その間、花の絵を描いていた。九時半から描き始めて、午前一時にはほぼ完成」

これをどう解釈するか、康正は迷っていた。完全なアリバイといえる代物ではない。午前二時に部屋を出てタクシーを拾えば、夜中のことでもあるし、三十分ほどで園子の部屋へ行けるだろう。夜中の二時半に訪ねていっても、相手が潤一だとわかると園子も警戒しないのではないか。そのように考えると、犯行は不可能ではない。

しかし前にも思ったことだが、タクシーを使うのは心理的に理解しにくい。いや、それ以上に不可解なのは、もし佃潤一が犯人であるなら、何のために胡蝶蘭の絵など描いたかということである。午前二時までのアリバイを固めたところで不十分であることなど、彼にもわかるはずだった。

これがもし午前二時以降のアリバイも完璧であったなら、一気に作為の臭いが漂うところだった。九時半から午前一時まで絵を描いていたというが、その姿を誰かが見ていたわけではない。完成した絵があるというだけのことだ。となると、何らかのトリックがそこにあったのではないかと疑うことができる。

つまり容疑を免れるために工作したと考えるには、あまりにも中途半端なアリバイであるがゆえに、却って疑いきれないというジレンマに陥ってしまうのだった。

2

翌日は一昨日の当番時に担当した事故について、書類上の処理を行う日だった。日勤なので、夕方には警察署を後にすることができる。さらに明日は休日になっていた。康正は今夜東京に行くことを決めていた。ロッカーで着替えを済ませると、康正は朝から持ってきていたバッグを手に、豊橋駅に向かった。

東京駅に着くと、すぐに公衆電話を探した。ずらりと並んだ電話機には多くの人々が群がっていたが、幸い一つだけ空いていた。

彼が電話した先は弓場佳世子の部屋だった。彼女は在宅していた。和泉園子の兄がまたしても電話をしてきたことは、少し意外だったようだ。康正は通夜の時の礼を述べた後、本題に入った。

「じつは折り入ってお話ししたいことがありましてね、明日お会いできませんか」

「それはいいですけど、ええと何時頃でしょう？」

「明日はまた名古屋に帰らなければいけませんのでね、お昼休みはいかがでしょうか」

「明日は昼間は外に出ているんですけど」

「どこかでお会いできませんか。どこへでも伺いますから」

「少し遠くてもいいですか」

「構いません」

すると弓場佳世子は、二子玉川園駅の近くにあるファミリーレストランを指定してきた。世田谷区内で、玉川通りに面しているのだという。よくわからなかったが、変更を求めるわけにはいかなかった。一時に会うということで話をつけた。

この夜康正が園子の部屋に着いたのは、午後十一時を過ぎた頃だった。途中で食事をしていたので遅くなったのだ。

ドアを開けようとした時、隙間に白い紙が挟んであるのが目に留まった。どこからか荷物でも届いたのかと思ったが、そうではなかった。そこにはこう書いてあった。

『連絡を待っています　練馬署加賀　十二月十三日』

十三日といえば今日だった。康正の勤務日程を知っていて、今日あたり上京することを読んでいたかのような対応ぶりだった。おそらく豊橋警察署に問い合わせたのだろう。康正はメモを丸め、コートのポケットに突っ込んだ。

園子の部屋は冷えきっていた。蛍光灯の白い光も何となく寒々しい。彼は荷物を持ったまま寝室に入ると、壁に取り付けてあるコントローラを操作してエアコンを作動させた。

園子の遺体を見つけた時もエアコンが止まっていたことを康正は思い出した。園子は眠る時には決してエアコンをつけたままにしない。犯人はその習慣を知っていて、スイッチを切っていったのだろうかと考えた。犯人と二人でいた時は、園子はエアコンをつけていたに違いないからだ。

あるいは、と康正は想像する。犯人は遺体の発見を遅らせるためにも、そうしたほうがいいと考えたのかもしれない。エアコンが利きすぎると、腐敗が早まり、臭いが外に漏れるおそれがあるからだ。だがこの想像は彼を不快にさせるだけのものだったので、それ以上考えるのはやめることにした。

コートを脱ぎ、ベッドの横に腰を下ろした。まだこのベッドで眠る気にはなれなかった。だから今夜は、このまま毛布にくるまって眠るつもりだった。

今年中に、あと何回こっちに来られるだろう——そう思って、テーブルの上のカレンダーを見た。子猫の写真がついたもので、一頁に一週間分の日付が印刷されている。日めくりならぬ、週めくりとでも呼ぶべきものだ。大きさは葉書よりも一回り小さい。

　おかしいな、と彼は思った。一番上が、先週分のカレンダーになっていたからだ。園子の遺体を見つけたのは先週の月曜日、園子が死んだのは先々週の金曜の夜だ。ということは、カレンダーは先々週のままでなくてはおかしい。

　彼は立ち上がり、部屋の隅に置いてある円筒形の屑籠の中を調べた。しかしその中に、先々週の分のカレンダーはなかった。

　はっと気づいたことがあり、彼は自分のバッグを開けた。そして証拠品を入れたビニール袋の一つを取り出した。ダイニングテーブルの上の小皿に入っていた、紙の燃え残りを入れたものだ。

　彼は三つある紙片のうちの一つを摘みだした。思った通りだった。紙の質や、わずかに残っている白黒写真の部分から考えて、子猫カレンダーの一枚を燃やしたものとみて間違いなかった。

　なぜこんなものを燃やしたのか。いやそれ以前に、燃やしたのは園子なのか、それとも犯人なのか――。

　どちらにしても、カレンダー自体には意味はないはずだった。おそらくそこに何かが書き込まれていて、その内容が重要だったのだろうと思われた。

　たとえば、と康正は仮説を立てる。カレンダーに園子自身の手によって、犯人と会う約束の日時が書かれていたとする。犯人がそれを見つけたなら、処分したくなるだろう。

しかし――。

康正はカレンダーを眺めた。ほぼ紙面いっぱいに子猫の白黒写真が印刷されており、下の狭い空欄に一週間分の日付が並んでいるだけのシンプルなデザインだ。

これでは何かを書き込むスペースがない、ということに彼は気づいた。彼は一枚めくって裏を見た。裏は真っ白だ。

ふっと閃いたことがあった。手帳用の細い鉛筆が、このテーブルの上に置いてあったことだ。手帳は園子のバッグに入っていたのに、なぜ鉛筆だけが出ていたのか。

あの鉛筆を使って、カレンダーの裏に何かを書いたのではないか、と康正は推理した。犯人が自分で書いて、自分で燃やすはずがないから、書いたのは園子だろう。そしてその内容が犯人にとって都合の悪いことだったから、園子を殺した後で焼いたということが考えられる。

だがなぜわざわざ燃やしたのか、という疑問が頭をもたげてくる。処分するにしても、この部屋で燃やしたりせず、とりあえず持ち去って、どこか別の場所で捨てるなり切り刻むなりするのがふつうではないか。トイレに流してもいい。

康正はビニール袋に残っている、あとの二つの紙片を見た。こちらはカラー写真の燃え残りだ。どういう写真を焼いたのかは、今も見当がついていなかった。前回上京してきた時、ここの本棚にカメラ屋がくれるような安っぽい写真入れが何冊かさしてあるのを見つけたので、入念に調べてみたのだが、いずれにも特に意味がありそうな写真は入っていなかった。会社の慰安旅行や、友人の結婚式といったものばかりだった。もちろん、重要でない写真だから、焼かれずに残っているわけなのだが。

仮に犯人が佃潤一だとすると、と康正は考えた。その場合佃としては、園子と自分が特別な関係にあったことを秘密にしなければならない。そこで証拠隠滅のため、園子と二人で写っている写真を処分することにする。そのついでに、メモの書かれたカレンダーも一緒に燃やす――。

燃やすという方法には依然として疑問が残るが、これならば一応説明がつく。問題は、カレンダーの裏に何が書かれていたのかだった。

使用中のカレンダーを破ってまで何かを書かねばならなかったということは、相当切迫した状態だったといえる。余裕があるなら、便箋かメモ用紙に書くはずだった。

そんなことを考えながら康正は本棚のあたりを見つめた。そのうちに思わず首を傾げていた。

なぜこんなに筆記用具がないんだろう、と不思議に思った。

次の日の昼前、康正は園子の会社に出向いた。職場の上司に挨拶しておくためだ。無論、何らかの情報を得るという目的もある。先方には朝一番に連絡してあった。

四人掛けのテーブルがいくつも並んだ来客室で、康正は園子の職場の課長と係長に会った。係長は葬式にも来た貧相な男だ。対照的に山岡という課長は、額の広い、太った男だった。悔やみの言葉を長々と述べたが、大げさな口調と表情が、わざとらしさを強調していた。

「妹と一番親しかったのは、どなたでしょうか」話が一段落したところで康正は訊いた。

「ええと、誰かな」山岡が係長のほうを見た。

「先日警察の人が来た時には、総務課の笹本《ささもと》君が応対していたようですが」

「ああ、なるほど。彼女なら入社時期も近いしなあ」

「その笹本さんにお会いするわけにはいきませんか」と康正はいった。

「いいと思いますよ。じゃあ君、総務課のほうに連絡して」課長が係長に命じた。

係長は数分で戻ってきた。笹本という女子社員は、ちょうど今手が空いているという。すぐにこちらに来るということだった。

「それで、理由についてはまだはっきりしないんですか」山岡が尋ねてきたが、質問の意味が康正には咄嗟《とっさ》に理解できなかった。自殺の理由のことをいっているのだと、数秒してわかった。

「これといったことは、まだ……」康正は答えた。「でも、案外そういうものなのかもしれません」

「そうですなあ。そういう自殺が増えているという話を、私も聞いたことがありますよ」山岡は話を合わせてきた。

やがて一人の女子社員が現れた。小柄で童顔だった。山岡たちは彼女のことを康正に紹介すると、足早に去っていった。面倒な話に関わりたくないのだろうが、康正としても彼女と二人だけのほうが好都合だった。

笹本明世《あきよ》というのが彼女の名前だった。

「和泉さんと一番親しかった人ということで、いつもあたしが呼ばれるんですけど、本当はそんなに親しいってわけじゃないんです。お昼を一緒に食べたり、一、二度部屋へ遊びに行ったことがある程度なんです。だから、あまり細かいことを訊かれても答えられないと思うんですけど」彼女は座るなり、こう断ってきた。

康正は意識して口元を緩めた。

「刑事からは、そんなに難しいことを訊かれたのですか」

「本当に親しければ難しくはなかったのかもしれませんけど、今もいいましたように、それほどの仲ではありませんでしたから」笹本明世は申し訳なさそうにいった。

「自殺の理由に心当たりがないかとか、恋人はいなかったのか、とかですね」

「ええ」

「ほかにはどういうことを訊かれました?」

「どういうことだったかしら。あまりよく覚えてないんですけど」笹本明世は丸い頰に手を当てた。「ああ、そう。和泉さんがワインを好きだったことを知っているかと訊かれました」

「ワインを? で、あなたは?」

「そういえばそんな話を和泉さんから聞いたことがあると答えました。すると刑事さんは、特に有名な話ではなかったのかと訊いてきましたので、ほかの人はたぶん知らないと思うと答えました。あたしにしても、刑事さんにいわれるまで忘れていたんです」

加賀は、あのワインは園子が自分で買ったものではなく、誰かに貰ったものだと推理しているようだった。だからその贈り主を見つけようとしているのだろう。

「そのほかにはどんなことを訊かれましたか」

「ほかには……」笹本明世は少し考えた後、何か思いついた顔をした。だが康正と目が合うと、なぜか顔を伏せてしまった。

彼の頭に閃《ひらめ》くことがあった。

「私のことを何か訊かれたんですか」

「はい」と彼女は小声で答えた。

「どういうことですか」

「和泉さんのお兄さんについて、彼女から何か聞いたことはないかって……」

「何とお答えになったんですか」

「会社では聞いたことがなかったけれど、部屋へ遊びに行った時、和泉さんの肉親は愛知県にいるお兄さんだけだという話を聞きましたと……」

「それで、刑事は何と？」

「特に何も。頷いてメモを取ってました」

「刑事も変なことを訊いたものですね。妹の自殺の理由に、私が関わっているとでも思っているかもしれません」

「でも、そんなことは絶対にありませんよね」笹本明世が断定的にいった。この台詞《せりふ》だけが妙に積極的だったので、康正は少し虚をつかれた。

「だといいんですがね」

「だって、和泉さんはお兄さんのことをとても信頼しておられたでしょう。あたし、彼女の話を聞いて、とても羨ましく思ったんですから」

「そうですか」

「和泉さんはお兄さんに、部屋の鍵を一つ預けてたんでしょう？　そういうことって、親に対してもなかなかする気になれないことですもの」

「なるほどね」

「おかげで鍵が一つになっちゃったから、予備にスペアキーを二つ作ったって和泉さんはいってました」

「二つ作った？」康正は愛想笑いを顔から消した。「本当ですか」

「ええ。自分の予備だけなら、一つでもいいはずなのにって、あたしは思ったんですけど」

笹本明世は意味深長な物言いをした。

ありうることだと康正は思った。園子にもこれまで付き合った男は何人かいたはずで、そういう男のために合鍵を作り、ついでに自分用のスペアを作ったということは充分に考えられる。そして合鍵の一つは、最近では佃潤一の手に渡っていたはずだ。

二つのスペアキーのうち、一つはドアの内側の郵便受けの中に入っていた。ではもう一つはどこにあるのか。

康正は、園子がスペアキーを置いていた場所を笹本明世に尋ねようとしてやめた。知っているとは思えないし、不審を招くだけだった。

「あの、まだ何かお訊きになりたいことはありますか」笹本明世がいった。そろそろ解放してほしそうな顔をしている。

「よくわかりました。どうもありがとう」康正は頭を下げ、礼をいった。

会社を出た後、路線地図を見ながら電車に乗った。二子玉川園駅に着いたのは十二時半だった。そこから弓場佳世子と約束した店までは三百メートルほどだった。大型トラックが盛んに行き来する道路を左に見ながら、コートの襟を立てて歩いた。

当然弓場佳世子はまだ来ておらず、彼は窓際の席でカレーライスとコーヒーのセットを食しながら彼女を待った。一時を過ぎているせいか店内は比較的すいていたが、二つ隣のテーブルについているのがスポーツクラブ帰りらしき中年の主婦グループで、けたたましい笑いと話し声で、店内の空気を乱していた。

康正がカレーライスを食べ終わった頃、弓場佳世子が入ってきた。先日の黒いワンピースとは全く趣《おもむき》の変わる、軽快なパンツスタイルだった。片手にサングラスを持っていた。彼女が近づいてくると、中年主婦グループは一瞬彼女を見て会話を止め、それからまたおしゃべりを再開した。

先日はどうも、と佳世子はいった。こちらこそ、と康正は受け、座るよう促した。短いスカートを穿いたウエイトレスが巨大なメニューを持ってやってきたので、彼女はアイスクリームを注文した。康正はコーヒーのおかわりを要求した。

「外交の仕事もなさってるんですか」彼女が保険会社に勤めていることを思いだしながら康正は訊いた。

「いえ、あたしは外交はしません」

「でも仕事でこのあたりまで来たんでしょう」

「今日は特別なんです。このあたりに住んでる知り合いから、保険のことで相談にのってほしいといわれて……」

った。

「ああ、なるほど」

「あのう、お話というのは?」細い指先で水の入ったコップの表面を撫でながら佳世子はいった。

康正は姿勢を正し、主婦グループのほうをちらりと見た。聞き耳を立てられている気配はなかった。

「園子の恋人についての話です」

「そのことなら、この間お話しした以上のことは……」

「佃潤一という人物を御存じですね?」

弓場佳世子の黒い大きな瞳が康正の顔を捉えた。

「御存じですね」と康正はもう一度いった。

佳世子は長い睫を伏せた。答えないのは、康正がどれだけのことを把握しているのか、推量しているからに違いなかった。

ようやく彼女は顔を上げた。「園子から一度紹介されたことがあります」

「何といって紹介されたんですか」

「忘れました。ずいぶん前のことですし、何かの時にたまたま顔を合わせることがあったので、ついでという感じで紹介されたものですから」

康正は彼女の顔を見据えた。

「先日あなたに園子の恋人について尋ねた時、あなたは園子が何年も前に別れた男のことしか教えてくださらなかった。佃潤一という人物のことは一言もおっしゃらなかった。なぜですか」

「なぜといわれても……思い出さなかっただけです」

「佃潤一という人物のことは、全く頭になかったというわけですか」

「そうです」

「ほう」康正は水を飲んだ。やけに喉が渇いた。

ちょうどこの時ウェイトレスがアイスクリームとコーヒーのおかわりを持ってきた。しかし二人とも手を出さなかった。

「あなたは嘘をついている」康正は弓場佳世子の白い額を見ながらいった。その額に、さっと縦皺が入った。それを見つめて続けた。「今あなたは、佃潤一と付き合っているはずだ」

佳世子の、小柄な体格のわりには豊かな胸が隆起した。それからふうっと息を吐いた。

「何のことですか」

「とぼけるのはやめましょう。何もかもわかっているんだ」康正は椅子にもたれ、顎を引いて正面の女の様子を観察した。

弓場佳世子は両手を膝の上に置き、ぴんと背中を伸ばした姿勢で静止していた。その目は溶け始めているアイスクリームに注がれていたが、無論それを見ているはずがなかった。康正は彼女の口から何らかの弁解めいたものが発せられるのではないかと思ったが、彼女にその意思はないようだった。

「もう一度訊きます」康正は身体を少し前に倒した。「佃潤一と交際していますね」

弓場佳世子の伏せた睫が揺れた。しかしあの通夜の時に、園子のことを思い出して揺れたのとは意味が違うはずだった。

やがて彼女はかすかに首を縦に動かした。ええ、という声は少しかすれた。

今度は康正が大きく息を吐く番だった。

「園子の恋人だった佃潤一と、現在あなたが付き合っている。どういうことですか」

「それは……なりゆきです」

「なりゆき？　園子は死んでいるんですよ」

「そのこととは関係ないと思いますけど」

「そうだろうか？」

「どういう意味です」激しく瞬《まばた》きしながら佳世子は康正を見た。

「園子の死が自殺なら、その動機はあなたたちの仕打ちにあるとは思いませんか」

「あたしたちは……」顔は真っ直ぐ康正のほうに向け、ただし目だけは斜め下に向けて佳世子はいった。「あたしたちが付き合いだしたのは、園子が佃さんと別れてからです。だから、園子があたしたちのことを知って自殺するなんてこと、ありえないと思います」

「園子とは別れたといっているのは、佃本人だけだ」

この康正の台詞に、佳世子は目を見張った。

「彼に会ったんですか？」

しまったと思ったが、もう遅かった。

「君に宣告しておきたいことがある」康正はいった。君という言い方に、これまでとの差異を示したつもりだった。

「何ですか」

「俺は園子の死を自殺だとは思っていない」

康正の気迫に圧されたように、佳世子は少し身を引いた。

「園子は殺された、そう思っている。いや、確信している。証拠だってある」

彼女は少し怯えた目をしながらも、かぶりを振った。「違うと思います」

「悪いが」康正は口元を歪めた。「君の言葉を信用する気はない」

「あたしを疑っているんですね」

「そういうことになる。ついでだから訊いておこう。先々週の金曜日の夜、君はどこで何をしていた？」

佳世子は自分の右頬の後ろに手を当て、首を傾げた。耳たぶにぶらさがった金のアクセサリーが揺れた。そんな何気ないしぐさにも、妙にタレントめいたところがあった。

「アリバイなんて、ありません」

「じゃあまだ容疑は晴れないな」

「一つ訊いていいですか」

「なんだ」

「どうして警察にいわないんですか」

「俺の目的は」そういって康正は佳世子を凝視し、次に作り笑いをした。「犯人を捕まえることじゃない」

どうやら鈍感ではないらしい弓場佳世子は、康正のいう意味を悟ったようだ。緊張と怯えを頬のこわばりによって表現した。

二つ隣の主婦グループが、大騒ぎしながら席を立ち始めた。中の一人は、じろじろと康正たちのほうを眺めていった。

「ショートヘアにしているのはいつからだい」康正は訊いた。

えっというように佳世子は彼を見返した。

「君のその髪の毛が、園子の部屋に落ちていた。どういうことだろうな」

佳世子はこわばった笑いを作った。

「どうしてあたしの髪だとわかるんですか」

「反論したいなら、その奇麗な髪を何本かくれないか。もっと詳しく調べてみよう」

彼女はひそめた眉に不快感を滲ませた。あの通夜の晩に、自分の髪がこっそり採取されていたことを悟ったからだろう。

「水曜日に」と彼女はいった。「園子と会いました。園子の部屋で、園子と二人で」

「髪はその時に落ちたものだといいたいわけだ」

「それ以外に考えられませんから」

「水曜日に会ったことを、なぜ隠していたんだ」

「いう必要がないと思ったからです」

「どうして？」

「園子の死とは無関係ですから、余計なことだと思ったんです」

「何のために会ったんだ」

「特に理由はありません。久しぶりに会おうと彼女が電話をかけてきたので、会社の帰りに寄っただけです」

「園子は君と佃潤一が付き合っていることを知っていたんじゃなかったのか。それなのに、君と会いたいなんて思うかな」

「わかりません。あたしたちのことは話してなかったから、知らなかったんじゃないでしょうか」

「俺の想像を話してもいいかな」

「どうぞ」弓場佳世子の黒い虹彩《こうさい》が光った。

康正はすっと息を吸い込んでから話した。

「水曜日に君と園子は、佃を巡って言い争いをした。もちろん決着はつかない。そこで君の中に園子に対する殺意が芽生えた」

「なぜあたしが彼女に殺意を抱くんですか。彼女があたしを恨むというのならわかりますけど」

「園子が佃潤一と別れないと主張したらどうだろう。そして佃のほうも、園子が納得しないかぎり君と結ばれるわけにはいかないといってたとしたら。君にとっては園子の存在が邪魔になる」

「よくそんなことを考えつきますね」

「だから想像だよ」

「もうお話は済んだようですから、これで失礼します」アイスクリームに手をつけないまま佳世子は立ち上がった。

康正も二杯目のコーヒーを残して席を立った。レジで支払いをしている間に、佳世子は足早に店を出ていった。

彼が店を出ると、駐車場のほうから甲高いエンジン音が近づいてきた。緑色のミニクーパーが出ようとしていた。運転しているのが弓場佳世子であることに気づき、康正はその進路に立った。車が止まったので、運転席側に歩み寄った。

佳世子は右手を億劫《おっくう》そうに動かして窓ガラスを十センチほど開けた。パワーウインドウではないのだ。

「君の車かい？」と康正は訊いた。

「そうですけど」

「車があれば」康正は車内をじろじろ見た。「夜中でも行動できるわけだ」

「失礼します」佳世子はブレーキペダルから足を離した。ミニクーパーは非力そうな音をたてながら康正の前から去っていった。

3

康正が園子のマンションに戻ると、部屋の前で加賀が待っていた。加賀は通路の手すりに両肘をつく格好で道路のほうを見下ろしていたが、康正に気づくと、人なつっこそうと表現できなくもない笑顔を浮かべた。

「お帰りなさい」と刑事はいった。

「いつから待ってたんですか」

「いつからだったかな」加賀は腕時計に目を落とした。「まあ、大した時間じゃありません。どちらに行っておられたんですか」

「園子の会社へ。挨拶がまだだったものだから」

「会社の後ですよ」加賀はまだ笑っていた。「会社は昼頃に出ておられる。その後です」

康正は刑事の彫りの深い顔をしげしげと眺めた。

「なぜ会社に行ったことを知ってるんですか」

「そろそろ行かれるはずだと思って、電話で問い合わせたんです。そうしたら午前中にいらっしゃったという返事でした。いい勘をしていました」

康正は首を振り、ドアの鍵穴に鍵を差し込んだ。

「もう一度中を見せてもらっていいでしょうか」加賀がいった。

「まだ何か見るものがあるんですか」

「たしかめておきたいことがあるんです。お願いします。それに、あなたにとって耳寄りな情報もあるんですが」

「情報?」

「ええ。きっと参考になると思いますよ」意味あり気に笑った。

康正は吐息をつき、ドアを開けた。「どうぞ」

「お邪魔します」

証拠品をバッグに片づけておいてよかったと康正は思った。あれらの品がこの刑事に見つかったら、すべて水の泡になるところだった。

「会社を出た後は、新宿を少し歩き回ってたんですよ。園子がどういう街で働いていたのか知りたくて」いいながら康正は振り返った。すると加賀は靴箱の前で、しゃがみこんでいた。「何をしているんです?」

「いや、失礼。これを見つけたものですから」加賀が手に持っているのはバドミントンのラケットだった。「靴箱の横に立てかけてありました。これはかなり本格的なラケットですね。材質はカーボンかな。妹さんはクラブにでも入っておられたんですか」

「高校時代に少し。それがどうかしましたか」

「グリップテープの巻き方が、ふつうの人と逆になっている」加賀はグリップの部分を指した。「つまり、妹さんは左利きだったということだ。違いますか」

「おっしゃるとおり、妹は左利きでした」

「やっぱり」加賀は頷いた。「思ったとおりだった」

「ラケットを見る前から、左利きだったことを知っていたような言い方ですね」

「知っていたわけじゃありません。そうじゃないかと推測していただけです」

「ええと」康正は室内を見渡した。「いろいろなものについている指紋を分析されたわけですか。たとえば鉛筆とか口紅とか」

「いや、そうじゃありません。たまたまですよ。私が園子さん宛てに来た手紙類を調べていたことは覚えておられますね」

「覚えてますが、ここ数ヵ月以内に届いたものはないという話でした」

「いえ、手紙の古い新しいは関係ないんです。私が目をつけたのは、封筒の開け方でしてね。具体的にいうと、封筒の上の部分をどのように破るかということです」そういうと何を思ったか加賀は、自分の名刺を一枚出してきた。「すみませんが、これを破ってもらえませんか。封筒を開けるつもりで」

「何かほかの紙で試しましょう」

「いいんですよ。どうせ使いきる前に、新しいのを作ることになるんですから。気にせずにやってください」

新しいのを作るという台詞が、単なる転勤を意味したものなのか、昇格を考えてのものなのか、康正は少し気になった。この男を見ていると後者だという気がした。かなりの自信家だろうと踏んでいた。巡査部長と書かれたあたりを狙って、康正はゆっくり破った。

「あなたは右利きですね」加賀がいった。

「そうです」

「ノーマルな手順ですね。左手で名刺全体を掴み、右手で目的の部分を破り取るという方式です。しかもその際右手を時計方向に捻るという多数派だ」

加賀にいわれて、自分の手の動きを康正は振り返った。

「誰でもこうするんじゃないのかな」

「それが案外そうでもないんですよ。千差万別でしてね。そしてこの破った跡を見れば」二つに破られた名刺を受け取って加賀は続けた。「破断面や指紋の位置などから、その人の癖が大体わかります。園子さんの封筒を調べると、今あなたがやったのと、全く左右逆の動きをしていたことがわかります。だから左利きではないかと想像したわけです」

「なるほど、わかってみれば簡単なことだ」

「この手のことでは、和泉さんのほうがお得意でしょうが」加賀のいう意味がわからないので康正が黙っていると、刑事はにやにやして続けた。「バンパーのへこみ具合、ライトの壊れ方、塗膜片の脱落などから、車がどのような形で事故を起こしたか推定するじゃないですか。いわば物証から仮説を組み立てるプロだ」

「そういう意味ですか」

「破壊には必ずメッセージがある。それはどんな事件でもいえることです」

「そうかもしれませんね」

どういうメッセージを読み取ったのだろうと康正は思った。

「ところで妹さんは、何もかも左利きだったのですか」

「いや、両親が矯正しましたから、箸とペンは右でした」

「そうですか。日本人はそういうことをしますからね。外人はあまりしないそうです。でもフォークとナイフを逆に持っている外人というのは、あまり見たことがないな。妹さんはどうでした」

「たしかふつうだったと思います」

「右手にナイフ、左手にフォークというわけですね」

「そうです」

「するとふだんから意識していないと、園子さんが左利きだということは忘れてしまうかもしれませんね」加賀は何でもないことのようにいったが、明らかにこの点を重視していた。

「ところで、それはどうなんでしょうね。ナイフはやはり力の入るほうの手で持ちたいものだと思いますが」

「さあ。そのことで妹と話をしたことがありませんから」いってから康正は加賀の表情を覗いた。「園子が左利きということが今度のことと何か関係があるんですか」

「どうでしょうか。まだ断言はできませんが、あるのではないか、と自分は考えています」

気になる言い方に、康正は不安を覚えた。たしかに園子が左利きであることは、今度の事件では重要なポイントになっている。康正も、ビニール被膜の断片が包丁に付着していた位置から、右利きの人間が犯人だと確信したのだ。

しかしあの手がかりは康正によって隠滅されている。ではなぜ加賀は園子の利き腕にこだわるのだろうか。何かほかに、右利きの人間の仕業であることを暗示する証拠があったのだろうか。

そこまで考えて康正は、自分が大きな見落としをしていたことに気づいた。包丁を持つ時、彼は指紋をつけまいとしてハンカチを使った。では犯人はどうしただろうか。当然自分の指紋がつかないようにしただろう。しかし指紋が全くついていないのはおかしい。そこで犯人は園子の手に包丁を握らせたはずだ。

その時、どちらの手に握らせたか。

加賀がいうように、ふだん園子の左利きは目立たない。犯人がそのことを知っていたとしても、つい右手に握らせてしまったということは充分に考えられた。その指紋の具合と、封筒の破り方の癖が矛盾していることから、この刑事は自殺に疑いを抱いたのではないか。

「一つ正直に話してもらいたいんですがね」康正は寝室のカーペットの上で胡座《あぐら》をかいた。「あなたは明らかに園子の死に疑問を持っている。はっきりいうと、あれは自殺でなく他殺だと考えておられる。なぜですか」

「自分はそこまでは」

「とぼけるのはやめましょう。私が一般人ならそういうやり方も有効かもしれないが、生憎そうじゃないんだ」

加賀は肩をすくめ、それからゆっくり右の頰を掻《か》いた。少し迷っているふうではあったが、困っているという感じには見えなかった。いずれ康正からこういう質問が出ることを予想していたのかもしれない。

「上がってもいいですか」

「どうぞ。本当のことを話してくれるなら」

「別に嘘をついているつもりはないんですがね」苦笑しながら加賀は上がり込んだ。「むしろ真実を話さないのは、和泉さん、あなたのほうだと思うのですが」

「どういう意味です」康正は身構えた。

「別に深い意味はありません。言葉の通りです。あなたは数多くのことを我々に隠している」

「なぜ私が隠し事をしなければならないのかな」

「その理由についても、大体見当がついています」加賀はどこかに腰を下ろそうとはせず、狭いキッチンを歩き回りながらしゃべった。「最初に感じた疑問は、ごく些細《ささい》なことでした。ホテルのバーで話をした時、私はあなたに流し台のことを尋ねました。覚えておられますか」そこで立ち止まり、康正を見た。

「流し台が濡れていた……とか」

「そうです。死亡推定時刻から考えても、園子さんが流し台を使ったのは、数十時間前のはずでした。とうに乾いていなければおかしい。にもかかわらず流し台は、かなり広範囲にわたって濡れていました。私はあなたが手でも洗ったのだろうと解釈しました。そう考えなければ、筋が通りませんからね」

加賀は食器棚の前まで移動した。

「次に気になったのは、これもまたすでにあなたにもお話ししてある空のワインボトルです。アルコール類のストックがないことから、園子さんはさほど酒飲みというふうには思えなかったのですが、一人で空けるには瓶が大き過ぎると思われました。そこで、果たして一人で飲んでいたのだろうかと考えました。自殺だったにしても、その前まで一緒に飲んでいた相手がいてもおかしくないと思ったからです。もしそういう人間がいたのなら、至急探し出して詳しい話を聞き出す必要もあります。私は、どこかにもう一つワイングラスが出ているのではないかと思い、室内を探しました。でもグラスはほかには出ていませんでした。園子さんはワイングラスをいくつかペアでお持ちですが、彼女が使ったのと同じグラスは、食器棚にしまわれたままでした」彼は食器棚の中を指差した。「ところがこのワイングラスは、よく見ると少し変なところがあるのです」

「何だろう」内心の動揺を隠して康正は訊いた。

加賀は食器棚からワイングラスを取り出してきた。

「園子さんは奇麗好きらしく、どのグラスも見事に磨きあげられています。しかしこのワイングラスだけ、ずいぶんと曇っていたんです。洗い方が雑だともいえます」

「それで？」

「このグラスはほかの人間が洗ったのではないか、そう考えました。では、いつ洗ったのか。園子さんが亡くなる前だとは思えません。このグラスだけを別人が洗う理由がないし、園子さんが生きていたら、きっと洗い直したに違いありませんから。つまりこのグラスが洗われたのは、園子さんが死んでからということになります。しかしそうなるとおかしい。なぜならこの部屋には、ドアチェーンがしてあったからです。いえ、ドアチェーンがしてあったと証言している人がいるからです。グラスを洗った人物は、この部屋からどうやって出ていったのか？」

ここまで話したところで、反応を窺うように加賀は康正を見た。

「その答えを聞きたいね」と康正はいった。

「釈然とせぬまま私は警察署に戻ったわけですが、しばらくして鑑識から届いた結果を見て、さらに首を傾げることになりました」

「今度は何だ」

「指紋が出なかったんです」

「指紋？」

「水道のコックからです」加賀は流し台の蛇口を指差した。

「正確にいうと、園子さんの指紋しか見つからなかった。私が首を傾げた理由が、これでおわかりでしょう。ではなぜ流し台は濡れていたのか」

康正は、はっとした。コックを開け閉めする時、彼は手袋をはめた。おかしなところに指紋がつかないようにという配慮からだったが、それが逆効果になったらしい。

「それであなたにお尋ねしたのです。流し台を使ったかどうかをね。流し台が濡れていたことをいうと、あなたは顔を洗ったとおっしゃった。しかしこれは明らかにおかしい。それならばあなたの指紋が残っているはずなんだ」

「それで……どう推理したんだ？」康正は訊いた。もはや悠長に敬語を使う気分ではなくなっていた。

「ワイングラスを洗ったのはあなたではないか、そう推理しました。ただしそれを警察に知られたくなかったから、コックに指紋がつかないように気をつけた」

「なるほど……」

「何か間違いがあるのならばいってください。ただしその時には、流し台が濡れていた理由と、水道コックに指紋がついていなかったことも説明していただきたいと思いますが」

「いいたいことはあるけれど、とりあえず最後まで聞こう」

「いいでしょう。さてあなたがワイングラスを洗ったということは、そのグラスは使用された状態で放置されていたということになります。つまり、グラスは二つ使用されていたわけです。となると、園子さんは一人でワインを飲んでいたわけではない、といえます。ところがあなたは、この事実を隠蔽しようとした。なぜか。考えられることは一つです。このことから警察が園子さんの死に疑問を持つことをおそれたのです。逆にいうとあなたは、園子さんの死が単純な自殺でないことを知っていることになる。そこで問題になるのがドアチェーンです。もし本当にチェーンがしてあったのなら、ほかにどんな不自然な状況証拠があろうとも、あなたには自殺以外の可能性は思いつかないはずだ。必然的に一つの結論が導き出されます」

「ドアチェーンがしてあったというのは嘘、というわけか」

「そうとしか考えられません」加賀はそういって頷いた。

この刑事がホテルのバーで話した時から、ドアチェーンのことを疑っている様子だったことを康正は思い出した。

「続けてくれ」と康正はいった。

「なぜあなたがそんなことをするのかを私は考えました」加賀は人差し指を立てた。「本来なら、妹の死に疑問があれば、警察に対して積極的に情報提供するはずですからね。そこでまず私が考えたのは、あなた自身が妹さんの死に関係しているということでした」

「それで俺のアリバイを調べたわけだ」

「弁解するわけではありませんが、あくまでも手順の一つとして押さえておいただけです。実際のところ、あなたが園子さんを殺したかもしれないなどと考えたことは、一度もありません」

「まあいいよ。それで結果はどうだったのかな。金曜日は日勤で夕方までしか仕事がなかったし、土曜日は休みだった。つまりアリバイはないということになるんだが」

「おっしゃるとおりです。しかし今もいいましたように、あなたのアリバイなどにはあまり関心はありませんでした。むしろ私が疑ったのは、あなたは園子さんを殺した犯人を知っていて、しかもその犯人を庇《かば》っているのではないか、ということでした」

「たった一人の肉親を殺されて、その犯人を庇う？」

「考えにくいことではありますが、人間というのは時に複雑な思考形態を示しますから」

「それはないよ。少なくとも俺たちの場合は」

「あと一つ考えられることは」加賀は真顔になっていった。「あなたには犯人を庇う気はないが、犯人が警察に逮捕されることは望んでいない、ということです」

康正も表情を引き締め、刑事の顔を見返した。当然加賀は、この推理が大本命であることを知っているはずだった。

「ただしこれが成り立つには、条件が必要です」

「何だい」

「あなたにはある程度犯人がわかっている、ということです。個人の調査に限界があることは、あなたなら充分おわかりのはずだ」

康正は胡座を組んだ膝を、指先で叩いた。

「そこまで推理していながら、練馬署は動かないのかな」

「これは私の推理です」刑事は口元を歪めた。「上司にも話しましたが、賛同が得られませんでした。あなたが嘘をついているはずがないというわけです。ドアチェーンがかかっていたとなれば、自殺しかありえない。自殺ということで処理しても、どこからも文句がない」ため息をつき、唇の端で笑った。「管内で起きた、ＯＬ連続殺人事件のほうで盛り上がっていますしね」

「気持ちはわかる」

「改めてお尋ねしますが」加賀はドアのほうに身体を向けた。切れたままになっているチェーンを指差した。「あなたが来た時、ドアチェーンはかかっていなかった――そうですね？」

「いいや」康正は首を振った。「ドアチェーンはかかっていたよ。だから俺が切って、中に入ったんだ」

加賀は頭の後ろを掻いた。

「あなたが警察に通報したのは、あの日の午後六時頃でした。遺体を発見してすぐに電話をかけたのだとあなたはいった。ところが一つ奇妙な証言があるんです。近所の塾に通う小学生が、午後五時にあなたの車が止めてあるのを目撃しているんです。その一時間、あなたは何をしていたんですか」

車が見られていたか、と康正は内心舌打ちしたい気分だった。あの時にはそこまで気が回らなかったし、そんなことを調べる刑事がいるとも思わなかった。無論加賀は、康正がもっと早い時刻に到着していたはずと踏んで、その裏付け証言を探したのだろう。

「その車は私の車じゃないよ」

「でもその子供は、はっきりと車種まで覚えていたんですがね」

「国産の、ありきたりの車だよ。それにナンバーまで覚えていたわけじゃないだろう。もし覚えているというのなら、その子供をここへ連れてきてくれ。対決してもいい」

康正がいうと、加賀は苦笑した。それを見て康正も頬の肉を緩めた。「次はどういうカードが出てくるのかな」

「じゃあこういうのはどうです。あなたはドアチェーンがしてあるのを見て、大声で中の妹さんを呼んだとおっしゃった。ところがこのマンションで、その声を聞いた者は一人もいないのです。あの日この部屋と同じ階には、数人が在室だったにもかかわらずね。これをどう説明します」

康正は肩をすくめた。「本人は大声のつもりだったが、実際はそれほどでもなかった――そういうことじゃないのかな」

「中にいる人間に聞こえるように呼んだんでしょう？　声が小さかったなんてことがありますか」

「わからないな。夢中だったから」

加賀は役者のようにお手上げのポーズを作り、またしばらく歩き回った。床がぎしぎしと鳴った。

「和泉さん」足を止めた。「犯人を見つけだすのは警察に、裁くのは法廷に委《ゆだ》ねてください」

「自殺なのに、犯人も何もないだろう」

「一人で出来ることはたかが知れています。あなたには犯人の目星はついているかもしれないが、本当に難しいのはそこからなんです」

「君がさっきいったじゃないか。こう見えても俺は、物証から仮説を立てるプロなんだ」

「仮説だけでは犯人を逮捕できない」

「逮捕する必要はない、仮説だけで充分だ」

加賀は苦いものを口に入れたような顔をした。

「うちの父の口癖を教えてあげましょう。無意味な復讐は赤穂浪士《あこうろうし》だけでたくさんだ、というものです」

「彼等のやったことは復讐ではなくパフォーマンスだよ。それより」康正は仏頂面《ぶっちょうづら》をしてみせた。「この部屋に入ってたしかめたいことというのは、バドミントンのラケットを調べることだけだったのかな」

「いえ、まだこれからです」

「じゃあそれをさっさと済ませてもらいたいな。それから交換条件である耳寄りな情報というのも、まだ伺ってないが」

「同時に済ませますよ。すみませんが、そこのテレビの下を見ていただけませんか」

「テレビの下？」

テレビは焦げ茶色の小さなラックに載っていた。ラックの中にはビデオデッキが収まっている。二段になっていて、下の段にはビデオテープがきちんと並べて入れてあった。「そこにあるテープですが、すべてＶＨＳですか」テープの種類について加賀が訊いた。

「そのようだね。当然だろう。ビデオデッキがＶＨＳなんだから。ほかにはカセットテープがあるだけで……」棚の下を覗き込みながら康正はいったが、すぐに自分の間違いに気づいた。「いや、違う。カセットテープじゃないな。これは８ミリビデオのテープだ」彼が取り出したのは、未開封の８ミリビデオ用テープだった。一時間テープが二本パックになったものだ。

「ちょっと失礼」加賀はそのテープを手に取って眺め、満足そうに頷いた。「思った通りだった」

「これが何か？」

「隣に住んでいる人と会いましたか」

唐突な質問に、康正は少し戸惑った。

「いや、まだ会ってないけれど」

「隣に住んでいるのは、フリーの物書きをしている女性です。園子さんとは特に親しくもないが、会って立ち話をすることはしばしばある程度の付き合いだったそうです」

「その女性が何か」

「妹さんが亡くなる二日前に、ビデオカメラを貸してもらえないかといわれたそうです。8ミリビデオカメラです」

「ビデオカメラ」予期しない品名が出てきたので、康正はそれがどういうものであったかを思い出すのに数秒を要した。

「何のためにそんなものを」

「披露宴で使うのだといってたそうです。隣の女性は取材用に持っていたようですね。土曜日に貸すことになっていたそうですが、金曜日になって、やはり必要なくなったといってきたらしいです」

披露宴というのは嘘に違いなかった。では何のためにビデオカメラを借りようとしたのか。必要なくなったのはなぜか。

「何を撮影しようと思ったのかな」康正は呟いた。

「もう少し詳しい話を聞きたければ、お隣に声をかけるんですね。どうやら今日は部屋におられるようだし」

「君は、ほかに調べることはないのか」

「今日のところはここまでにしておきます」加賀は玄関で靴を履き始めた。「今度はいつこちらに来られますか」

「わからないな」

「明後日じゃないんですか」加賀はいった。「明日が取締当番で、明後日の朝まで勤務。その後こちらにいらっしゃるものだと思っていたのですが」

康正が睨みつけると、

「ではまた」といって出ていった。

4

時間が少しあったので、康正は園子の部屋を捜索することにした。目的の品は、笹本明世がいっていたスペアキーだ。彼女の話では、もう一本存在するはずである。

小物入れや洗面台の引き出しまで探したにもかかわらず、鍵は見つからなかった。その代わり、一つの発見をした。

本棚の中程の段に陶製のピエロの人形があるが、その頭の部分が外れたのである。中はペン立てになっていて、ボールペンやシャープペンシル、サインペン、万年筆などが詰まっていた。康正はシャープペンシルを抜き取った。芯は入っていた。ほかのペンも二、三本調べたが、どれも使えるものだった。この部屋に筆記用具が殆ど見当たらなかった理由が、これでわかった。

だが同時に康正は新たな疑問を抱えた。手帳用の鉛筆がテーブルに転がっていたことの説明がつかなくなってしまったのだ。子猫のカレンダーの裏に、園子自身が何か書くのに使ったのではないかと考えていたのだが、なぜわざわざ使いにくい手帳用の鉛筆なんかで書いたのかということになる。ちょっと手を伸ばせば、このピエロのペン立てに届くのである。手帳のほうはバッグに入っていたのだから、鉛筆だけがたまたま外に出ていたとも思えなかった。


となると——。

鉛筆を使ったのは園子ではなく、犯人だということになる。犯人は筆記具を探したが、見当たらないので、バッグに入っていた手帳の鉛筆を使ったのだ。何に鉛筆を使ったのか。ここでまたカレンダーのことが気にかかる。やはりあのカレンダーの裏に何か書いたと考えるのが、最も妥当だという気がした。だがそうなると今度は、それをなぜ焼いたのかという疑問が出てくる。

まるでモグラ叩きだな、と康正はゲームセンターにある玩具のことを思い出した。一つ疑問を叩いても、ほかの穴から次々に難問が首を出す。

康正はベッドにもたれて座り、自分のバッグを引き寄せた。中からビニール袋を一つ出した。そこには鍵が一つ入っている。園子の遺体を見つけた時、郵便受けに入っていたものだ。

園子を殺した犯人が、スペアキーを使ってドアに施錠したことは間違いなかった。問題はそれがこの鍵かどうかだ。今までは、この鍵だと思い込んでいた。だから犯人の狙いがわからなかったのだ。

しかしスペアキーがさらにもう一本あるとなると話が違ってくる。犯人は自分が使った鍵を持ち去ったと考えるほうが妥当だ。つまり郵便受けにスペアキーが入っていたのは、別の理由によるということになる。

ただ、と康正はやはり釈然としない。仮に郵便受けに鍵を入れたのが園子自身だったとしても、それは何のためだろう。

出発しなければならない時刻が近づいていた。彼は新たに生まれた謎を手帳にメモしてから部屋を出た。

隣の二一四号室に表札は出ていなかった。園子の部屋にも出ていないから、都会で一人暮らしをする女性としては、これが当然なのかもしれなかった。

チャイムを鳴らすと、若そうだがあまり肌の奇麗でない女がドアの隙間から顔を見せた。化粧気はなく、パーマのかかった長い髪をカチューチャで止めていた。

康正が名乗ると彼女は警戒を解いた。悔やみを述べる顔は、少し美人に見えた。

妹がビデオカメラを借りようとしたらしいが、詳しい話を聞かせてもらえないかと彼はいった。フリーライターの彼女は、一度ドアを締めてドアチェーンを外してから、再びドアを開けた。彼女は猫の柄の入った、水色のセーターを着ていた。若い女は猫が好きだなと康正は思った。

「詳しい話といっても、ただそれだけのことなんです。それに結局お貸ししなかったわけだし」

「そのことですが、なぜ不要になったのかは話しませんでしたか」

「聞いてません」

「そうですか」加賀に引っかけられたのかなと康正は思った。「いろいろと御迷惑をかけているようですね。刑事も来たんでしょう？」

「ええ、一度だけ。でも迷惑ってことはありませんから気を使わないでください。それより、妹さんの自殺の理由はまだわからないんですか」

「ええ、まあ」加賀はそのように説明して聞き込みをしたようだ。「時々妹と話をされたそうですね。どんな話を？」

「いろいろです。とりとめのないことばかりで」彼女は微笑んだ。

「猫の話とか？」康正は彼女のセーターを指した。

「ええ、猫の話とか。二人とも好きでしたからね。このマンションは動物を飼っちゃいけないので、よくそのことを愚痴りました。でもたぶん妹さんのほうが好きだったと思います。写真をいつも持ってたし」

「猫の写真をですか」

「ええ。厳密にいうと猫の絵の写真なんです。素敵な子猫の油絵を二枚お部屋に飾ってあるそうですけど、いつも見ていたいからって、写真に撮って手帳に挟んでたはずです」

「へえ……」康正は曖昧《あいまい》に頷いた。そんな絵も写真も見つかっていなかった。

絵ということで、佃潤一のことを連想した。もしかするとその二枚の絵とは、潤一が描いたものではないか。さらに康正は、写真の燃え残りのことを思い浮かべた。あれは油絵を撮った写真だったのではないか。

「あっ、すみません。関係のない話ばかりしちゃって」彼がつい鬱陶《うっとう》しい顔をしたのを、彼女のほうは別の意味に解釈したようだ。「何かもっとお役に立てる話ができればいいんですけど……。この前刑事さんに話したことも、あやふやなことばっかりだったし」気の毒そうにいった。

この言葉に康正は引っかかった。

「ビデオカメラのことのほかに、何か話をされたんですか」

「ええ、刑事さんからお聞きになってません？」

「はい。どういう話ですか」

「本当にあやふやなんですけど」と彼女は前置きした。「金曜の夜、話し声を聞いた記憶があるんです」

えっと康正は声を漏らした。「金曜というと、妹の遺体が見つかった前の週の金曜ですね。何時頃ですか」

「十二時前だったと思います。でもあまり自信はないんです」

「妹の声が聞こえたわけですか」

「それは何とも……。でも、男の人と女の人の声だったことはたしかです」

「男と女……」女のほうが園子とすると、男は佃潤一以外考えられなかった。「何時頃まで声は聞こえていましたか」

「すみません。あたし、仕事をしていたものですから、そこまでは……」

フリーライターの女性は申し訳なさそうにしたが、これだけでも大変な収穫といえた。

すると彼女はさらにいった。

「土曜日のことも、刑事さんからお聞きになっていないんですか」

「土曜日のこと？　何ですか」

「これもあまり自信はないんですけど」彼女はいった。元来話し好きであるらしかった。「土曜日の昼間、誰かがお隣を出入りしていたように思ったんです」

「土曜日ですか？」康正はつい声が大きくなった。「そんなはずは……」

「ええ、だからあたしの勘違いだと思うんですけど」

「物音がしたわけですか」

「はい。ここは壁が薄くて、結構よく聞こえるんですよね。でももしかしたら、妹さんの部屋じゃなくて、斜め上とか下の部屋からだったのかもしれません。チャイムを鳴らす音がしたんです」フリーライターの女性は慎重にいった。康正は、口ほどにはこの女性が自信を持っていないわけではないと見抜いていた。ただ、あまり自分の発言が重要視されるのは歓迎していないのだ。

康正は礼をいってその場を離れた。マンションを出て駅に向かいながら、今の話を聞かせるために、加賀は隣に話を訊きに行けといったのだろうかと考えた。

5

本間係長が連れてきたのは、黒い皮のジャンパーを着た若い男だった。うんざりしたような顔をしている。康正は無表情で彼を迎えた。

本間が寄越した書類には、現在時刻と車の速度を表示した小さな記録紙が貼り付けてあった。人差し指による割り印が押してあり、その横に氏名が書かれている。ここまでさせるのに、本間がずいぶんてこずっていたのを康正はワゴン車の中から見ていた。

「免許証を見せてください」と男にいった。男はふてくされた態度で、茶色のケースごと寄越した。

反則金の納付書に必要事項を書き入れようとした時、案の定、男が口を開いた。

「あの警官にもいったけど、俺、そんなに出してないよ」

記録紙には七十四キロと印字されていた。取締りを行っている道路の制限速度は五十キロだった。

「出てたんです。だからこうして記録されているんです」記録紙を指して康正はいった。

「あれ、あまり正確じゃないって聞いたことがある」

あれとは、レーダー速度測定器のことらしい。

「ほう、そうですか。どう正確じゃないんです」

「計る角度とか距離とかによって、出てくる数字が違うって話だ」

「誰から聞きました?」

「誰って……みんないってるよ」

「我々は決められた手順で、決められた条件内で測定しています。機械の調整も怠ったことはありません。もし機械に疑いを持つなら裁判をされるのがいいでしょうね。時々いますよ、そういう人が。ただし一つだけいいことを教えてあげましょう」康正は男に微笑みかけた。「我々が今回使っている計測器は日本無線の製品ですがね、まだ一度も裁判で負けたことがないんですよ。いわば無敵のチャンピオンだ。どうです、挑戦されますか」

男はちょっとたじろいだ顔になった。だがまだ引き下がる気はないらしく、

「レーダーを使うのは資格がいるんじゃないのか」と横を向いて呟いた。違反者は大抵、警官の顔を見て話さない。

「いりますよ」

「あんた、資格持ってるのかよ」

車雑誌か何かで、「ネズミ捕りに引っかかった時の対処法」とでもいう記事を読んだのかもしれない。最近では時々こういう難癖をつけてくる輩がいた。

「一緒に仕事をする仲間の中に一人でも資格を持っていれば、私が持っている必要はないんですが、まあいいでしょう。見せて減るものでもないし」康正は警察手帳を取り出し、中に挟んであるカード型のレーダー免許証を男のほうに差し出した。「以前はたしかにレーダー免許を取るのは大変だったんですがね、今は警官であれば誰でもすぐに取れます。元々警察無線を使うための無線資格がありますから、講習を受けるだけでよくなったんです」

「なんだよ、いい加減じゃねえか」

「それだけ機械の性能が上がったということですよ。ほかに質問は?」

男は口元を歪めただけだった。

師走に速度違反の取締りをするのは気がひけた。生活のためにやむをえず急いでいる人の

足元をすくっているような気がするからである。仕事納めを前に、誰もがついアクセルを踏み込みがちになる。いつもはネズミ捕りを警戒している連中も、ついうっかり突っ走ってしまうことが多い。だから事故が発生しやすくなり、その防止のために取締りをする、という論理なのだが、取締りをされる側にはそうは見えない。口の悪い運転手などは、「年末になって国庫に入れる金を稼ごうって算段なんだろう」と康正たちにいってくる。「俺たちの罰金の何パーセントがあんたの懐に入るんだい？」と訊いてくる者もいた。康正としては、苦笑して無視するしかない。

皮ジャンパーの若い男に反則切符を切り、納付書を渡したところで、また本間が次なる違反者を連れてきた。今度は中年の太った女だった。ぷりぷりと怒っていた。康正はこっそりため息をついた。

「油絵ですか」坂口巡査は思いもよらぬことを聞いたという顔をした。「さあ、自分はそういう芸術的なことはさっぱり」ハンドルを握ったまま首を捻った。

スピード違反の取締りを終え、署に戻る途中だった。午後三時から五時の間に、二十二件の違反を扱った。速度の出しやすい国道一号線だけに、やはり多かった。

「なんだ、油絵に興味を持ったのか」後部席から田坂が声をかけてきた。彼は今日は測定係だった。道路脇で車の速度を計っていただけに、鼻の頭が赤くなっていた。今日は日差しが強かったのだ。

スピード違反の取締りは、四人一組で行うことが多い。まず測定係が違反車を発見する。測定係から無線スピーカーで知らせを受け、道路に出ていって違反車を止めるのは停止係である。いわば命がけの仕事で、こういう危険な仕事は大抵下っ端のものと決まっているから、このメンバーでは坂口が停止係だった。停止係は違反した運転手を記録係に引き渡す。記録係は測定係と無線でやりとりをしながら、事実関係を明らかにした後、取調係に違反者を引き渡すのだ。しかし違反したドライバーは、まず素直には自分の非を認めないから、この取調係が最も厄介な仕事といえた。なんとか言い逃れしようとする相手を、脅したりすかしたりして説得しなければならない。リーダーである本間は、このメンバーでは康正が一番その仕事に適していると判断しているようだった。

「別に油絵に興味があるわけじゃないんだが、ちょっと知りたいことがあってね」

「どういうことだ」

「変なことだけど、油絵を一枚描くのに、どれぐらい時間が必要かな」

「本当に変な質問だなあ」田坂は笑った。「そんなの、絵によるんじゃないのか」

「花の絵だ。詳しくいうと、胡蝶蘭の絵だ」

「コチョウラン？」

「あれはいい花だ」田坂の横で本間がいった。「胡蝶蘭の写生大会でもあるのか」

「いえ、そうじゃないんですが、描くとすればどれぐらい時間がかかるものかなと……」

「絵の大きさにもよるんじゃないのか」田坂がいった。「あと、どれぐらい丁寧に描くかにもよるだろう」

「そこそこ丁寧に、これぐらいの大きさだ」そういって自分の肩幅よりも少し大きい間隔を両手で作った。

「わからんなあ」

「山や森の風景画を一時間ぐらいで描きあげちゃう外人ってのを、前にテレビでみましたよ。しかも結構上手に」芸術的なことはさっぱりといっていた坂口がいった。

「ああ、それは俺も見たことがある」本間が後ろからいった。「だけどああいう風景画ってのは、案外簡単に描けるんじゃないか。山だとか森だとかの描き方ってのは、一つのパターンがあるみたいだからな。胡蝶蘭みたいな特殊な花を写生するとなると、やっぱり二時間や三時間は必要なんじゃないか」

「そう思いますね」田坂も上司に同意してから、「なんでそんなことを訊くんだ」と康正に訊いた。

「小説の話だ」と康正はいった。「推理小説のトリックに出てくるんだ、犯行があったと思われる時刻、犯人は別の場所で絵を描いていた、というわけだ」

「なんだそうか」

田坂だけでなく、ほかの者も興味をなくしたようだ。概して警察官は推理小説をあまり読まない。現実には小説のような事件は起こり得ないことを知っているからだろう。殺人事件は日常茶飯事だが、時刻表トリックも密室もなく、ダイイングメッセージもない。そして現場は孤島でも幻想的な洋館でもなく、生活感溢れる安アパートや路上だ。動機といえば殆どの場合が、「思わずカッとなって」である。それが現実なのだ。

しかし今度の「あれ」はアリバイトリックに違いない、と康正は考えていた。「あれ」とは、佃潤一の主張する、九時半から午前一時まで絵を描いていたという話のことである。園子の隣室の女性は、金曜日の夜十二時前、男女の話し声を聞いたといった。相手の男が佃潤一以外の人間であるはずがなかった。

なんとか佃の尻尾《しっぽ》を摑む方法はないかと彼は考えた。彼の頭の中では、あの優男《やさおとこ》が園子を殺した犯人である確率が、百パーセントに近かった。

康正が自分の席に戻ると、机の上にメモが置いてあった。

『四時頃、ユバさんよりＴＥＬあり。０５６４―６６―×××』

ユバというのを見て弓場佳世子からかと思ったが、電話番号は明らかに愛知県内のものだった。ということは弓場佳世子の実家からということになる。康正はすぐに電話機に手を伸ばした。

電話には佳世子の母親が出た。康正が名乗ると恐縮した声を出した。

「お宅の電話番号がどうしてもわからなかったものですから。佳世子から、和泉さんのお兄さんは豊橋警察署にお勤めだと聞いておりまして、それでかけさせていただいたんです」母親は職場に電話したことを申し訳なく思っているようだった。

「何か急な御用でも？」と彼は訊いた。

「ええ、あの、急ということでもないんですけど、ほかにお尋ねできる人がいなくて、それで御迷惑とは思ったんですけど」

「何でしょう？」康正は、ちょっといらいらした。

「ええ、あのう、何といいますか、妹さんの件……というのは、もうすっかり片づいたんでしょうか」

「片づいたといいますと？」

「ですから、そのう、自殺……ということでしたわね。その自殺の理由だとか、いろいろなことは、もうすっきりしているんでしょうか」

弓場佳世子の母親がこんなことをいいだしたのは、康正にとっては全く予想外だった。

「まあ、すっきりというわけにはなかなかいかないんですが」彼は曖昧にぼかした。「ええと、なぜそのようなことをお尋ねになるんですか」

「はあ、それが、じつは」母親はひとしきり迷ってからいった。「じつは昨日、娘の学生時代の友達から電話があったんです。大学時代の友達で、今は埼玉県に住んでいるという人です」

「その人が何か」

「先日警察の人がやってきて、和泉さんのことをいろいろと尋ねていったそうなんです。刑事さんは、その人が和泉さんと同じ大学だということで、会いに行ったみたいです。その人は和泉さんが自殺したことを知らないで、その刑事さんから聞かされてびっくりしたとおっしゃってました」

刑事というのは加賀だろうと康正は見当をつけた。なぜ学生時代の友人を当たる気になったのかはわからない。

「で、その時に佳世子のことも訊かれたというんです」

「つまり」康正は訊いた。「うちの妹と仲の良かった人は誰か、というような質問を刑事がしたわけですね」

「いえそれが、そうじゃないんです」

「ではどんなふうに訊かれたんですか」

「それが妙な話で、佳世子の写真を見せて、この人を知らないかと訊いてきたそうです」

「写真を？」園子の部屋にあったアルバムから抜いたのだろうかと康正は考えた。だがそれを許可した覚えはなかった。「どんな写真かは、お訊きになってないんですか」

「それがどうもふつうの写真ではなかったみたいなんです。何か難しいことをおっしゃってて、私はよくわからなかったんですけど、とにかくふつうの写真じゃなかったそうです」

さっぱり要領を得なかった。ふつうの写真ではない、とはどういうことだろう。

「写ってたのはお嬢さんに間違いなかったのですか」

「そのようです。電話をくださった方は、大学卒業以来娘とは一、二度しか会ってなかったそうですけど、すぐにわかったといっておられました。その写真自体が、大学生の頃のものじゃないだろうかとおっしゃってました」

学生時代の弓場佳世子の写真――そんなものを加賀はどこで手に入れたのか。そしてなぜそれが園子の死と関係があると睨んだのか。康正は焦りを覚えた。

「その人はお嬢さんには連絡されたんでしょうか」

「いえ、連絡先がわからず、それでうちに電話をくださったのです。一応娘の今の電話番号をお教えしましたから、かけてくださったかもしれませんけど」

「おかあさんはお嬢さんに電話されましたか」

「ゆうべしました」

「お嬢さんは何と?」

「わからないといってました。心当たりもないと……。でもどうしても気になって、それでもしや何か御存じかもしれないと思って……」

「私のところへ電話をくださったわけですね」

「そうなんです」

ようやく事情は飲み込めた。しかし現時点では康正にも答えは出せなかった。もっとも、もし出せたとしても、それを弓場佳世子の母親に話すかどうかは別だった。

「わかりました。じつはお嬢さんが妹の友人の一人だということを、警察には話していなかったのです。関係ないと思いましたから、御迷惑をおかけすることになってもまずいと思いまして。でもそれが却って逆効果だったかもしれません。妹の件を調べている刑事とは面識がありますから、たしかめておきましょう。一応、その大学時代のお友達の連絡先も教えていただけますか」

佳世子の母親はその電話番号をいってから、「よろしくお願いします」と心の底から望む口調で結んだ。

加賀が弓場佳世子の存在に気づいたとなると、のんびりしてはいられなかった。いずれ佃潤一にも行き着くに違いない。それまでに何とか彼等を追いつめねばと康正は思った。

八時過ぎになると、また手が空いたので、彼は受話器を取った。弓場佳世子にかけようかと思い、少し迷った後、園子たちの大学時代の友人という女性のほうに先にかけることにした。藤岡聡子《ふじおかさとこ》という女性だ。

幸い電話に出たのが本人だった。ほかの者が出たら、身分を名乗るのが面倒なところだったので、康正はほっとした。大学時代の友人の兄貴が、今頃何の用があって電話をしてきたのかと不審がられたに違いない。

弓場佳世子の母親から連絡をもらった旨をまず伝え、詳しいことを知りたいのだがと康正はいった。

「詳しいことといっても、弓場さんのおかあさんにお話ししただけのことですけど」聡子の声の背後から、小さな子供の声が聞こえた。これが園子の同級生たちの、現在の一般的な姿なのかもしれないと、康正はふと思った。

「弓場さんには連絡されましたか」

「昨日の夜、彼女のほうから電話がかかってきました。それで、同じ話を彼女にもしました」

「弓場さんは何とおっしゃってました」

「どういうことか全然わからないといってました。あまり気にしてないみたいでした」

そんなはずはないだろうと康正は思った。

「刑事が見せた写真というのは、どういうものでしたか」

「顔のアップが五、六枚です」

「ふつうの写真ではなかったと聞いてますが」

「ええ。あれはたぶんテレビ画面をプリンターで印刷したものだと思うんです。うちの夫がデジタルカメラを持っているんですけど、印刷したのが、ちょうどあんな感じでしたから」

これでは佳世子の母親に理解できないのも無理はなかった。

「学生時代に撮ったものらしいという話でしたね」

「ええ。だって、あの頃の顔でしたから。三年ほど前にあたしの結婚式に出てくれた時には、ずっと大人っぽくなって、痩せてもいました。学生時代は髪が長かったし、美人というよりかわいいというタイプだったんですよ」

「刑事はその写真をどこで手に入れたかはいわなかったのですね」

「はい。聞いてません。和泉園子さんの知り合いの中に、こういう女性はいなかったかと訊かれただけです」

「それであなたは弓場佳世子さんだと教えたわけですね」

「ええ、いけませんでしたか」

「いや、そういうわけじゃありません」

この後藤岡聡子は、悔やみの言葉を混ぜながら、園子の自殺についてあれこれ尋ねてきた。ワイドショーに熱中するタイプなのかなと思いながら、康正は適当にあしらい電話を切った。

弓場佳世子には結局電話しないことにした。加賀が来たかどうか、来たとしたらどういうことを質問したか、そして加賀が持っていた写真についての心当たりなどを訊きたかったのだが、康正に正直に話してくれるとも思えなかった。

それにしてもテレビ画面をプリントした写真とは——。

康正は隣で書類を書いていた坂口に、そういう写真について何か知っているかどうか訊いてみた。この若者は機械に強かった。

「ビデオプリンターという機械がありますよ」坂口は即座に答えた。「ビデオテープに録画してある画像を、写真のように印刷できるんです。もっとも、本物の写真に比べて画質は落ちますけどね」

「聞いたことはあるな。でも最近じゃ、パソコンを使ってもできるんじゃないのか」

「できます。ただしビデオの画像を取り込める機能を持ってなきゃいけませんけどね。パソコンに取り込んだら、後はカラープリンターで印刷すればいいんです。同じことです」

「デジタルカメラというのは？」

「ビデオは動画を撮影するわけですけど、デジタルカメラは静止画像だけです。いわばふつうのカメラと同じで、フィルムに記録するか、デジタル信号で記録するかだけの違いです。静止画像を印刷するというだけなら、こちらのほうが有効ですね。パソコンに取り込むにしても、信号がすでにデジタル化されているからロスも少ないです。もっとも最近では、デジタルビデオカメラというのも登場してますけどね」

加賀が持っていた写真に写っていたのは、学生時代の弓場佳世子らしい。ということは撮影されたのは十年近く前ということになる。その当時では、デジタルカメラはまだ普及していなかったはずだ。

「パソコンに画像を取り込む方法は、ほかにはどういうものがある？」

「いろいろありますが、一般的なのはスキャナーを使う方法ですね。これなら写真やネガを簡単に取り込めます」

そういう写真やネガがあるなら、わざわざ画質の劣るプリントを作る必要はないはずだった。やはり加賀が持っていたのは、ビデオの一場面をプリントアウトしたものである可能性が高かった。

ビデオということで康正が思い出すのは、園子が隣室のフリーライターの女性からビデオカメラを借りようとしたという話だった。あの話と加賀が持っていた写真に、何か関連があるのだろうか。園子はビデオカメラで何を撮影しようとしていたのだろう――。

「パソコンを買うんですか」坂口が興味深そうに訊いてきた。

「いや、そうじゃないんだ。ビデオで撮ったのを印刷できればいいと思っただけだ」康正は曖昧にごまかした。

「それでもやっぱりパソコンがいいと思いますよ。取り込んだ画像を加工できますし」

「そういう話をよく聞くけど、特撮映画を作りたいわけじゃないからな」

康正の台詞に、坂口は微苦笑した。

「コンピュータで加工するといっても、スピルバーグやゼメキスの映画みたいなことをするわけじゃないですよ。あくまでも写真に手を加える程度のことです。コントラストだとか色合いを変えたり、ちょっとした合成をしたりするんです。僕の友人で、奥さんと子供たちだけで撮った写真に自分の写真を合成し、背景に富士山を入れて年賀状に印刷していた奴がいます。一見したところでは、皆で揃って旅行したように見えるわけです」

「その作業をしている父親の姿を想像すると、ちょっともの悲しいものがあるな」康正はいった。「しかしそれはたしかに便利だ」

「背景を海外にすれば、見栄も張れるわけです。余計に空しいかもしれませんが」

「行っていない場所に、行ったようにみせかけられるわけか」康正は顎を撫でた。「アリバイ作りにもなるわけだ」

「また推理小説ですか」坂口はにやにやした。「でもどうでしょうかね。少しパソコンのことを知っている人なら、そういうことが簡単だということもわかっていますからね。少なくとも現実の事件では、アリバイを立証する材料にはなりえないでしょう」

「そうだろうな」

アリバイという言葉が康正の頭に引っかかった。佃潤一のアリバイがまたしても浮かんだ。彼のアリバイには、写真は絡んでいなかった。

絡んでくるのは、写真ではなく油絵だ――。

佃潤一の部屋で見た、見事な胡蝶蘭の絵が思い出された。康正は絵には疎《うと》いが、おそらくなかなかの腕前なのだろうと思った。実際の胡蝶蘭がどれほど美しかったかが、充分に伝わってくる絵だった。

あれほどの絵が、即席で描けるとは思えなかった。やはりまずデッサンというものが必要だろう。それだけでも一時間ぐらいは要するのではないか。

予《あらかじ》め描いてあったというのが、最も考えやすいことではあった。しかし作家への手土産に胡蝶蘭を持っていくことを考えたのは、彼ではないという。

それに仮に胡蝶蘭だとわかっていたとしても――。

全く同じ種類の花であっても、姿形はそれぞれ違う。予め描いておいた絵とそっくりの花が買われてくるとはかぎらなかった。むしろそうでない確率のほうがはるかに高いだろう。そして実物と絵があまりに違えば、証人役である佐藤幸広の不審を招くことになる。

どうにかして短時間で絵を仕上げたと考えるしかない、と康正は思った。だがどんな方法を使えばそれが可能だろうか。

康正は前方に目をやった。壁際のキャビネットの上に、チューリップの鉢植えが置いてある。造花というより、おもちゃと呼んだほうがふさわしいちゃちな代物だ。鉢の部分が貯金箱になっていて、『交通安全』と書いたシールが貼ってある。キャンペーンの時、子供たちに配ったものの残りだった。

そのチューリップを描いた絵を康正は想像してみた。絵を描くのは苦手だが、実物を見ながらそれを油絵風にしたものを思い浮かべるのは簡単だった。

待てよ――。

頭の中に、ある考えが浮かんだ。それはあまりうまくまとまってはくれなかったが、ある方向性だけは示していた。この異変を誘発したのは、間違いなく坂口との会話だった。

「パソコンのことで、もう一つ教えてほしいんだけどな」

康正の言葉に、後輩はちょっと意外そうに微笑んだ。

第五章

1

中目黒にある佃潤一の住むマンションは、前に来た時と同様、つんと取り澄ましたような表情で康正を見下ろした。まるで俺が田舎の警官だということを見抜いているようだと彼は思った。

洒落た正面玄関に向かって歩きだす前に、彼は腕時計を見た。午後五時を少し過ぎていた。もっと早く来たかったが、当番明けの日はやはり辛かった。今朝まで仕事をして、四時間ほど眠ってすぐに新幹線に乗ったのだ。

土曜日だから、ふつうのサラリーマンなら会社には出ていないはずだと康正は考えた。もっとも出版社がふつうの会社なのかどうかはわからない。今日来ることは連絡していないから、佃が部屋にいるとはかぎらなかった。

例によってセキュリティシステムの完備された入り口で、佃の部屋番号を押した。しかしいくら待っても反応はなかった。

康正は郵便受けを眺めた。佐藤幸広という名前が、七〇二号室のボックスに書いてあった。彼は数字の並んだボードに向き直り、７０２と押した。

はい、という無愛想な声が聞こえてきた。

「佐藤さんですか。私、この間佃さんの部屋でお目にかかった警察の者ですが、ちょっと確認したいことがあるんで、お話を伺えませんか」

「ああ、あの時の刑事さん。今開けますけど、下りていったほうがいいっすか」

「いや、こちらから伺います」

「はあい、じゃあどうぞ」声が切れるのと同時にドアロックが外れた。

七〇二号室で康正を迎えた佐藤幸広は、全身黄色のスウェットを着ていた。上着にはフードもついている。無精髭が伸び、乱雑な部屋の奥ではテレビが料理番組を映していた。

「今日はお休みだったんですか」玄関に立ったまま康正は訊いた。靴を脱いで上がり込んでも、座る場所はなさそうだった。

「土曜と日曜は、どちらかが休みなんです。俺は明日出ることになってるんです」床に散らばった雑誌の間を飛びながら佐藤はいった。それらの雑誌は料理関連のものばかりだった。見かけによらず勉強家なのかもしれない。「ええと、コーヒーと紅茶、どっちがいいですか」

「いや、結構。長居はしませんから」

「そうですかあ。じゃ、失礼して俺だけ」佐藤は冷蔵庫からミネラルウォーターのボトルを出し、ポットで沸かし始めた。「ねえ、やっぱり殺人事件の捜査なんですかあ。あの後佃君も、はっきりしたことを教えてくれないんだけど」

「人は死んでるけど、まだ何ともいえない状態でね」

「ふうん。それに佃君が絡んでるわけ？」

「さあ、どうかねえ」康正は首を捻る格好をした。

「わかってますよ。刑事ってのは、事件とは全然関係なさそうな人のところへも、一応は足を運ばなきゃいけないんでしょ。俺の友達で、たまたま麻薬の受け渡しが行われた店でアイスコーヒーを飲んだというだけで、何日も捜査員につきまとわれた奴がいる。その刑事の顔が夢に出てくるぐらいにね。でも考えてみれば大変な仕事ですよね。ある特定の人間にしつこくつきまとうというのは、結構エネルギーと精神力がいると思いますよ。おまけに嫌われて、馬鹿とかハゲとか陰で悪口をいわれる。全く気の毒だ」

「理解していただけたところで、こちらの話を聞いてもらえるかな」

「ああ、どうぞ。しゃべりすぎちゃった」佐藤は紅茶を入れる準備を始めた。

「あの夜のことをもう一度教えてもらいたいんだがね、君は夜中の一時に佃さんの部屋へ行ったといったけど、時間は正確なのかな」

「ぴったり一時だったかって訊かれると困るけど、まあ大体一時頃だったと思いますよ。仕事が終わって帰ってくると、いつもそんなものだから」

「それは君のいつもの習慣なわけ？　つまり大幅に早くなったり、遅くなったりはしないのかな」

「早くなることは絶対にないですよ。だって閉店時刻は決まってますから。遅くなることもまずないな。終電に乗れないとやばいから」

アリバイ証言をさせるには、絶好の人材というわけだ。

「ピザを佃さんの部屋に届けて、少し話をしたといったね」

「そうですよ。彼が缶ビールを出してきたから、それを飲みながらね」

「絵の話もしたとか」

「ああ、あの絵ね。奇麗な絵だった」

「本物そっくりに描けてたわけだ」

「そうそう」

「その時、絵はどこに置いてあった？」

「どこって、いつもの場所ですよ。窓際に三脚みたいなのが立ててあって、その上に載ってました」

「君は部屋に上がったのかい」

「いや、上がらなかったな。玄関の段に座ってました」

「一時間もその格好で話をしていたのかい」

「まあそういうことです。部屋の中は新聞が敷いてあったし」

「新聞？　どうして？」

「絵を描くのに、絵の具が飛び散るのを防ぐためじゃないんですか」

「なるほど」康正は頷いた。今の佐藤の話で、いくつかの疑問が氷解した。

佐藤は自分のために紅茶を入れた。香料の匂いがした。

「その時の佃さんに、何か変わったところはなかったかな。話が上の空とか、時間をやたらに気にしていたとか」

「難しい質問だなあ。そんなことを考えながら話なんかしてないもんなあ」佐藤幸広は花柄のティーカップを口元に運び、一口啜《すす》ってから、「ちょっと渋いな」と呟いた。それから康正にいった。「そういえば、電話がかかってきたんだった」

「電話？」

「こんな夜中に何だろうと思ったんですけどね、彼はなんかぼそぼそしゃべってましたよ。どこからかかってきたのかはいいませんでしたけど、まあそれをきっかけにして、俺も部屋を出たってわけです」

「ということは、二時に近かったわけだ」

「そうなりますね」

「どういう相手かは見当がつかないかな。たとえば女とか」

「わかんねえなあ。人の電話を聞く趣味はないから」佐藤は立ったまま、また紅茶を飲んだ。「ねえ、刑事さんとこういう話をしたこと、彼にしゃべってもいいのかな」

「かまわんよ」

「じゃ、彼の疑いが晴れたら、話のネタにしよう」

疑いが晴れたらね、という言葉を飲み込み、康正は佐藤に礼をいって部屋を出た。

ちょうどエレベータが到着したところだった。彼が前で待っていると、扉が開いて佃潤一が降りてきた。

康正も驚いたが、相手のほうがさらにびっくりしたようだった。一瞬目を剝《む》き、幻を見るような顔をした。が、間もなくそれも嫌悪を示すベールに包まれた。

「いいところで会った」康正は笑いかけていった。

「何をしているんです、こんなところで」佃潤一は彼のほうを見ずに歩きだした。

「あなたに会いに来たんですがね、お留守のようでしたから、先に佐藤さんから話を聞きました。どちらにお出かけでしたか」

「どこでもいいでしょう」

「少しお話を伺えますか」

「あなたに話すことは何もありません」

「こちらにはあるんですよ」足早に歩く佃潤一を追いながらいった。「アリバイトリックのことかね」

この言葉に、佃の足が止まった。康正のほうを振り向くと、長い前髪が額に落ちた。青年はそれをかき上げ、挑戦的な目で睨んだ。

「何のことかな」

「だからそれをお話ししたいといってるんです」康正は佃の目を正面から見返した。

佃潤一は片方の眉を上げると、ポケットから鍵を取り出し、すぐそばのドアの鍵穴に差し込んだ。


部屋の中は暗かった。窓の外はすでに夜の色をしている。佃潤一は壁についているスイッチを片っ端から押し、室内を蛍光灯の光で満たした。胡蝶蘭の絵は、前と同じようにイーゼルに載っていた。

「上がらせてもらってもいいですか」

「その前に」佃潤一は康正の前に立ち、右手を出した。「警察手帳を見せてください」

不意の反撃に、康正はほんの少し面食らった。気持ちを整えるためと、相手の狙いを探るために、彼は佃潤一の爪先から頭までをじっくりと眺めた。

「見せられないんですか」佃は鼻の孔を膨らませた。「持っているんでしょう、警察手帳は。でも警視庁のものじゃなく、愛知県の警察のものだから見せられないんですか」

そういうことか、と康正は合点した。同時に余裕ができた。

「弓場佳世子から聞いたのか」片方の頬で薄く笑った。

佃はプライドを傷つけられたような顔をした。

「彼女を呼び捨てにしないでください」

「気を悪くしたのなら謝ろう」康正は靴を脱ぎ、部屋に上がった。佃の身体を押しのけて奥まで進むと、胡蝶蘭の絵を見下ろした。「上手い絵だ。大したものじゃないか」

「刑事だなんて嘘をついて、どういうつもりですか」

「いけなかったかな」

「嘘をついて、いいわけがないでしょう」

「何がよくないんだ。園子の兄貴だとわかってたら会わなかったのに、ということかい」

「そういうことをいってるんじゃないです。なぜ僕に話を訊きにくるのに、刑事だと偽らなきゃいけなかったのかといってるんです」

「刑事にアリバイを訊かれるのと、被害者の兄貴から訊かれるのと、どっちがいい？　これでも俺はあんたに気を使ったつもりなんだけどな」

「和泉さん」佃はカーペットの上に座ると、髪の中をかきむしった。「園子さんのことは同情します。あなたの気持ちはとてもよくわかる。だけどどうか、おかしな妄想は捨ててください。僕も、それから佳世子さんも、今度のこととは全く無関係なんです」

「佳世子さん、か」康正は腕組みをして、窓枠に腰を載せた。「たしかにふつうの男なら彼女のほうを選ぶかもしれないな。垢抜けてて、スタイルがよくて、服のセンスもばっちりで、しかも美人ときている。園子は身長だけは勝ってたが、猫背だし、肩の骨は張ってるし、胸も大きくない。もちろん美人じゃないし、おまけに」右手の親指で自分の背中を指した。「背中に星の形をした火傷の跡がある」

最後の一言は予想外だったようで、佃潤一は虚をつかれたように眉を動かした。その星形の痣《あざ》をつけたのが康正だということを、この若者は知らないようだった。

「僕は二人を比べたことなんかありませんよ」

「そんなことあるはずないだろうが。あんたは園子から弓場佳世子のことを紹介されて以来、二人を比べ始めたに違いないんだ。それとも弓場佳世子に会った瞬間、園子のことなんか頭から吹っ飛んじまったのかい?」

「佳世子さんからも聞いたと思いますけど、僕は園子さんと別れてしばらくしてから、彼女と交際を始めたんです」

熱心に語る佃潤一の口元を眺めた後、康正は顔を突き出すようにしていった。

「そんなふうに決めたのかい?」

「決めたって?」

「弓場佳世子と、そんなふうに話を合わせることにしたのかって訊いているんだ」

「そんなことはしてません。本当のことをいっているだけです」

「うそっぱちの話は、もうよそう」康正は立ち上がった。「あんたが園子の死と無関係だというなら、なぜあんたの髪の毛があいつの部屋に落ちてたんだ。それを説明してもらおうじゃないか」

「髪？」佃の目が不安そうに泳いだ。

「弓場佳世子から聞いたと思うが、彼女の髪も落ちていた。あっちの言い分は、水曜日に園子の部屋へ行ったから、その時に落ちたんだろうというものだった。次はあんたの言い分を聞こう」

「髪が……」佃は考え込む顔をし、次に小さく頭を振った。「そうですか、髪の毛がね。それであなたは僕たちを疑っているわけだ」

「俺があんたたちを疑う一番の理由は、あんたたちに動機があるからだ」

「動機なんかはありませんよ。僕は園子さんと結婚していたわけじゃありません」

「結婚はしていなくても、簡単には捨てられない関係だったということも考えられる。たとえば園子はあんたの子供を妊娠したことがある、だけどとりあえずは堕《お》ろした。いずれ必ず結婚するからそれまで我慢してくれというあんたの言葉を信じたからだ――こういうストーリーがあったとしたらどうだい」

佃はふっと鼻から息を吐いた。

「安っぽいドラマのようだな」

「現実はドラマよりも安っぽく、どろどろしているものさ。人の命も、小説やテレビの中でよりも安っぽく扱われる。この前トラックの運転手が子供を轢《ひ》いた事故があった。子供は即死、運転手も壁に激突して重傷さ。その運転手の女房が漏らしたよ、どうせこれから働けないなら、すんなり死んでくれたほうが面倒がなくていいのにってな」

「僕は殺していない」

「無意味な念仏はもういいから、髪の毛が現場に落ちてたことの説明をしてもらおうじゃないか」

佃はむっつりし、それから重そうに口を開いた。

「月曜日です」

「何が？」

「僕が」ため息をついた。「園子さんの部屋に行ったのが、です」

康正は横を向いて大きく口を開け、声を出さずに笑う真似をした。

「弓場佳世子は水曜で、あんたは月曜か。これはいいや」

「でも本当なんです」

「あんたが園子と別れたのは、ずっと前なんだろう？　なぜ今頃別れた女のところへ行かなきゃならないんだ」

「彼女から連絡があったんです。絵を引き取ってほしいと」

「絵？　何の絵だ」

「猫の絵です。昔僕が彼女にあげたものです。二枚ありました」

康正の記憶に、園子の隣室に住む女性の話が蘇った。猫を描いた油絵が二枚あったといっていた。

「今になって、どうして園子が急にそんなことをいいだしたんだ」

「前から気になってたということでした。猫は好きだけど、別れた男の絵だと思うと気に入らないし、だからといってポスターのように捨てるのも気がひけるから返したいんだといってました」

「よくそういう言い訳が思いついたものだな。感心するよ」

「信じてくれなくても結構です。警察にいいたければどうぞ」佃潤一はふてくされたように、両腕を後ろについた。警察という言葉を出したのは、康正が警察に届ける気がないことを見越してのことだろう。

「園子の部屋の隣に、フリーライターだという女性が住んでる。知ってるかい？」

「いいえ」

「その女性の話では、園子が死んだと思われる夜の十二時前、男と女の話し声が聞こえたそうだ。女のほうは園子だろう。時間的に考えて、睡眠薬はすでに飲まされていただろうから、眠る直前というところかな。じゃあ男のほうは誰だろう。その後手早く犯行を済ませれば、午前一時までにここへ帰ってくることは可能だな」

「十二時前といったら」佃潤一は首筋をこすった。「僕は絵を描いてました。この前お話ししたとおりです」

「この絵をかい？」康正は胡蝶蘭の絵を指した。

「そうです」

「違うな」

「何が違うんです」

「この絵を描いたのは、もっと後だ。あの日の夜は、あんたは描いていない」

「佐藤君の証言がある。彼も嘘をついてるというんですか」

「いや、彼は嘘はついてないよ。彼はいい青年だ」康正は頷いていった。「だけど観察力が足りない」

「どういう意味かな」

康正は立ち上がり、床全体を撫でるようなしぐさをした。

「あの夜、ここには新聞紙が敷き詰めてあったそうだな。絵の具で床が汚れるのを防ぐためだとあんたはいったそうだが、本当の理由は別だ。佐藤君を部屋に上げないためだった」佃潤一が目をそらすのを見ながら康正は続けた。「なぜ部屋に上げちゃいけなかったか。じつは部屋に上げること自体は構わなかった。あんたがおそれたのは、彼が絵をもっと近くで見ようとすることだった。もし近くで見られたら」彼は机の前に立った。「その絵を描いたのがあんたではなく、こいつだということがばれてしまうからな」

康正が手を置いたのは、パソコン用モニターの上だった。

佃潤一は口元を曲げた。「パソコンに油絵を描かせたっていうんですか」

「油絵に見えるものを、だ」康正は室内を見回した。「あんた、デジタルカメラを持っているんじゃないのか。あるいはビデオカメラでもいい」

佃は黙り込んだ。

康正は再び絵の前に移動した。

「あんたはあの夜そういったカメラで、持ち帰った胡蝶蘭を撮影したんだ。たぶんこの絵のアングルでな。そしてそれをパソコンに取り込み、加工した。あんたが前に勤めていた『計画美術』というデザイン事務所に電話して確かめてみたよ。コンピュータを使って、写真を油絵のように加工することは可能かどうかをね。答えはもちろんイエスだ。あの事務所じゃ、そんなことは十年も前からやっているという返事だった。俺はさらに訊いてみた。以前おたくに勤めてた佃という人でも、そういうテクニックは持っているかってね。彼なら朝飯前だろう――事務所の人間はそういってたよ。つまりあんたはパソコンに材料を与えて仕事を命じると、ここを出て園子の部屋へ行った。そして一仕事を終えて戻ってくる頃には、すでに疑似油絵がプリントアウトされているという寸法だ。あとはそれをキャンバスに張り、親切な佐藤君がピザを届けてくれるのを待てばいい。無事に彼を騙《だま》せたら、今度はゆっくり時間をかけて、コンピュータが作った疑似油絵に似せて、本物の油絵を描いたというわけだ」康正は佃の前に立ち、彼を見下ろした。「どうだい、俺の推理力も捨てたものじゃないだろ？」

「証拠は？」と佃潤一は訊いた。「僕がそういうトリックを使ったという証拠でもあるんですか」

「あんた、さっき俺のことを偽刑事だと見抜いたじゃないか。偽刑事には証拠なんかいらないんだよ」

「つまり僕が何をいっても無駄だということだ」佃潤一も立ち上がった。「あなたの頭の中には僕が園子さんを殺したという話が出来上がってて、あなたはそれに合わせてどんな事実もねじ曲げてしまう。それならどうぞお好きなように、というしかないですね。どんなふうにでも勝手に想像すればいい。想像して僕のことを恨んでいればいいんだ。だけどいっておきます」康正を睨みつけてきた。「あなたの想像は間違っている。事実はもっと単純だ。あなたの妹さんは自分で死を選んだんです」

康正は笑い顔を作ったが、すぐに真顔に戻った。そして目の前にいる若者の襟首を右手で鷲摑《わしづか》みにした。

「いいことを教えてやろう。俺は九十九パーセント、あんたが園子を殺したと思ってる。だけど残り一パーセントが足りないから、俺はまだこうしておとなしく話してるんだ。その一パーセントを俺が摑むのを、楽しみに待ってることだな」

「あなたが間違いを犯している確率は百パーセントだ」佃潤一は康正の手を払いのけた。

「出ていってください」

「今度会う時を楽しみにしているよ。もちろんそれは、遠い未来じゃない」

康正は靴を履き、部屋を出た。佃潤一によってドアが乱暴に閉められた。鍵をかける音もやたらに大きかった。

2

渋谷に出て、コインロッカーに預けてあった荷物を取り、山手線に乗った。土曜日だからか、やたらに若者たちが多かった。しかし休日出勤を強いられたと思われるサラリーマン風の男も少なくない。康正の横では、眼鏡をかけた男が携帯電話でぼそぼそしゃべっていた。誰もが何かに追われているように見えるのは、この街の特性か、今が年末だからか、それとも単に自分の心理に原因があるのか、康正にはわからなかった。

佃潤一とのやりとりを思い返してみた。アリバイトリックが正解であったことは、佃が反諭してこなかったことからも明らかだった。あの時いったように、康正としては証拠は必要としない。

しかし真相を摑んだかとなると、康正としては唇を噛まざるをえない。解決すべき疑問は、まだ数々残っている。佃を自白させられれば問題ないが、それをするには手材料が少なすぎた。

やはり弓場佳世子から攻めるべきか——。

彼女の整った小さな顔を思い浮かべた。佃が一人でやった犯行にしろ、佳世子が何も知らないということはないはずだった。その証拠に康正の暗躍について、二人で何やら相談しているらしいことは明らかだ。

あの女をどう攻めるか、そんなことを考えている時だった。右側から何となく視線を感じた。吊革につかまったまま、康正は顔をそちらに向けた。

ドアのそばに加賀が立っていた。彼は手に週刊誌を持っていたが、それで顔を隠そうともしていなかった。それどころか康正と目が合うと、にっこりした。女の中には参る者もいるかもしれないと思わせる笑顔だ。

ちょうど池袋に着いたので康正は降りることにした。加賀も当然降りてきた。

「いつからつけてたんだ」ホームの階段を下りながら康正は訊いた。

「つける気はなかったんですがね、たまたまお見かけして、帰る方向と一緒だったから」

「だからどこで俺を見つけたのかと訊いてるんだ」

「さあ、どこでしょうね」

康正は東京駅から直接佃のマンションへ行ったのだ。その間に偶然加賀に見つかったとは思えなかった。

康正は柱のそばで立ち止まった。「中目黒からか」

「正解」加賀は親指を立てた。「ある男をつけてあのマンションまで行ったら、しばらくしてあなたが出てきたというわけです。面白くなってきたじゃないですか。管理人に聞いたら、あの男の名前は佃潤一で、出版社に勤めているということでした。ツクダジュンイチ――どこかで聞いた名前です」

康正は、刑事が日焼けした顔でにやにやするのを眺めた。この口ぶりから察すると、マンションに行くまで佃という名前すら知らなかったようだ。ではどこから佃を尾行してきたのか。

「そうか」康正は頷いた。「あいつ、弓場佳世子と会っていたのか」

「高円寺にある弓場のマンションでね。きっかり二時間」

加賀は今朝から弓場佳世子のマンションを張っていたということらしい。土曜日だし、何らかの動きを見せるに違いないと踏んでいたことになる。つまり加賀は、佳世子が事件に密接に関係していることを確信しているのだ。それはなぜか。

「練馬署じゃあ、君のスタンドプレーを認めているのかい」康正は自動出札機に向かって歩きだした。「別の殺人事件で、捜査本部まで出来ているってのに」

「上司が許可してくれたんですよ。説得が実ったというわけです。ただし条件付きですがね」

「どういう条件」

「あなたの証言を得ること」いいながら加賀は機械に切符を投入し、出札口を通った。

康正は切符を入れようとしていた手を止め、先に出た加賀の顔を見つめてから改めて出札した。

「俺の証言？」

「ドアチェーンのことです」と加賀はいった。「チェーンはかかってなかったという証言を、近日中にあなたから引き出せなければ……」握り拳を顔の前で、ぱっと開いて見せた。

「そいつは残念だったな。君に勝算はない」康正は西武池袋線の乗り場に向かって歩き始めようとした。

「一杯どうですか」加賀がコップを持つ手の形を作った。「安い焼鳥屋があるんですが」

康正は相手の顔を見た。その表情には、下心めいたものは感じられなかった。無論実際にはそんなことはないのだろうが、少なくともこれまでに見せていた刑事の顔とは明らかに違っていた。

酒を飲みながら情報を引き出せるかも——という考えが康正に浮かんだ。そしてそれ以上に、この男と飲むのも悪くないと思った。

「奢《おご》りますよ」

「いや、割り勘でいこう」と康正はいった。

焼鳥屋は、客が十人も入ればいっぱいという狭い店だった。康正と加賀は、奥にたった一つだけある二人がけのテーブル席についた。加賀の席の後ろには、階段の裏の部分が斜めに迫っていた。

「名古屋コーチンの旨さは知っていますが、これはこれでいけますよ」ビールを一口飲んでから、加賀は焼き鳥の盛り合わせの中から一本取った。

「ついてきたのは、いろいろと訊きたいことがあるからなんだけどね」

「まあ、ぼちぼちやりましょう」加賀は康正のグラスにビールを足した。「よその警察の人とゆっくり話をする機会なんて、あまりありませんからね。あなたにとってはあまり良い出会いではないでしょうが」

「そういえば、うちの班に君のファンがいるよ」

「ファン？」

「加賀恭一郎と聞いて、剣道の元全日本チャンピオンだと一発で答えたんだ」

「それはそれは」加賀は照れたようだ。「よろしくお伝えください」

「俺も君の記事を読んだことがあるよ。名前を見た時、何となく覚えがあると思った。俺も剣道に力を注いでた時期があったから。もちろん君とは比べものにならないだろうが」

「光栄です。でも古い話です」

「最近はやらないのかい」康正は串を左手で持ち、縦に小さく振った。

「時間がなくてね。先日ちょっと練習したら、途中で息があがりました。もう歳です」顔をしかめ、ビールを飲んだ。

康正は皮だけを焼いたものを食べた。旨いというと、そうでしょうと加賀は笑った。

「君はなぜ警官に？」と康正は訊いた。

「難しい質問ですね」加賀は苦笑した。「まあ強いていえば、運命だった、ということになるんでしょうか」

「たいそうだな」

「結局ここが自分の落ち着くところだったのかなと思うわけです。何度か逆らったこともあるんですが」

「親父さんも警察官だといってたな」

「だからむしろ嫌ってたんですがね」加賀は砂肝をかじって、「和泉さんはどうなんですか」と逆に尋ねてきた。「どうして警官に？」

「よくわからんな。試験に受かったから、というのが一番近い」

「まさか」

「本当だよ。いろいろと試験は受けた。ほかの公務員の試験もね。とにかく一刻も早く安定した仕事につきたかった」

「どうしてですか」

「父親がいなかったからさ」

「なるほど……おかあさんの面倒を見なきゃいけなかったわけだ」

「それもあったが、やっぱり一番気になったのは妹のことだ。年頃になって、貧乏が顔に出てたんじゃかわいそうだ。美人じゃなくても、誇りのある女になってほしかった。誰にも引け目を感じさせたくなかったんだ」

園子のことを思い出したせいで、康正はつい声が大きくなっていた。自分を見つめる加賀の真摯《しんし》な眼差しに気づき、彼は目を伏せてビールを飲んだ。

「わかります」加賀がいった。「和泉園子さんは素晴らしいお兄さんを持っていたわけだ」

「さあね。今となってはわからんよ」康正はグラスに残っていたビールを飲み干した。

加賀がビールを注いできた。「弓場佳世子は酒が飲めないそうです」

康正は目を上げた。「本当かい?」

「間違いありません。会社の同僚や、学生時代の友人にも確認しました。殆ど下戸《げこ》だそうで

ないからだ。

だとすると、彼女が犯人である可能性は益々薄くなる。園子と一緒にワインを飲むはずがす」

「一つ訊きたい。なぜあの女に目をつけた？」この質問に、加賀は窪んだ眼窩《がんか》の奥の目を光らせた。それを見返して康正は続けた。「君が弓場佳世子の写真を持って、彼女の学生時代の知り合いを当たったことはわかっている。その写真はどういうものだ。どこで手に入れた。なぜその写真に写っている女が、今度の事件と関係しているとわかった？」

加賀は薄く笑った。しかしこれまでに見せた笑いとは質の違うものだった。

「一つ訊きたいとおっしゃったわりには、項目がたくさんありますね」

「基本的には一つだろ。教えてほしい」

「お教えしますよ。ただし、こちらの条件を飲んでいただかなければなりません」

加賀の狙いはすぐにわかった。

「ドアチェーンか」

「そういうことです。ドアチェーンについて、本当のことを証言していただければ、どんなことでもお話しします」

「それを証言する以上、俺は手持ちのカードをすべてさらさなきゃならなくなる」

「いいじゃないですか。あなたの代わりを警察がするだけだ」

「俺の代わりは誰にもできない」康正は串の先で皿に、園子、とタレで書いた。

「なぜ私が弓場佳世子に目をつけたか――これは極めて重要な問題です。こちらにとっては最大の切り札だといっていいでしょうね。だから無条件でお見せするわけにはいかないんです」

「写真はふつうのものではなく、ビデオプリンターで印刷したようなものだと聞いた」

「誘導尋問には引っかかりませんよ」加賀はにやりとして、康正のグラスにビールを注いだ。瓶が空になったので、もう一本追加注文した。

「弓場佳世子本人とは話をしたのか」康正は別の角度から攻めることにした。

「いえ、していません」

「話はせずに張り込みだけはしたというのか。まるで男がいるのを知っていたようだな」

「知っていたわけではありませんが、誰かもう一人絡んでくるはずだと思いました」

「どうして？」

「弓場は犯人ではないからです。少なくとも、彼女の単独犯行ではない」

断定的な口調に、康正は少し身を引いた。

「弓場は酒を飲めないからか」

「それもあります」

「それも、とは？」

「彼女は美人でスタイルもいいが、一つだけ欠点があります。欠点といっちゃ気の毒かもしれないが」

「身長が足りない」

「そういうことです」

「絆創膏のことだな」

康正がいうと、加賀はグラスを持ったまま、人差し指の先を彼に向けた。「さすがに気づいておられましたか」

「君もな」康正はグラスを合わせたい気分になったが、気障《きざ》なのでやめた。

焼き鳥を肴に、しばらく黙ってビールを飲んだ後、こんなものは大した質問ではないというような軽い口調で加賀が訊いた。「犯人はやっぱり佃ですか」

「さあどうかな」と康正はかわした。

「決め手はお持ちじゃないようだ」

「君はどうなんだ」

「自分は和泉さんより周回遅れですから」加賀は首をすくめた。「先程佃とは、どういう話を?」

「それを俺が君に話すと思うかい。君のほうは俺の知りたいことを教えてくれないというのに」

すると加賀は肩を揺すらせて笑い、自分のグラスにビールを注いだ。康正との会話を楽しんでいるように、少なくとも外側からは見えた。それで康正の内側に、ちょっとした悪戯心が芽生えた。

「いいことを教えてやろう。佃にはアリバイがある」

「へえ」加賀の目が大きくなった。「どういう代物です」

康正は佃の主張するアリバイを、嚙み砕いて説明した。すなわち会社から帰ったのが九時頃で、九時半から夜中の一時まで預かりものの花の絵を描き、一時から二時まではマンションの友人と雑談をしていたというものだ。その友人が、ほぼ完成している絵を目撃していることも付け加えた。

「園子の隣に住む女性が、十二時前に男女の話し声を聞いていることは君も知っているだろう。だけどこのアリバイを何とかしなけりゃ、男が佃だという結論は出せない」

「それは厄介な壁ですね」加賀はアリバイの存在自体よりも、これについて話す康正のほうに興味があるという顔をしていった。「で、あなたはその壁を破ったわけだ。だから先程そのことを宣告しに、佃のマンションまで行ったということですね」

「さあ、それはどうかな」

「残念ながら佃がどういう手品を使ったか、今ここでは説明できません。きっと何かうまい手があるんだろうと思います。それより今の話を聞いていて気になったのは、二時以降のアリバイがないという点です。死亡推定時刻の幅は、かなり広いですからね、犯行を二時以降と考えてもなんら差し支えないんですよ。たまたま隣の女性の証言があるから、絵を描いていた時間のアリバイが生きてくるが、それがなければ何の役にも立たないところでした」

「それは俺も気になっているところだ。佃は運転ができないらしいから、深夜の移動は難しいと主張したいようだったが……」

「タクシーを使うのは犯人にとって危険ではありますが、だからといって利用しなかったと考えるほど、刑事はお人好しじゃありません」

「俺もそう思う。そして佃にしても、そのぐらいのことは考えるだろう。だから、わざとかもしれない」

「わざと？」

「深夜二時以降のアリバイなんて、ふつうの人間ならなくて当然だ。むしろあったほうが不自然だ。そういう常識的なことを、奴も考えたのかもしれない」

なるほど、と刑事は頷いた。

また少し沈黙が続いた。いつの間にか店の客が増えている。

「和泉さん」加賀の口調が少し改まったものになった。「あなたは凄い人だ。あなたの咄嗟《とっさ》の判断力、推理力それから覚悟と執念には心から敬服します」

「急にどうした」

「あなたのその能力が、真実を突き止めることに費《つい》やされることに対しては何もいいません。だけど、復讐に使われるべきではない」

「その話はしたくないな」康正はグラスをテーブルに、音をたてて置いた。

「重要なことです。あなたは感情に流されて、自分を見失うような人じゃないはずだ。少なくともそんなことは、あなたにはふさわしくない」

「やめてくれ。君は俺の何を知っているというんだ」

「殆ど何も知りません。でも、たとえばこういうことなら知っています。三年前あなたが担当した事故の中に、暴走族上がりの青年の運転する車が赤信号にもかかわらず猛スピードで交差点に突っ込み、会社員が運転する車とぶつかって相手を死なせるという事故がありましたね。誰もが青年の信号無視が原因であると信じて疑わなかったが、あなたは目撃者の証言や信号のインターバルを綿密に調査し、事故が起きたのは双方の信号が赤になった瞬間であることを突き止めた。つまり会社員にも見切り発進という非があったわけだ。この件に関しては、亡くなった会社員の遺族のほうから抗議の声があったそうですね。警察は暴走族の肩を持つのか、と。それらの声に対してあなたはこういった。自分たちの仕事は誰を罰するかを決めるのではなく、なぜそんな悲劇が起こったのかを調べることだ、と。事実その交差点の信号は、その後改良されたそうですね」

「誰に聞いたのかは知らんが、古い話だ」康正は手の中で空のグラスを弄《もてあそ》んだ。

「この話の中にこそ、あなたの姿がある。交通事故でも殺人事件でも、本質は変わらないはずです。犯人を憎むなとはいいません。時にはそれが活力になることは自分も知っています。だけどその活力は、真相究明に注がれるべきです」

「もうやめろといってるんだ。そんな話は聞きたくない」

「ではこれだけはいっておきます。あなたが復讐を目論んでいるらしいことは、まだ誰にも話していません。あなたがきっと思いとどまってくれると信じているからです。でももしどうにもならないと判断すれば、どんな手を使ってでも復讐は阻止します」

「覚えておこう」

数秒間、二人はお互いの目を見た。酒のせいか、加賀の目は少し充血していた。

店の戸が開き、会社員風の男二人が覗き込んだ。店内は満席だった。

「そろそろ出ましょうか」そういった加賀の顔には笑みが戻っていた。「いい店でしょう。また御一緒できるといいのですが」

この言葉の裏には、過ちを犯さないでくれという願いがこめられているようだった。

3

いくつかの買い物をした後、康正は園子の部屋に行った。買ったのは電気コード十メートトル、電気プラグ二個、電気スタンド用中間スイッチ二個、それからドライバーセットとニッパー、さらにアンモニア水である。
部屋に入ると、何も音がないと寂しいというだけの理由で、テレビのスイッチを入れた。リモコンを操作するが、どの番号に合わせれば番組を見られるのか把握するのに少し手間取った。愛知県と東京では、チャンネルが全然違うのだ。どうやら1がNHKらしいとわかったので、そのままにしておくことにした。

康正は寝室で胡坐を組み、作業を始めた。まず電気コードを半分に切り、五メートルを二本にする。次にそれぞれの先端にプラグを取り付けた。さらにプラグから一メートルほどのところでコードを一旦切断すると、そこに中間スイッチを入れて繋ぐ。

このスイッチを取り付けている時、テレビのニュース番組が殺人事件の発生を報じた。先月練馬で起きたOL殺人事件と同じ犯人による者の犯行と思われる事件が、今度は杉並区で起こったというものだった。犯人はベランダから侵入し、眠っている女性を紐で絞殺した後、金目のものを盗んで逃走していた。暴行があったかどうかについては触れていない。

これでまた練馬警察は忙しくなるだろうな、と康正は想像した。加賀がスタンドプレーをしていられるのも、そう長くはないはずだった。

脳裏に、つい先程の加賀とのやりとりが蘇った。

あなたを信じている、という彼の台詞は形だけのものではないと思った。彼もいったように、本気で康正の復讐を阻止する気なら、現時点でも打つべき手はあるはずなのだ。それをしないのは、康正の理性に賭けているからにほかならない。

しかし、と康正は思う。あの男はまだ若い。あいつは人間というものをわかっていないのだ。人間はもっと醜く、卑怯で、そして弱い。

熱っぽく語った加賀の声を、康正は頭から追い出そうとした。何も考えず、作業に没頭しようとした。

実際、あまり時間は残されていなかった。加賀は弓場佳世子の存在を突き止め、さらに佃潤一に行き着いた。佃が園子の前の恋人であることも、容易に発見するだろう。いやすでに感付いている可能性も高かった。園子のアドレス帳にあった『計画美術』というデザイン事務所に、以前ツクダジュンイチという名前の男が勤めていたことを、加賀が失念しているとは思えなかった。現時点ではドアチェーンの問題があるので、加賀も迂闊には動けないが、たとえば佃に犯行を認めさせるような証拠を摑んだなら、迷わず殺人事件として提起することだろう。そしてあの刑事は、間違いなく何かを摑んでいる。

今日、明日が勝負だろうと康正は判断していた。今こうして奇妙な作業をしている理由も、その判断があってのことだ。

問題は、次の手をどう打つか、だった。

テレビではニュースが終わり、ドラマのようなものが始まろうとしていた。康正はリモコンを操作して、テレビを消した。

コトリ、という音が背後から聞こえたのは、それからしばらくしてからだった。ちょうど玄関ドアのあたりだ。彼は振り返って見た。

何かが郵便受けに入れられる気配があった。それから少しして、どこかでドアの閉まる音がした。おそらく隣室、あのフリーライターの女性がいる部屋だ。

康正は立っていき、郵便受けを開いた。白い小さな紙包みが入っていた。開くと中から音楽用カセットテープが出てきた。曲がいくつか入っているようだ。英語で書かれたタイトルを見ただけでは、どういうジャンルに属する音楽なのか、彼にはわからなかった。

紙が一枚一緒に入っていて、「以前妹さんからお借りして、すっかり忘れていたものです。どうもすみませんでした」と書いてあった。

どうやら留守と思ったらしいなと康正は察した。もっとも、愛知県に住んでいる兄が、そうしょっちゅう上京してくるわけがないと思うのが当然ではある。

そのカセットテープを見ているうちに、ふと思いついたことがあった。彼はメモをとりながら十分ほど考えて、その思いつきに何か重大な欠陥がないかどうかをチェックした。検討したかぎりでは、仮にうまくいかなかったとしても、今後の行動に何らかの制約を与えることはないと思われた。

彼は部屋を出た。そして隣のチャイムを鳴らした。

「どなた？」さすがに少し夜が遅いだけに、相手の声は硬かった。暗いので、ドアスコープからもよく見えないのだろう。

隣の和泉です、と彼はいった。ああ、という少し安心した声に変わった。

「いらっしゃったんですか」ドアが開き、フリーライターの女性が明るい顔を見せた。

「居眠りをしてまして、これを入れていただいたことに、今気づいたんです」カセットテープを見せていった。

「すみません。もっと早くにお返ししなきゃいけなかったんですけど」頭をぺこりと下げた。

「いえ、それは結構なんですが」康正はやや躊躇《ちゅうちょ》してからいった。「じつはちょっとしたお願いがあるんですが」

「はあ」彼女はかすかに戸惑いを見せた。「どういうことですか。あたしにできることでしたら」

「もちろんできます。簡単なことです。電話を一本かけていただきたいんです」

「電話を……。どこへですか」

「ここに電話番号を書いてあります。それから、ここに書いてるとおりに話していただけるとありがたいんですが」そういって先程書いたメモを見せた。

フリーライターの女性はそれを見て、怪訝そうにしながらも幾分好奇心のこもった目で、

「どういうことですか、これ」と訊いた。

「すみません。詳しいことはまだお話しできないんです」

「そうなんですか。でもなんだか気になるなあ」

「いやだということでしたら、無理にとはいいません」康正はメモを受け取るために右手を出した。

「誰かに迷惑がかかるということはないんですね」

「ありません」きっぱりといいきった。迷惑というのとは違うと考えていた。

彼女は顔を傾け、メモをもう一度見てから、いたずらっぽい顔を康正に向けた。

「後で事情を話していただけます？」

「いいですよ」と康正は作り笑いをしていった。どうせすべてが終われば、彼女も事の次第を知ることになるのだ。

「わかりました。じゃあ、かけてみます。今すぐですか」

「そうしていただけると助かります」

「じゃあちょっと待っててくださいね」

「すみません。よろしくお願いします」彼女が部屋の奥に消えるのを、康正は緊張した思いで見送った。

この日の夜を康正は、殆ど熟睡することなく過ごした。自分が仕掛けた罠に、いつ獲物がかかるか待っていると、気持ちが全く落ち着かないのだ。このマンションは、夜中でも時折人の歩く音が聞こえる。そのたびに身体を固くした。

だが窓の外が明るくなり始めると、康正は自分の考えが間違っていたのかもしれないと思い始めてきた。それなりに根拠のある作戦ではあったが、見当違いである可能性も少なくなかったのだ。

六時を回り、外がいよいよ騒がしくなり始めた頃には、次なる手を考えたほうがいいという気になっていた。だが妙案は思いつかず、頭と瞼が重くなってきた。

少しうとうとした時だった。がちゃり、という音がした。

寝室で座ったまま眠っていた康正は、本能的に音のしたほうを見た。

彼の目の前で、ドアがゆっくりと開こうとしていた。彼は咄嗟に寝室の戸の後ろに隠れた。

人の入ってくる気配があり、ドアが閉じられた。郵便受けを開ける音がする。

タイミングを測り、康正は出ていった。「やあ、ようこそ」

フード付きの白いコートを着た弓場佳世子が、彼のほうに背を向けたまま凍りついた。

4

フリーライターの女性に頼んだ電話の文句は、以下のようなものだった。

自分は和泉園子の隣に住んでいるものである。じつは彼女が亡くなる直前にビデオカメラを貸してあったのだが、そのカメラを彼女が亡くなってから返してもらったところ、中に彼女のテープが入ったままになっていた。プライバシーの侵害になるので何が映っているのか見ていないが、大事なものかもしれず、すぐにご遺族にお返ししたい。ところが先程和泉さんのお兄さんは愛知県にお帰りになられてしまった。しかも自分は明日からしばらく海外に出なければならない。そこでテープを和泉さんのドアの郵便受けに入れておくことにする。申し訳ないが、あなたのほうからご遺族に、その旨連絡しておいてもらえないだろうか。あなたの電話番号は、以前和泉園子さんが一人で旅行に出かけられた時、最も信頼できる人だから何かあったら連絡してほしいということで、彼女から聞いていたのだ——。

大事なことは、弓場佳世子自らにこの部屋へ来させる、ということだった。来させてドアを開けさせる、それが最大の目的だった。

そのための餌を8ミリビデオのテープにしたのは、康正としては一つの賭けだった。園子が死の直前にビデオカメラを借りようとしたことから、事件に何らかの関連があると踏んだのだが、全く無関係である可能性もあったからだ。もしこの餌で食いついてこなければ、今後どんな餌を用意しても、同じように隣室の女性を使ったのでは警戒されるに違いなかった。

ツキはこっちにある、と康正は思った。


「さて」と彼は弓場佳世子を見下ろしていった。彼女はダイニングテーブルに向かって座っている。肩をすぼめ、うつむいていた。康正のほうは立っている。まるで取調べ室のようだなと彼は思った。そしてこれから行おうとしていることも、取調べそのものだ。

「まずテープのことから話そう。テープには何が映ってると思った？」

「……知りません」細い声で彼女は答えた。

「知らないはずはないだろう。わざわざ取りに来たぐらいなんだから。いや」と彼女の顔を覗き込んだ。「盗みに来たといってもいい」

佳世子は瞬きした。相変わらず睫が奇麗にカールしている。

「本当に知らないんです。でも……園子がテープに何をとったのか見たくて……勝手に入ったことはあやまります」

「まあいいだろう。テープのことは後回しにしよう。それより今あんたがあやまったことについて尋ねよう。この鍵はどうした？」康正は一本の鍵をテーブルの上に置いた。佳世子が先程、ドアを開けるために使ったものだ。

「前から持ってたんです」

「前から？　どうして？」

「ずっと以前に潤一さんから預かったんです。彼は園子からもらったそうですけど、彼女とはもう別れたわけだから、必要ないということで。でもあたしのほうから園子に返すのも変だし、それで渡しそびれてて……」到底歯切れがいいとはいえない口調だった。

「その話は半分が本当で、残り半分は嘘だ」康正は佳世子の顔を指差し、断言した。「佃から受け取ったというのは本当だろう。だけどそれがずっと以前だというのは嘘だ。ごく最近、もしかしたらついさっきだったんじゃないのか」

「違うんです、あたし本当に」

「嘘をついても無駄だ」康正は左手を水平に振った。「もしあんたがずっと以前からこの鍵を持っていたというなら、園子を殺したのはあんただということになる。それでもいいのか」

「……どうしてですか」

「園子が自殺でないことは明らかなんだ。その根拠を俺はいくつも持っている。問題は犯人が誰かということだ。俺が遺体を見つけた時、この部屋には鍵がかかっていた。この部屋の本来の鍵は二つだ。一つは園子のバッグから見つかっており、残る一つは俺が持っていた。

つまり犯人は合鍵を持っていたということになる。簡単なことだ」康正は彼女の前に顔を近づけていった。声を低くして続けた。「あんたが佃を庇ってるのはわかっている。正直に話したほうが身のためだ。これ以上てこずらせるなら、俺はあんたも共犯者だとみなす」

佳世子は怯えの色を見せていた。それでも康正を見上げて反論した。

「その合鍵がこれだとはかぎらないじゃないですか」

「ほう、ほかにもあるというのかい？」

「もう一つあります。園子はスペアキーを二つ作ったんです」

「へえ」康正は指先でテーブルを叩いた。「じゃあ残る一つはどこにある」

「園子はいつも、靴箱の一番上の段に置いていました」

康正は玄関へ行き、靴箱を開いた。無論そこには鍵などはなかった。

「ないぜ」

「だから」と彼女はいった。「誰かが持ち出したということじゃないんですか」

「誰が持ち出すというんだ。ここに鍵が置いてあることを知っているほど園子と親密な関係にあった人間となると、佃かあんたしかいない。そしてそこにある鍵のほうは以前からあんたが持っていたというなら、結局ここから持ち出したのは佃ということになる。つまり、やはり犯人はあいつだというわけだ」

「違います。違うんです」

「どう違うんだ」

「彼は犯人なんかじゃありません」

「なぜそう断言できる。あいつを好きだからか。だけどあいつはあんたのことを騙《だま》してるかもしれないんだぜ。園子を騙したようにな」

「そんなことはありません」

「だからなぜそんなことがいえるのかと訊いているんだ。あんたはスペアキーが二つあるといった。一つは自分が持っていたという。そして残る一つが消えているなら、そちらのほうは佃が持ち出したと考えるのが当然じゃないか」

「違います。彼じゃありません」

「じゃあ誰だというんだ」

「あたしです」

「なに？」康正は目を剝いた。

「あたしが持ち出したんです。もう一つの鍵も」

「思いつきでいい加減なことをいっても、そんな嘘はすぐにばれるぜ」

「本当のことです。水曜日にここへ来た時、彼女の目を盗んで持ち出したんです」

「何のために？」

弓場佳世子は目を伏せた。唇がかすかに震えている。

「何のためだ」と康正は重ねて訊いた。

彼女は顔を上げた。その表情を見て、康正ははっとした。ある決意がこめられているように見えたからだ。

「彼女を殺すためです」真摯な瞳で告白した。

5

ずいぶん長い沈黙があったようだが、実際には一分と経っていなかった。

「自分が何をいってるのかわかってるのか」康正は訊いた。

「ええ。じつをいうと、昨夜お隣の人から電話がかかってきた時、もしかしたら罠かもしれないとは思ったんです。でももしそうなら仕方がないと……その時には本当のことをお話ししようと思っていました」

「すべて話すというのか」

「はい」

「じゃあちょっと待って」

康正は自分のバッグの中から、カセットレコーダーを取り出してきた。録音スイッチを入れ、テーブルに置いた。正直なところ、全く予想外の展開だった。

「全部、あたしが悪いんです」佳世子は静かに語り始めた。「あたしが園子を死なせてしまったんです。ごめんなさい」

そういった直後から、うつむいた彼女の睫の先で、涙が膨らみ始めていた。まるでこれまで封印されていたものが、解き放たれたようだった。やがてそれはぽたりと落ちて、床に小さな星型の染みを作った。康正の記憶の底から、遠い昔のシーンが浮かびあがってきた。園子の背中に熱湯をこぼした時のことだ。

「あんたが殺したということか」康正は訊いた。

「殺したようなものです」と佳世子は答えた。

「どういうことだ」

「あの夜あたしは……園子を殺すつもりで、ここへ来たんです」

「なぜ殺すことにしたんだ」

「それは、先日和泉さんがおっしゃったとおりです。彼女がいるかぎり、あたしと潤一さんは幸せにはなれないと思ったからです」

「園子のことを悪女のようにいうんだな」

康正の言葉に、彼女はさっと顔を上げて何かいいたそうにした。しかし結局そのまま顔を伏せた。

「まあいいだろう。話を続けてくれ。金曜の何時頃、ここへ来た？」

「よく覚えてませんけど、たぶん十時半頃だったと思います」

「何といって訪ねてきたんだ」

「大切な話があるんだっていいました。園子は、話なんかしたくないといったので、あたしは、謝りたいんだといいました」

「謝りたい？」

「潤一さんのことで謝りたいからって」

「そんなことで園子があんたを部屋に入れるとは思えないな」

「最初は、謝ってもらわなくてもいいといって怒ってました。だからあたし、いったんです。潤一さんのことはあきらめるつもりだって」

「へえ」康正は佳世子の顔を凝視した。「しかし無論それは本心ではなかったわけだ」

「部屋に入れてもらうための嘘でした。でもそれでようやく園子は、あたしを中に入れてくれたんです」

「なるほど。その時の園子の服装は？」

康正の質問に、佳世子は一拍置いてから、「パジャマ姿でした。風呂あがりだったんだと思います」と答えた。

「いいだろう。話を続けて」

「ワインを持ってきたから、一緒に飲みましょうっていいました。飲みながら、あたしの話を聞いてほしいとも……」

「しかしあんたは酒を飲めないはずだ」加賀から聞いた話を康正は思い出した。

「飲めないけど、今夜は一口ぐらいなら付き合うっていったんです。園子は、珍しいわね、潤一さんと付き合うようになって飲むようになったのって皮肉をいいました。もちろん、その程度のことをいわれても当然なんですけど」後のほうは、口の中で呟くように付け足した。

「園子は警戒していなかったのか」

「わかりません。してたかもしれません。でもまさか……」佳世子は唇を舐《な》めてから続けた。「あたしが園子を殺そうとしているとは思わなかったんじゃないでしょうか」

康正は首を振った。

「それから？」

「園子はワイングラスを二つ出してきました。そこにワインを入れて、二人で飲み始めたんです。といっても、あたしは殆ど舐めるだけでしたけど」

「で、なごやかに話をしたわけかい？　まさかね」

「園子は、あたしが本気で彼のことをあきらめるつもりなのかどうか、ずいぶん疑っている様子でした。当たり前ですよね。親友の恋人を奪っておいて、突然諦めるといわれたって、信用できないと思います。でもしばらく話をしているうちに、彼女もだんだんとあたしの言葉を本気にし始めたようでした。で、そんな頃にちょうど彼女がトイレに立ったので、その隙にあたしは彼女のグラスに睡眠薬を入れたんです」

「睡眠薬はいつ手に入れたんだ？」

「ずっと以前です。園子と二人で海外旅行に行った時、時差で眠れないというと、彼女が少し分けてくれたんです。それが一袋だけ残っていました」

「一袋？」康正は眉を寄せ、聞き直した。

「一袋です」と彼女はきっぱりといった。

「まあいいだろう。それで？」

「トイレから戻ってきた彼女は、何も疑わずにワインを飲みました。すると十分もしないうちにうとうとし始めて、すぐにぐっすり眠ってしまいました。それであたし、無我夢中で、いろいろなことを……」そういったところで佳世子は下を向いた。

「いろいろなこととは？」康正は訊いた。「そこからが肝心なんだ。どのようなことをしたんだ？」

「あたし、本当に夢中だったから、細かいことはよく覚えてないんです」

「覚えていることだけでいい」

「まず、電気のコードを切ったと思います。それを園子の身体の背中と胸に貼り付けました」

「どうやって貼り付けた?」

「テープか何かだったと思います。咄嗟に目についたものを使ったから、覚えてません」

「……わかった。それから?」

「自殺に見せかけるために睡眠薬の袋をテーブルの上に置いて、ワイングラスの片方は、後で洗うつもりで流しに持っていきました。その後、園子の身体に繋いだコードに電気を流そうとしました。園子が、自殺する時には感電死がいいって昔からいってましたから、その方法を使ったほうが疑われないと思ったんです」

「それで、電気を流したのか」

「いいえ」といって、佳世子はゆっくりとかぶりを振った。「できませんでした。やっぱりできなかったんです」

「どういうことだ?」

佳世子は顔を上げた。目は充血し、その周りも赤く腫れていた。そして下瞼も頬も、涙で光っていた。

「その少し前までしていた、彼女との会話が思い出されたんです。彼女はもう一度あたしを信用してくれようとしました。笑顔さえ見せてくれたんですよ。あんなにひどいことをしたあたしに……。そのことを思い出すと、彼女を殺すなんてこと、とてもできなかったんです」

「じゃあ、殺さなかったというのか」

「はい」震えた声だが、しっかりと彼女は答えた。「コードは園子の身体から外して、屑籠に捨てました。それから彼女に置き手紙を……」

「置き手紙？」

「子猫のカレンダーを一枚めくって、その裏に、『ごめんなさい』と書いたんです。その後、部屋を出ました」

「カレンダーの裏にメッセージ……か」これは康正の推理どおりではある。ただしそこに書かれた内容は全く予想外だ。「そうして部屋を出て鍵をかけたわけか？」

「かけました。その時に使ったのが、先程もいった、水曜日に予め盗みだしておいた合鍵です。和泉さんのおっしゃるとおり、潤一さんが園子から預かっていた鍵のほうは、その時まだ彼が持っていました」

「盗んだほうの鍵はどうした？」

「外に出た後、ドアのところの郵便受けに入れておきました」

これは事実と合致している。

「で、そのまま自分の家に帰ったと？」

「そうです」

いい終えると、ふうーっと長い息を佳世子は吐いた。大きな仕事を一つ終えたようなため息だった。

「もしその話が本当なら」と康正はいった。「園子は死んでいないことになる。だけど現実にはあいつは死んだ。どういうことだ」

「だから」佳世子は瞼を閉じた。「あたしが出ていった後、彼女は自殺したんです」

「なんだと?」

「それしか考えられないじゃないですか。だって彼女はベッドの中で死んでいたんでしょう? あたしが部屋を出る時、園子はベッドにもたれかかる格好で、座ったまま眠っていたんですよ。でも彼女の死を知ってから、あたしは大きな失敗をしたことに気づきました。彼女が自殺するための道具を、彼女のそばに残してきたことです。あの電気コードです。すべてに絶望していた園子があれを見た途端、衝動的に自殺をはかってしまうことを、あたしは考えなければならなかったんです。ほんとうに、あたしは……なんて迂闊だったのかしら」

佳世子はまるで自分の言葉に興奮しているように見えた。涙声だった彼女の声が、徐々に甲高くなった。すすり泣きは号泣に変わっていた。

「あたしが園子を殺したも同然なんです。ごめんなさい。あたしを恨んでください。ごめんなさい」そして彼女はテーブルに突っ伏した。

康正は無言で、流し台の前まで移動した。蛇口を捻り、グラスに水を満たした。佳世子は泣き続けている。細い肩が小刻みに揺れていた。

次に彼は包丁を抜いた。電気コードの被膜を削るのに使われた菜切り包丁だ。それを右手に持ったまま、彼は佳世子の背後に回った。そして水の入ったグラスをテーブルに置いた。

康正が佳世子の左肩を摑むと、彼女の泣き声が止まった。ぎくりとしたように身体を震わせた。

「そのまま、ゆっくりと顔を上げるんだ」彼はいった。

佳世子が顔を上げると、康正は彼女の首筋に包丁の刃を軽く当てた。彼女が息を止める気配があった。

「じっとしているんだ。動いたら、頸動脈を切る」

「……殺すんですか」かすれた声がビブラートした。

「さあ、どうしようかな。何しろあんたは園子を自殺に追いつめたんだからな。あんたは俺に、恨んでくれといったしな」

佳世子は全身を硬直させていた。それでも彼女の首筋は、包丁に対して動き続けていた。呼吸が荒くなっている上に、鼓動の大きさを制御できないからだ。

康正は左手でポケットを探り、睡眠薬の小さな袋を取り出した。そしてそれを佳世子の顔の前に差し出した。

「この薬を飲むんだ。何の薬かはよく知っているだろう?」

「あたしを眠らせて、どうするんですか」

「心配しなくても、眠っている女に悪戯するほど落ちぶれちゃいない。それとも俺の前で眠るぐらいなら、顔に傷をつけられたほうがましかい」そういって彼は包丁を少し上にずらし、刃を頬に触れさせた。

佳世子は少し逡巡したようだが、最後には決心した。袋を破り、中の粉末を口に入れ、グラスの水を飲んだ。そして空き袋をそばのゴミ箱に捨てた。薔薇の模様の入った、奇麗なゴミ箱だ。

康正は、冷蔵庫の取っ手にかけてあるタオルを手に取った。

「よし、これで自分の両足を縛るんだ。なるべくゆっくり動いたほうがいい。速く動かれると、包丁を持つ手元が狂うからな」

佳世子はいわれるまま、腰を曲げて自らの両足をタオルで縛った。それを確認してから、康正は電話機を佳世子の前に置いた。

「佃のところへ電話してくれ」

「彼は関係ありません。あれは全部あたしがやったことなんです」

「何でもいいから電話するんだ。あんたがしなきゃ、俺がするだけだ」

佳世子は電話機をしばらく見つめた後、受話器を取った。何度も押している番号らしく、慣れた手つきでボタンを押した。

「もしもし、潤一さん？　あたしだけど……それが、今、園子のお兄さんと一緒なの」

　康正は彼女の手から受話器を奪った。「和泉だ」

「和泉さん……何をしているんですか」佃の声はうろたえていた。

「園子を殺した犯人を突き止めているところさ」

「まだそんなことを」

「あんたにもこっちに来てもらいたい。今すぐな」

「待ってください。彼女と話をさせてください」

　康正は受話器を佳世子の口元に持っていった。「あんたの声が聞きたいそうだ」

「潤一さん、あたし……あたしが園子を殺そうとしたことを話したの。途中で思い直してやめたんだけど、結局彼女を自殺に追い込んだということを話したのよ。だから、もう何も心配しないで」

　佳世子がそこまでいったところで、康正は受話器を引いた。

「聞こえたかい？」と佃潤一に訊いた。

「聞こえました」

「来る気になっただろ？」

「……そこはどこですか」

「殺人現場だよ。早く来たほうがいいぜ。あんたの恋人は睡眠薬を飲まされているから、もう間もなく眠ってしまうはずだ。じゃあな」

彼女には手を出すな、という声を無視して、康正は電話を切った。

6

二十五分後に、チャイムが鳴った。タクシーで飛ばしてきたらしい。康正は一応、「誰だ?」と訊いた。

「佃です」

「入れ。鍵はかかってない」

ドアが開き、ジャケット姿の佃が顔を見せた。ベージュのコートを丸めて手に持っている。無精髭が伸び、髪も乱れていた。

「ドアを閉めて、鍵をかけるんだ」

佃は命じられたとおりにした。それから康正のほうを挑戦的に睨んだが、すぐにその目が驚きの表情を帯びた。

「どういうつもりですか」寝室の奥で、ベッドにもたれかかるような格好で眠っている佳世子のほうを見て訊いた。彼女の手足はガムテープで固定されている。

「あんたに本当のことをしゃべってもらいたい一心でやっていることさ」と康正は答えた。

彼の手には電気コードの中間スイッチが握られていた。コードの一方はコンセントへ、そしてもう一方は弓場佳世子の上着の中へと延びていた。

「正気の沙汰じゃない」

「俺は正気だよ。だけどもし狂ってるのだとしたら、狂わせたのはあんたたちだ」

「僕にどうしろと？」

「そうだな。とりあえずその椅子に座ってもらおうか。上着は脱いだほうがいい」康正はダイニングテーブルの横の椅子を指差した。

潤一は上着とコートを床に置き、椅子に腰を下ろした。「それから？」

「テーブルの上にガムテープがあるだろう。それで両足首を巻くんだ。何重にもな。足はぴったりと揃えるんだぜ」

潤一がその作業を終えるのを確認し、康正は彼の後ろに回った。そして潤一の両腕を背もたれの後ろに回させると、両手首をガムテープでぐるぐる巻きにした。

「さあ、これで少し話しやすくなっただろう」

「僕には何も話すことはありません」

「じゃあ訊くが、なぜあんたは俺のことを警察にいわないんだ。ここへ来るのにも、なぜ警官を連れてこない？」

潤一は黙っている。

「無駄なことで時間を使うのはやめようじゃないか。それより、これを聞いてくれ」

康正はカセットレコーダーのスイッチを入れた。そこから流れてくるのは、先程の弓場佳世子による告白だった。潤一の顔が歪んでいくのを康正は見た。

スイッチを切ってから康正は訊いた。「どう思う?」

「馬鹿げている」と潤一はいった。「彼女はそんなことをしていない」

「じゃあ嘘をついているというわけか」

「……そうです」

「なぜ嘘をつく?」

康正の問いかけに対し、潤一は答えずに横を向いた。

「俺も嘘だと思うよ」と康正はいった。「よく出来た嘘だ。だけど矛盾がある」

そして彼はバッグの中から、プラグのついた電気コードをもう一本取り出した。それにもスイッチが取り付けてある。それを手に、彼は潤一に近づいた。

「変な趣味はないから、心配しないでくれ」

康正は潤一のチェックのシャツのボタンを外した。それからガムテープを少しちぎって、二股に分かれた電気コードの一方を潤一の胸に、もう一方を背中に貼り付けた。「ほら、こんなふうにガムテープでもうまくくっついた」そういってから康正は寝室の中を指差した。

「電気コードを園子の胸と背中に貼り付けるのに、絆創膏を使ってあったと聞いた時から、俺は弓場の仕業ではないという気がしていた。なぜなら貼り付けるだけなら、セロハンテープやガムテープを使えばいいからだ。そういうものなら、本棚の目立つところに置いてある。ところが絆創膏を使ったという。絆創膏はどこにあったか。本棚の上の救急箱の中だ。もちろんそれを使ったって構わない。だけど彼女が使ったというのは解せない。その理由はあんたにもわかるよな。救急箱を取るには、俺でも両腕を伸ばさなきゃならなかった。長身の園子だから届いたのだろうが、背の低い彼女には救急箱を取ることさえ難しいはずだ。ところが夢中だったからコードを貼り付けるのに、どういうテープを使ったのか覚えていないという。救急箱を取るのに、相当な苦労をしたはずなのに、だ。どうだい、この推理は？」

「いいんじゃないですか」潤一は能面のように表情を殺していった。「いい推理だと思いますよ。そこまでわかっているなら、彼女を解放してあげたらどうなんですか。彼女は犯人じゃないと決まったわけなんだから」

「そうしたいのは、俺だって同じなんだ。だから、あんたに本当のことをしゃべってもらいたい」

康正は潤一の身体に繋いだ電気コードを持って元の場所に戻ると、スイッチがＯＦＦになっていることを確認してから、プラグを横のコンセントに近づけていった。差し込む時、潤一が目を閉じるのがわかった。

「弓場佳世子は嘘をついている。それは確実だ。だけど、完全な作り話とは思えない部分もある。たとえば、鍵を郵便受けに戻しておいたといっている点だ。たしかに鍵は郵便受けに入っていた。だけどこのことは犯人しか知らないはずだ。警察だって知らない。俺が回収してしまったからな。じゃあなぜ弓場は、犯人でもないのに、そのことを知っていたんだろう。理由は一つだ。弓場は、犯人から聞いたんだ。そしてそんな重大なことを話す以上、犯人は弓場とただならぬ関係にある者と断言して間違いない」

潤一は相変わらず無表情を保とうとしている。しかしそれが限界に近いことは、頬のあたりのひきつりが示していた。

「彼女と話をさせてください」ようやく彼は答えた。

「それはできないな。なんのために眠らせてあると思う？　あんたたちに駆け引きをする余地を与えないためだ。あんたの発言を聞いて、弓場佳世子が供述内容を変更しないともかぎらないからな」

潤一が唾を飲み込むのが、その喉の動きからわかった。

「まあいい。しゃべりたくないなら、それでいい。俺は警察官として真相を探ろうとしているんじゃない。園子の兄として、犯人を突き止めたいだけだ。だから自白なんて必要ない。証拠も、証言もいらない。必要なのは確信だけだ。で、俺はその確信をほぼ得ている」康正はスイッチに指を載せた。潤一の身体に繋《つな》がっているほうのスイッチだ。「感電死が苦しみを伴うものなのかどうか、俺は知らない。園子のことを思うと、苦しくなかったことを祈るが、今は少しぐらい苦痛を与えるものであってほしいと思うよ」

「待ってください」

「もう時間切れだ」

「あなたはまだ何も知らないじゃないですか」

「知っている。あんたが園子を殺したんだ」

「違うんです」

「何が違う？」

潤一は何かいおうとして、口をつぐんだ。それを見て康正は再びスイッチに手をかけた。

「わかりました」潤一は諦めたようにいった。「お話しします。本当のことを」

「作り話はごめんだぜ」

「わかってます」潤一は大きく胸を上下させた。呼吸音が康正にも聞こえた。「たしかに」と潤一はいった。「あの夜僕は園子さんを殺しにここへ来ました。佳世子さんが話した内容は、すべて僕がしたことです」

「それはもう知っている。懺悔なら聞きたくない」

「そうじゃないです。あなたはまだ何も知らない。今いったじゃないですか。僕がしたことは、佳世子さんが話した内容と同じだって。つまり、どちらが犯人にせよ、犯行を途中でやめたのは事実なんです」

「いい加減なことをいうな。園子は死んでいるんだぞ」

「だからそれについては佳世子さんもいってるじゃないですか。園子さんが自殺したんだって」

「ふざけるな。園子はそんなに弱い女じゃない」

「あなたに彼女の何がわかるというんですか。ずっと離れて暮らしてたくせに」

「……いいたいことはそれだけか」康正はスイッチをぐいと前に出した。

「手紙を読んでくださいっ」潤一がいい放った。

「手紙？」

潤一は、ふうっと息を吐いてから、顎で自分の上着のほうを示した。

「僕の上着の内ポケットに、折り畳んだ便箋が入っています。園子さんが書いたものです。それを読んでみてください」

康正はスイッチを床に置き、潤一の上着に手を伸ばした。内ポケットを探ると、たしかに便箋が入っていた。一度丸めたものらしく、皺《しわ》だらけだった。

「それがゴミ箱のそばに落ちているのを、偶然見つけたんです。それを読んで、僕は自分が間違ったことをしようとしていることに気づいたんです。信じてください」潤一は訴えかける口調でいった。

康正は便箋を広げた。それは二枚に亘《わた》っていた。そこには間違いなく園子の筆跡で、次のようにしたためてあった。

『前略　この手紙は私からあなたたち二人にあてたものです。だから佳世子にも読ませてほしいと思います。そのほうがきっと、あなたたちにとってもいいと思います。

正直なところ、私はまだ混乱しています。悲しんでいるし、あなたたちのことを恨んでもいます。もちろん心の傷だって癒えてはいません。

私はここ数日、どうすればあなたの心を取り戻せるかを考え続けました。もし取り戻せないのならば、少なくとも、あなたたち二人が結ばれるのは阻止してやろうと思いました。そのためにはどんなことだってするつもりでしたから、かなり悪魔的なことも考えついたのですよ。そして実際、準備だってしました。

でも今日、不意に何もかもが空しくなりました。

悪魔に魂を売って、あなたたちの幸せをぶち壊しにできたとしても、私は結局何も得られないのです。後に残るのは、人間としてのプライドも捨てた、惨めな抜け殻だけでしょう。

誤解しないでください。私はあなたたちを許す気など、全くありません。たぶん一生、私を裏切った人間として記憶に残っていくことでしょう。

私はあなたたちに関与するのは、やめることにしたのです。あなたたちの幸せを壊すために、私の貴重な時間や心を費やすのは、馬鹿げたことだと思うことにしたのです。

ですからあなたたちも私のことなど』

ここまで書いたところで誤字でもしたのか黒インクで消した跡があり、あとは空白になっていた。

「いかがですか」康正が読み終わったのを知ったらしく、潤一はいった。「その手紙を見つけた以上、僕が彼女を殺さねばならない理由など、どこにもないでしょう?」

康正は反論の言葉が思いつかなかった。便箋を持つ手が震えた。潤一のいうとおりではある。しかし園子が自ら死を選んだなどとは考えたくなかった。

康正は便箋を二枚まとめて二つに破り、投げ捨てた。四つの紙片は空中で踊り、やがてひらひらと床に散った。

「そんなはずはない」

「でも、そうなんです」

康正が潤一を睨みつけた時だった。ダイニングテーブルの上の電話が鳴りだした。

7

二度三度と呼び出し音を鳴らす電話機をしばらく見つめてから、康正は受話器を上げた。

「……はい」

「和泉さんですね」

「君か」康正は吐息をついた。加賀だった。

「そこに、佃潤一と弓場佳世子がいるでしょう？」

「何のことかな」

「とぼけても無駄ですよ。これから、そっちに行くつもりですから」

「待て。来ないでくれ」

「行きます。そうして、あなたとゆっくり話がしたい」

「俺のほうに話はない」

康正がいった時には、電話が切れていた。彼は乱暴に受話器を叩きつけた。それから二本の電気コードのスイッチを両手で持ち、ドアを睨んだ。

数分後、靴音が近づいてきた。加賀の足音だろうと康正は思った。あの刑事のことだから、すぐ近くから電話してきたに違いなかった。

果たして足音はドアの前で止まった。続いてノックの音がし、ドアノブが回された。鍵がかかっているので、ドアは開かない。

「開けてください」加賀の声だ。

「帰ってくれ」と康正はドアに向かっていった。「これは俺の問題だ」

「開けてください。今開けていただかないと、仲間の刑事を呼ぶことになります。それはあなただって望まないでしょう」

「結構だ。それまでに目的を果たすだけのことだ」康正はスイッチを握り直した。掌に汗をかいていた。

「それはできないでしょう。あなたはまだ答えを見つけていないはずだ」

「当てずっぽうはやめてくれ。君に何がわかる」

「わかるんですよ、自分には。和泉さん、自分を中に入れてください。きっとあなたの力になれる」

「いい加減なことをいうな。証拠なんか、何一つ持っていないくせに」

「じゃあ訊きますが、あなたは妹さんの何を知っているというんですか。あなたは何も知らない。園子さんが死の前日まで、どんなことを考えていたかを知らない。自分はそれについて重大なカードを持っています。お願いです。ここを開けてください」

加賀の熱っぽい口調に、康正の心は揺れた。あの刑事のいっていることは的を射ていた。康正は園子のことが理解できなくなっていた。あの手紙を読んで、迷いが生じていることは否定できなかった。

「いいたいことがあるなら、そこでいったらどうだ」

「中へ入れてください」加賀もまた譲る気はないようだった。

康正はスイッチを置き、ドアのそばに立った。覗き穴に目を寄せると、黒いコートに両手を突っ込んだ加賀が、精悍な顔を康正のほうに向けていた。竹刀を持った時には、面の奥でこういう顔をしているのだろうと思わせる鋭さだった。

「五メートル下がってくれ」康正はいった。「鍵があいても、駆け出さないこと。ドアはゆっくり開けること。約束してくれるか」

「約束します」

加賀はコートを翻し、ドアから離れ始めた。足首が止まったことを確認し、康正は鍵を外した。そして素早く元の場所に戻り、二つのスイッチを手にした。

約束通り、加賀はたっぷりと時間をかけてドアに近づき、ノブを回して開けた。冷たい空気が隙間から室内に流れこんだ。

目前の状況を、刑事は一瞬にして理解したようだった。目を見開きながらも、数回頷いた。

「鍵をかけてくれ」スイッチを両手で持ったまま康正は命じた。

だが加賀はすぐには従わず、寝室の奥に目をやった。「弓場佳世子は？」

「心配しなくても、眠っているだけだ。早く鍵を」

加賀は鍵をかけてから訊いた。「睡眠薬はあなたが何かに混ぜて飲ませたんですか」

「命令したのは俺だが、自分で飲んだんだ。騙すようなことはしない」

「和泉さん、このやり方はよくない」

「大きなお世話だ。それより、君が持っているカードというのを見せてもらおうじゃないか」

「その前に状況を教えてもらいたいですね。彼等はまだ何もしゃべってはいないわけですか」加賀は潤一や佳世子のほうを指して訊いた。

「僕はすべてを話しました」潤一がいった。「後は和泉さんに信じてもらうだけです」

「どういう内容？」

「僕が園子さんを殺そうとした、という内容です」

「殺そうとした？」加賀は眉間の皺を深くした。ちらりと康正を見る。「ということは、殺してはいないという意味かな」

「そうです。途中で止めたんです。でも結局そのことが引き金になって、彼女は自殺したんです」

「でたらめだ。園子がそんなことをするはずがない」

「それは？」加賀は床に置いてあるカセットレコーダーを指差した。

「佳世子さんの話が録音されています」潤一が教えた。「彼女も僕と同じ主張を……。でも彼女は僕を庇っているんです」

「ちょっと失礼」加賀は靴を脱ごうとした。

「こっちへ来るなっ」康正は叫んだ。そしてレコーダーを足で加賀のほうへ蹴った。

靴を履き直した加賀は、レコーダーを操作して弓場佳世子の声を再生した。さらに彼は周辺に落ちている便箋にも気づいた。四つの紙片を拾い集めると、佳世子の告白を聞きながら、園子の書き損じの手紙を黙読し始めた。

「この手紙は？」

「僕が見つけたんです。それを読んで、園子さんを殺すのを中止したんです」

「なるほど。どこで見つけたんだ？」

「寝室のゴミ箱のそばです」

「それを見つけたのは、園子を殺した後じゃないのか」康正がいった。

「違いますっ」

「まあ、ちょっと待って」加賀は二人をなだめるように右の掌を出した。それから再びカセットレコーダーを操作した。そして弓場佳世子の告白を聞き直した。

加賀は潤一に訊いた。「弓場佳世子さんが君を庇っているということは、君は彼女に自分のしたことを話したわけか」

「ええ……」

「なぜ話したんだ？　君のせいで園子さんが自殺した、なんてことを話したら、二人の仲が気まずくなると考えるのがふつうだと思うが」

「隠しておけなかったんですよ。卑怯な気がして」

「話すことで、佳世子さんが苦しむとは思わなかったのか」

「園子さんの自殺で、彼女はすでに傷ついてましたし、薄々何か感づいてもいるようでしたから、思い切って本当のことを話したんです」

「そして彼女にも真相を黙っておくよう命じたわけか」

「そういうわけじゃないですけど……」潤一は口ごもった。

「まあいいだろう。次の質問だ。佳世子さんはテープの中で、部屋を出る前に、カレンダーの裏に園子さん宛てのメッセージを書いたといっている。その点はどうなんだ」

「彼女のいうとおりです。もちろん書いたのは僕ですが」と潤一は答えた。「何か園子さんにお詫びの言葉を残したくて、子猫のカレンダーを破って、その裏に書いたんです。内容は、こんな卑劣な男のことは早く忘れてほしい、というものでした」

「何を使って書いた？　ペン？　ボールペン？」

「筆記具が見当たらなかったので、彼女のバッグを探って、手帳に付いている鉛筆を抜き取りました」

「正解だね。テーブルの上に、手帳用の鉛筆があったことは私も覚えている。しかしメッセージはなかった。なぜだろう」

「そんなはずはありません。よく調べてください。園子さんが自殺する前に、そのへんに捨てたのかもしれない」

「ゴミ箱の中は、充分に調べたよ。そんなものは見つからなかった。もっとも」といってから加賀は康正のほうを向いた。「我々よりも先にこの部屋に入った誰かが、こっそり処分したことも考えられるが」

康正は左手をスイッチから離し、傍らのバッグに入れると、素早くビニール袋の一つを摑んで加賀のほうへ投げた。そしてまたスイッチを握った。

「それがそこのダイニングテーブルの上に置いてあった。小皿に入れてな」

「燃やしたというわけですか」ビニール袋の中を見て加賀はいった。「カラー写真のようなものが二片。それからこの白黒で印刷してある紙がカレンダーですね」

「たぶん園子さんが燃やしたんだ」潤一がいった。「カラー写真というのは、僕が彼女にあげた絵を写したものじゃないかな」

「自殺する前にそういう思い出の品も処分したというわけか」と加賀。

「そうだと思います」

「一応筋は通っている」加賀は園子の書いた便箋の切れ端をひらひらさせた。

「冗談じゃない。こんな話を信じられると思うのか」康正は喚いた。「その燃えかすも、こいつの偽装工作でないとはいいきれないじゃないか」

「でもこんな偽装は無意味ですよ」対照的に加賀は、淡々とした口調でいった。「これが偽装だとして、自殺説を後押しする材料になりますか。何を燃やしたのかもわからないのでは、警察としても判断に困るだけです」

康正は反論できなかった。加賀のいうとおりではあった。事実康正はこの燃えかすについて、何の推理も展開できずにいたのだ。

「もう一つ質問がある」加賀が潤一にいった。「君は園子さんの飲むグラスに睡眠薬を入れたそうだが、その量はどれだけだ？」

「量って……」

「つまり一袋か二袋か、それともそれ以上かと訊いている」

「ああ……もちろん一袋です。佳世子さんも、テープの中でそういってるじゃないですか」

「一袋ねえ」加賀は康正と目を合わせた。何かいいたそうだったが、もう一度潤一のほうに顔を向けた。「しかしテーブルの上には薬の空き袋が二つ置いてあった」

「もしそうなら、それこそ園子さんが自殺したことを物語っているじゃないですか」

「というと？」

「つまり園子さんは一旦目を覚ました後、改めて自殺を計るために、睡眠薬を飲み直す必要があった。その前に僕が空き袋をテーブルに置いていますから、彼女自身が使用した分と合わせて、二つの袋が残っていて当然なんです」

「たしかに当然だ」加賀は小さく肩をすくめた。

「それから」と潤一はいった。「遺体が見つかった時、ワイングラスは二つ出てたということでしたよね」

「そうらしい。私がこの目で見たわけではないがね」

「もし自殺に見せかけるつもりなら、そんなへまはしません。ちゃんと自分が使ったほうのグラスを片づけておきます」

「なるほど。これまた論理的だ」そういって加賀は康正のほうを一瞥した。

康正は首を振り続けていた。園子は結局自殺？　そんな馬鹿なことがあるわけがない、どこかに見落としていることがあるはずだ――。

康正の自信が揺らぎ始めた時だった。

「しかし」加賀が静かにいった。「それでもやっぱり、園子さんは殺されたんだ」

第六章

1

「なぜですか」

沈黙が室内を満たした後、最初に口を開いたのは佃潤一だった。

「僕の話が嘘だという証拠があるんですか」

「園子さんが自殺したのではないという証拠なら持っている」

「何だ、それは」康正は加賀にいった。

「それを話す前に、その仕掛けを解除してもらえませんか」加賀は康正が持っているスイッチを指差した。「和泉さんが真相を探る邪魔は決してしません。だからそういう物騒なことはやめていただきたいのです」

「その言葉を俺がまともに信用すると思うのかい」

「信用していただきたい」

「残念ながら、それは無理だな。君の人間性のことをいってるんじゃない。警官というのは信用できる相手じゃないんだ。そのことは、俺も身に染みて知っている。スイッチを離した途端君に飛びかかられたら、俺としては君に勝てる自信がない」

するとKI賀は吐息をついた。

「自分も、今ではそれほど腕っぷしに自信のあるほうではありませんよ。まあしかし信じてもらえないなら仕方がない。じゃあ和泉さん、これだけは約束してください。そのスイッチを衝動的に入れたりはしないこと。それをしたら、もう永久に妹さんの死の真相を知ることはできなくなります」

「それはわかっている。俺にしても、本当のことを知らないまま復讐を果たしたって仕方がないと思っている」

「いいでしょう」加賀は上着の中に手を入れ、手帳を取り出した。「和泉さん、あなたが妹さんの遺体を発見した時、この部屋の明かりはどうなっていましたか」

「明かりは……」

康正はあの時のことを思い起こした。繰り返し回想していることだから、映画のように克明に再現することができる。

「明かりは消えていた。間違いない。昼間だから、さほど暗くはなかったが」

「そうでしたね。あの時にもあなたはそのように証言なさっています。つまりもし園子さんが自殺したのなら、明かりを消してベッドに入り、眠ったということになります。タイマーで感電死する仕掛けを施した上でね」

「それが何かおかしいんですか」潤一が当惑した顔で訊いた。「眠る前に明かりを消すというのは、ごく自然な行為じゃないんですか。たとえ死ぬための眠りにしても」

若者の質問に、刑事は苦笑した。

「文学的な表現だな。死ぬための眠り……か」

「茶化さないでください」

「茶化してるわけじゃない。ここのところが重要なんだ」加賀は厳しい顔に戻って手帳を見た。「じつは目撃者がいる」

「目撃者？」康正は目を見開いた。

「といっても、犯人や犯行を目撃したという意味じゃありません。この部屋の真上に住んでいるホステスが、あの夜仕事を終えてこのマンションに戻ってきた時に見ているんです。この部屋の窓に明かりが灯っているのをね。そんな遅い時間にこの部屋に明かりがついていたことは珍しいので何となく覚えていたら、後日になって住人が自殺したという記事が新聞に載ったので、びっくりしたということでした」

「そのホステスが帰ってきた時刻は？」と康正が訊いた。

「正確にはわかりませんが、午前一時を過ぎていたことは確実のようです」

「午前一時過ぎ……」

「わかりませんね。そのことがなぜ、園子さんが殺されたという結論に繋がるんですか。その時間、まだ彼女が生きていたというだけのことじゃないですか」ややヒステリックに潤一はいった。身動きできないことが、苛立ちを助長しているに違いなかった。

「ところがそうはならない」と加賀はいった。

「なぜです」

「タイマーは一時にセットしてあったからだ。もし園子さんの死が自殺なら、午前一時にはすべてが完了していたことになる。つまり明かりも消えていなければならない」加賀のよく通る声が狭い室内で反響した。

「それは」といったきり、潤一は黙り込んだ。反論が思いつかなかったのだろう。

康正は唇を噛み、加賀を見上げて頷いた。

「たしかに強力な証言だな」

「そのとおりです。ただし、強力ではありますが、ドアチェーンがかかってなかったことを和泉さんが供述してくださらないかぎり、この証言も採用されにくいでしょう」

加賀が皮肉っぽくいったが、康正はそれを無視した。

「午前一時過ぎに明かりがついていたということは、その時まだ犯人はここにいたということか……」

「じゃあ少なくとも僕が犯人でないことはわかっていただけますね。その時間僕が自分のマンションにいたことは、和泉さんだって充分お調べになったでしょう」

潤一の訴えは、康正としても退けにくいものだった。午前一時までの潤一のアリバイについては崩すことが可能だ。しかし同じマンションに住む佐藤幸広が嘘をついていないかぎり、一時から二時までの彼のアリバイは完璧である。

するとやはり――康正はまだ眠ったままの弓場佳世子を見た。

「いや、明かりがついていたからといって、その時に犯人がここにいたとはかぎらない」だがここで加賀が反論した。「その時はまだ園子さんは生きていて、犯行はもっとずっと後なのかもしれない」

「僕は午前二時頃まで自分のマンションにいたんですよ」

「タクシーを使えば二時半頃には着けるだろう。ほかの人間ならともかく、相手が君ならば、そんな時間でも園子さんは怪しまずに部屋に入れたんじゃないかな」

「僕がここへ来たのは十一時頃です」

「それを証明できるか?」

「できるわけないじゃないですか。ここへ来なかったことを証明するために、わざわざアリバイを用意したぐらいなんですから」

「それは皮肉だったな」

「しかし」と康正は口を開いた。「そいつがこの部屋に来たのは、本人のいっている通り、十一時頃じゃないかな」

「ここで一転弁護ですか。なぜそう思いますか」と加賀は訊いた。

「この上に住んでいるとかいうホステスの、その夜にかぎって一時過ぎまで部屋の明かりがついていたという証言が引っかかる。その時すでに何かが起こっていたと考えるのが妥当じゃないかな。また、荷物のこともある」

「荷物？」

「もし殺されなければ、園子は次の日名古屋に帰ってくる予定だった。当然そのための準備をしていたはずだ。しかしこの部屋に、そんな形跡はなかった。荷物をまとめ始める前に誰かがやってきたから、と考えると辻褄はあう」

「だからそれが僕だったんです」潤一が身体をよじらせ、必死の様子を見せた。

「もしそうなら、一時過ぎに部屋の明かりがついていたのはなぜだ」加賀が訊いた。

「ですから、僕が出ていった時のままになっていて……」

「園子さんはまだ生きていたというのか。タイマーの矛盾はどうする？」

先程と同じやりとりの末、またしても潤一は沈黙することになった。しかし今度はすぐに口を開いた。

「そのホステスの証言が間違っているんだ。一時過ぎに明かりがついていたというのは、その女性の錯覚です」

加賀がお手上げのポーズをした。しかしその顔におどけたところはない。

康正は情景を思い浮かべた。仮に潤一の話が嘘でないなら、彼は殺人を放棄して十二時過ぎにはここを出たことになる。そうしないと一時までに自分の部屋に戻れないからだ。この時点で部屋に鍵はかかり園子は眠ったままだ。その状態がしばらく続く。ホステスが一時過ぎに部屋の明かりがついているのを目撃したというのも頷ける。

ところがそれから園子は死んだ。部屋の明かりも消えた。そしてタイマーは一時にセットされていた。

康正は加賀を見上げた。

「一つだけ考えられることがある」

「そうですね」すでに同じ考えに至っていたらしく、加賀は即座に同意した。「しかしそれを証明できますか」

「証明する必要はない。俺は裁判をする気はないからな。だけど……」康正はまだ眠ったままの弓場佳世子を見た。

「眠れる森の美女を目覚めさせる必要がありそうですね」

加賀の言い方に揶揄したような調子が含まれているのは、この状態でどうやって弓場佳世子を目覚めさせるのかという疑問があるからだろう。佳世子は見事に熟睡しており、声をかけた程度では目を覚ましそうにない。

「あとは俺一人で解決する」

「君は出ていってくれ」康正は加賀にいった。「あとは俺一人で解決する」

「あなただけでは真相には到達できない」

「できるさ」

「あなたは肝心なことを知らない。私があなたに提供できる情報が、ホステスの証言だけだと思っているんですか」

「ほかに情報を持っているなら、今聞こう」

「それはできません。こちらの切り札ですから」

「切り札を持っているのは、こっちのほうだ」康正は両手のスイッチを持ち上げた。

「そのスイッチを入れたら、あなたは何も得られない。真相を知らないままでは、復讐を果たしたことにはならない」

鋭い眼光を加賀は康正に浴びせてきた。その目を康正は正面から受けとめた。全身に鳥肌が立った。

「出ていってくれ」康正はいった。加賀がかぶりを振ったので、それを見ながら彼は続けた。「ただしあの女を起こす間だけだ。女が目を覚ましたら、もう一度君を中に入れる。それでどうだ」

「約束ですよ」

「約束する。ただし君も約束してくれ。外に出てから電気の屋外配線を切るようなことはしないでほしい。もしそれをしたら、当然君を中には入れず、俺は別の復讐手段を考えるだけだ。この部屋の中には包丁だってあるんだからな」

「わかりました」

加賀は身を翻《ひるがえ》し、鍵を外してからドアを開けた。冷気が勢いよく入り込んでくる。加賀は一度康正のほうを振り返ってから、外に出てドアを閉めた。

康正は加賀が突然飛び込んでくることを警戒し、すぐにスイッチに飛びつけるような体勢を保ちつつ、ドアに近づいた。しかし加賀は不意をついてくることはなかった。康正はドアに鍵をかけた。

彼はバッグを開け、アンモニア水の瓶を出した。それを持って寝室に入った。弓場佳世子は首を不自然な形に曲げた格好で眠っている。規則正しい呼吸音が聞こえた。

彼は瓶の蓋を取り、彼女の鼻に近づけた。反応は早かった。すぐに彼女は眉を寄せて顔をそむけた。さらに瓶を近づけると、顔をしかめながら細く目を開いた。

「起きるんだ」康正は少し乱暴に、彼女の頬を二度叩いた。

弓場佳世子はまだ頭が朦朧《もうろう》としているようだった。康正は再度アンモニア水の瓶を鼻先に突きつけた。彼女は今度は大きく身体をのけぞらせた。

康正はキッチンへ行き、コップに水を汲んで彼女のところに戻った。そして口を開かせ、そこに水を流し込んだ。彼女は飲み始めたが、すぐにむせて咳をした。それで却って目が覚めたようだ。瞬きして、周りを見回した。

「あれから……どうなったんですか」

「真相を探っている最中さ。いよいよあんたにも、本当のことをしゃべってもらわなくちゃいけない」

康正は玄関へ行き、覗き穴から外を見た。加賀はこちらに背中を向けて立っている。鍵を外すと、その音に気づいたらしく振り向いた。

「いいぞ」そういって康正はスイッチのところに戻った。

ドアが開き、加賀が入ってきた。彼は寝室の弓場佳世子に目を向けた。

「気分はどうかな」

「これはいったい……どういうことなんですか」状況がまだ飲み込めていない佳世子は、佃潤一の姿や刑事の出現に、怯えと戸惑いの混じった目をした。

「君か僕のどちらかが園子さんを殺した――和泉さんはそういってきかないんだ」潤一がいった。

「事実をいっているだけだ」

「そんな……だからあたしが殺そうとして、それで結局やめたんだっていってるじゃないですか」

「そんなことが嘘だということは、もう判明している。あんたがさっきいったことを実際に行ったのは自分だと、この男が白状しているんだ」康正は潤一のほうに顎を突き出した。「そう考えたほうが、筋も通る」

「潤一さん……」

「全部話したんだよ。僕が園子さんを殺すために、いろいろな仕掛けをしたけど、園子さんが僕宛に書いた手紙を見つけて思い直したってことをね」

「ただし」康正は続けた。「園子の死は自殺じゃない。自殺ならばすでに園子が死んでいたはずの午前一時過ぎ、この部屋に明かりがついていたのを目撃している人間がいるんだ」

この意味が、佳世子はすぐには理解できなかったようだ。しかし何秒間かの沈黙の後、彼女の目が一瞬大きくなった。先程までの朦朧とした表情は消えていた。

「佃が嘘をついていないのなら、考えられることは一つだ。佃が出ていった後、この部屋に別の人間が入ったことになる。では園子が睡眠薬で眠らされているにもかかわらず、この部屋に入れるのは誰か。佃は部屋を出る時に鍵をかけたといっている」康正は佳世子を見つめた。「合鍵を持っている、もう一人の人物、つまりあんただということになる」

「どうしてあたしが……」

「もちろん園子を殺すためだ。偶然にも佃と同じ夜に、あんたは犯行を決断したんだ」

「違います」佳世子は激しく首を振った。

構わずに康正は続けた。

「しかしあんたはこの部屋に入って、すでに先客がいたことを知った。捨てられた電気コード、カレンダーの裏に書かれたメモなどから、佃が何をしようとしたのかを理解した。そこであんたはじつに大胆なことを思いついた。佃が中止した方法を使い、園子を自殺に見せかけて殺すことにしたんだ」

弓場佳世子は首を振り続けている。目の周りは赤いが、頬は青白かった。

「あんたにとって重要なことは、警察だけでなく、佃をも騙さなければならないということだった。せっかく佃が殺しを思いとどまったのに、あんたが続きを敢行したとなれば、二人の関係に影響が出るのは避けられないからな。そこで単なる偽装自殺工作だけでなく、佃に対しての工作も行われた。ワイングラスの片方を片づけておかなかったのは、園子が自殺する前にわざわざ一方のワイングラスだけを片づけるはずがないからだ。またメッセージを書いたカレンダーを写真と一緒に焼いたのは、園子の怒りと悲しみを表現したつもりだったのだろう。ついでにいえば、それらを完全に焼かず、燃えかすを少し残しておいたのも意図的なものだった。何を焼いたかわからないのでは、意味がないからな。睡眠薬の空き袋を二つにしておいたのも、じつに芸が細かい。園子が改めて睡眠薬を飲んだとなれば、当然空き袋も二つなくてはおかしいからな。しかしこれらの細工もすべて警察にではなく、佃に自殺だと思わせるためのものだった。現場の状況がどの程度公表されるかはわからないが、万一佃の耳に入った時のことを考えて、そういった工作をしておいたんだ」

「こじつけだ」叫んだのは潤一のほうだった。「何の証拠もないのに、どうしてそんなことがいえるんだ。単なるいいがかりじゃないか」

「じゃあこれ以外に筋の通った説明ができるかい。それともやっぱりあんたが園子を殺したと白状するのか」

「佳世子さんがこの部屋に来たという証拠はない」

「ほかに合鍵を持っているのはこの女だけだ」

「鍵なんか、その気になれば誰でもこじあけられると聞いたことがあります」

「それなら加賀刑事に訊いてみるんだな。こじあけた痕跡を鑑識が見つけたかどうか」

康正の言葉に、潤一は刑事を見上げた。刑事は黙って首を振った。

「そんなこと……」弓場佳世子が絞り出すような声でいった。「そんなこと、今まで考えたこともありませんでした。いったん殺人を中止したのに、ほかの人間がまた自殺に見せかけて殺すなんて……」

「そういうひねくれたことを考えつくのは警察の人間だけだ。僕たちには想像もできない」

潤一が喚いた。

佳世子は放心したような顔で、虚ろな視線を宙に向けた後、再びかぶりを振った。

「あたし、園子を殺してなんかいません」

「さっきは殺そうとしたと涙まで流して見せたくせに、今度は逆のことを主張するわけか」

「さっきのは僕を庇うための嘘だったんだ」潤一が口を出した。「今、彼女がいっていることが本当のことだ」

佳世子は首を折り、すすり泣きを始めている。そんな彼女を康正は虚しい思いで眺めた。涙など信用できないことは、もう何年も前から知っている。

「あんたを信じてやる理由がない。これ以上説得力のある解答を、あんたが出してくれるなら話は別だがね」

佳世子はいい返さない。ただ泣いているだけだ。

「そこまでは、自分も考えました」ここで加賀が口を挟んできた。「二人目の侵入者が、一人目のことを意識して偽装工作したと考えると、すべて納得いきますからね。たった今和泉さんがおっしゃった以外に、ワインボトルのことがあります。なぜ空になっていたのかについて、あなたとも話しました。そこでこう考えると辻褄が合います。つまり真犯人は園子さんが睡眠薬を飲まされたことはわかったが、薬がどこに仕掛けられているのかわからなかった。グラスの中だけか、それとも瓶の中か。そこで念のために瓶を空にし、奇麗に洗っておいた、というわけです。瓶から睡眠薬が検出されると、自殺にしてはおかしいということになりますからね」

説得力のある仮説だった。

「貴重な意見をありがとう。君のいうとおりだ」

「ただし、最初にいったように、それを証明することは現時点ではできないのです。弓場佳世子容疑者が、あの夜ここに来たという証拠はない」

「髪の毛が落ちていた」

「だからそれは、その前の水曜日に落ちたんだと思います」佳世子が涙声でいった。

「だがほかの人間の髪は落ちていない。見つかったのは、あんたと佃と園子の髪だけだ」

「でも和泉さん、現場に必ず犯人の髪が落ちているというものではありません。それを防ぐために帽子をかぶる強盗犯も少なくない」

加賀の言葉に、康正は顔を歪めた。そのことは彼自身、わかっていることではあった。

康正は弓場佳世子を見た。佳世子はじっとうつむいたままだった。ついさっきまでは佃が犯人だと信じて疑わなかったが、今はこの女が犯人である確率のほうがはるかに高いと康正は考えていた。あと一つ何か材料があれば、確信に変わるはずだった。

現場から採集した、様々な物品を思い浮かべた。燃えかす、髪の毛、それから何があったか。

まだ答えの出ていないものがいくつかあったことを康正は思い出した。これまでは事件には関係ないと思い込んでいたが、それでよかったのか。

髪の毛……帽子をかぶる強盗、か――。

ある新聞記事が脳裏に蘇った。記事の中のキーワードが、彼の思考回路を刺激した。奥歯に挟まっていた魚の小骨がとれたような快感が全身に走った。

彼は数秒間目を閉じ、そして開いた。たったこれだけの時間で、彼の直感は具体的なアイデアとなった。加賀を見上げた。

「証明は可能だ」と彼はいった。

2

「何か手がかりがありましたか」と加賀は訊いた。

「あった」康正は傍らのバッグを、素早く加賀の前へほうり投げた。「その中に、口をホッチキスで留めた小さいビニール袋と、細いビニールロープが入っている。出してみてくれ」

加賀はしゃがみこみ、バッグの中を探った。目的のものはすぐに見つかったようだ。

「これとこれですね。何ですか」それぞれを両方の手に持って訊いた。

「ビニール袋を見てくれ。よく見ると、中に少量の土が入ってるだろう?」

「そのようですね」

「園子の遺体を見つけた時に、この部屋で採取したものだ。まるで誰かが土足で上がり込んだように、土が落ちていた」

「土足?」

「さらにそのビニールロープも、この部屋で拾った。園子の死とは関係ないような気もしたが、一応確保しておいたわけだ」

「この二つに、何らかの意味をつけられるということですか」

「ああ、つけられる」康正は弓場佳世子を振り返った。「ずいぶん乱暴なことを考えたものだ。いざとなると、女のほうが度胸があるのかね」

佳世子はかすかに唇を動かした。しかし声は出てこない。その目を潤一のほうに向けた。

「何をいってるんだ。口からでまかせを」潤一がいった。

「でまかせじゃないことは、調べればわかる」康正は再び加賀を見上げた。「さっき俺は、弓場も園子を殺すつもりでここへやってきたが、佃の犯行を引き継ぐことで偽装自殺に見せかけることにしたといった。君もその考えには同意のようだ。では、元々弓場は、どうやって園子を殺すつもりだったと思う？」

「それはわかりません」

「そうだろうな。だけど俺にはわかる。弓場は、眠っている園子の首を絞めて殺すつもりだったんだ。そのビニールロープを使ってな」

加賀は怪訝そうに顔を少し傾けた。「なぜそう断言できますか」

「それは君にはすぐに理解できるはずだ。女のひとり暮らし、絞殺、土足――これで何か思い出すことはないか？」

加賀は口の中で、その言葉を何度か繰り返したようだ。やがて勘の鋭い刑事は、ここでもその明敏さを発揮した。

「OL殺しか」

「そういうことだ」康正は頷いた。「この管内で起きている、連続OL殺しだ。たしか練馬警察署に捜査本部が設置されているんだったな。あの犯人のやり口が、土足で上がり込み、眠っている女性を暴行した後、紐で首を絞めて殺すというものだった。部屋の中を物色していくこともある。弓場はあのやり口を真似ることで、園子も同じ犯人に殺されたと見せかけることを考えたわけだ」

「ばかばかしいっ」潤一が声をあげた。「仮に誰かがそんなふうに忍び込んだのだとしても、それが佳世子さんだという証拠はない」

「だから調べればわかるといっているだろう」

「何を調べるんですか」

「車さ。弓場佳世子にはミニクーパーという愛車がある。おそらくあれを使って、この部屋へやってきたんだろう。来る時はともかく、帰る時には電車がなくなっているからな。あの車内に残されている土を調べれば、今加賀刑事が持っている土と同じものだということがわかるはずだ」

「わかりました。早速調べるよう手配しましょう」

加賀がいったが、康正は首を振った。

「その必要はない」そういって康正は佳世子を見た。「この顔を見れば、今の推理が当たってるのかどうかは一目瞭然だ」

彼女は瞼を閉じていた。顔から血の気が引いていた。

そんな彼女に康正は続けていった。

「さあ、いいたいことがあるんならいうんだな。俺にはもう何ひとつ疑問はない。真相はすべてわかった。今ここであんたが死んでも、全く構わないんだ」

「やめろっ」潤一は叫んだ。

やがて佳世子が顔を上げた。

「違うんです……でもやっぱり違うんです」

「そんなことをいくら繰り返しても、もう俺の気持ちはぐらつかない」

「お願いです。聞いてください。あなたのおっしゃるとおり、あの夜あたしはここへ来ました。それは本当です。ＯＬが襲われる事件が続いていたので、それに見せかけるつもりだったというのも、そのとおりです。あの時はどうかしていたと、自分でも思います。気が変になっていたんです」

「今度は一時的な錯乱を主張するわけか」

「そうじゃありません。たとえ一時でも、園子を殺そうとしたことは許されないと思います。だからこそさっきは、潤一さんがしたことを、あたしがしたことにして、和泉さんに告白したんです。方法は違っても、殺そうとしたことには変わりはありませんから。でもこれだけは絶対に本当です。あたしは結局殺さなかったんです」

「まだそんなことを」

「和泉さん、彼女の話を聞いてみましょう」加賀が康正の言葉を遮り、弓場佳世子にいった。「君がここへ来たのは何時頃だ」

「十二時少し前……だったと思います」

「部屋にはどうやって入った？　いきなり合鍵を使ってドアを開けたのか」

佳世子は首を振った。

「まずチャイムを鳴らしました。園子が起きていると思いましたから」

「なぜ？」

「さっきあなたがたもおっしゃったじゃないですか。この部屋の窓に明かりがついているのが外から見えたからです」

「明かりが消えていたら忍び込むつもりだったのか」

「それは……二通りのことを考えていました」

「二通りとは？」

「鍵を外してみて、ドアチェーンがしてなかったらそのまま忍び込もうと思っていました。

もしてあったら、もう一度鍵をかけて、チャイムを鳴らすつもりでした」

「園子さんが起きていたら、首を絞めるのは至難だろう。君のほうがはるかに背も低い。それでもやるつもりだったのか」加賀が当然の疑問を投げかけた。

「潤一さんと同じです。あたしもやっぱり隙を見て彼女を眠らせるつもりでした。そのために彼女から貰った睡眠薬を用意してたんです」

また睡眠薬か、と加賀は小さく首を振った。「ところが実際には明かりがついていた。それでチャイムを鳴らしたが返事はなかったわけだ。その場合はどうするつもりだった」

「そういうことは考えていませんでした。だから少し迷ったんですけど、最後には思い切って鍵をあけてみることにしたんです。そうしたらドアチェーンはしていなくて、中に入ることができました」

「入ってみると、部屋の中には佃の犯行中止の跡があったわけだ」康正はいった。

「いえ、そうじゃなくて……」佳世子はいいよどんでから、「話してもいいわね」と潤一に訊いた。

「いいよ」と潤一は答えた。あきらめの表情になっていた。

「あたしが来た時」佳世子は唾を飲んだ。「潤一さんは、まだここにいたんです」

「何？」康正は驚いて潤一を見た。

潤一は目をそらし、唇を嚙んだ。

「考えられることだ」と加賀がいった。「十二時前なら、まだ彼がここにいた可能性はある。隣の女性が聞いた男女の話し声は、この二人のものだったんだ」

「園子を殺そうとした人間の鉢合わせか」康正は自分の頰がひきつるのを感じた。「笑う気にもなれない。それでどうしたんだ。二人で殺そうってことで話が一致したのか」

「そうじゃありません。その時彼は、もう園子を殺すことは取り止めにして、片付けているところだったんです。でも急にチャイムが鳴らされて、おまけにドアが開いたものだから、彼は咄嗟に寝室の戸の陰に隠れたらしいです。そこへあたしが強盗みたいに土足で、入っていっちゃったんです。彼が現れた時には、心臓が止まりそうなほどびっくりしました。もちろん彼も驚いていました。あたしの格好を見て、あたしが何をしようとしていたのか、彼はすぐにわかったみたいです。そうして、園子の手紙を……潤一さん宛てに書きかけた手紙を見せてくれました。それを見て、彼が思い止まった理由がわかりました。同時に、自分がいかに間違ったことをしようとしていたかにも気づいたんです」

「つまり彼女も思い直したということです」潤一がいった。

「思い直して、その後は？」加賀が二人を交互に見ながら促した。

「僕は猫のカレンダーの裏に、先程いったメッセージを書いて残すと、先にここを出ました。アリバイ作りのために、午前一時に僕の部屋に人が来るよう手配しておきましたから、それまでに戻りたかったのです。後は彼女が片付けておくといってくれましたから」

「すると一緒に部屋を出たわけじゃないんだな」康正は念を押した。「あんたは部屋に残ったというわけだ」佳世子を見た。

彼の言葉の意味を彼女は悟ったようだ。はっとしたように目を見張り、次にはかぶりを振った。

「あたし、少し後片付けをしただけです。それだけですぐに部屋を出ました。本当なんです。信じてください」

「じゃあワインボトルを空にしておいたのも君か？」加賀が訊いた。

「そうです」

「何のために？」

「睡眠薬が入っていると思ったからです。残しておいて、また園子が飲んでもいけないと思って……」

「なるほど」加賀は康正を見て、肩をすくめた。

「自分の部屋に帰ってしばらくしてから、潤一さんに電話しました。あのまま何もせずに帰ったから安心してといいました」

「たしかに一時半頃、彼女からそういう電話をもらいました」潤一がいった。佐藤幸広との会話中にかかってきた電話とは、これだったらしい。「あんたが部屋を出たのは何時頃だ？」康正が訊いた。

「十二時二十分頃だったと思います。ドアに鍵をかけて、その鍵は郵便受けに戻しておきました」

「嘘だ。一時過ぎに明かりがついているのを見ている人間がいるんだ」

「嘘じゃありません。本当にあたしが部屋を出たのは十二時二十分頃です」

「じゃあなぜ明かりがついていたんだ。俺が遺体を見つけた時には、明かりは消えていた」

「だからそれは……」佳世子は佃潤一のほうを気にする素振りを見せた。

佃が吐息と共にいった。「明かりを消したのは、次の日です」

「次の日？」

「はい。次の日にここへ来たんです。彼女と二人で」

「ふざけるな。よくそんなでたらめを」

「ちょっと待って」加賀が間に割って入った。「もう少し詳しく話してくれ。次の日というと、土曜日か。土曜日にここへ来たのか。何のために？」

弓場佳世子が顔を上げた。

「あたし、園子のことがどうしても気になって、ここへ何度も電話したんです。でも彼女は全然出ないし、そのうちに嫌な予感がして、いてもたってもいられなくなったものですから、潤一さんに相談したんです」

「それで二人で様子を見に来たというわけか」

「そうです」潤一は肯定した。「僕も心配でしたからね」

「その時チャイムを鳴らしたかい」加賀はまた佳世子に質問した。

「鳴らしました」

「隣の住人の話と一致する」加賀は康正にいってから、「それから？」と佳世子を促した。

「返事がないので、潤一さんの合鍵を使って中に入りました。そうして……」彼女は一度ゆっくりと瞼を閉じ、またゆっくりと開いて答えた。「園子が死んでいるのを見つけました」

「どういった状況だった？」加賀は潤一を見た。

「そういわれても一言では……だから、和泉さんが発見された時と同じのはずです。違うのは、その時は明かりがついていたということだけです。それを消しただけで、後はどこにも触れずに、僕たちは立ち去りました」

「なぜその時に警察に届けなかった」

「すみません。でも届けたら、きっと自分たちが疑われると思ったんです」

加賀は康正のほうを見た。どう思うか、と問い掛ける目だった。

康正はいった。

「タイマーがセットしてあったのは一時だ。弓場が部屋を出たのが十二時二十分頃だというなら、園子が自殺したとすれば、たかだか四十分の間に園子は目を覚まし、面倒なセットをして自殺したということになる」

「だけどありえないことではない」加賀がいった。そしてコートのポケットに両手を突っ込んだまま、ドアにもたれた。口を半開きにして康正を見下ろしてきた。

会話が途切れた。

風が強いのか、ぱたぱたとベランダの外で何かがはためく音がした。時折、みしりという軋み音もする。だから安普請の建物はだめだ、と康正は全く無関係なことを考えた。

「どう思います？」ようやく加賀が康正に問いかけてきた。「彼等の言い分に矛盾はありませんが」

「こんな話を信用できると思うか」康正は吐き捨てた。

「あなたの気持ちはわかりますが、明確に否定する材料がないかぎり、彼等を殺人犯扱いするわけにはいかない」

「何度もいってるだろう。俺は裁判をする気はないんだ。俺が確信を持てれば、それでいいんだ」

「では確信を持てますか？　どちらかが妹さんを殺したのか、断言できますか」

「できるとも。この女だ」康正は佳世子を見た。「今までの話を総合すると、可能性は二つに絞られる。一つは、こいつらのいうとおり園子は自殺したということ。もう一つは、現場に残ったこの女が殺したということだ。しかし園子は自殺なんかする奴じゃない。だからこの女が犯人としか考えられない。あの手紙を読んで考え直したとかいっているが、人間の殺意というのは、そう簡単に消え去ったりしないものだ」

「妹さんが決して自殺しないとはいいきれないでしょう。あなただって、最初に遺体を見つけた時は、自殺だと思い込んだはずだ」

「一瞬の気の迷いさ」

「その迷いが、妹さんにも起きなかったとはいいきれないじゃないですか」

「もういい。これは君にはわからないことだ。園子のことは俺が一番よくわかる」

「ならば佃はどうですか。佃はもう容疑者ではないんですか」

「僕だって殺してません」佃が唇を尖らせた。

「黙ってろ」加賀が一蹴した。「俺は今、和泉さんと話をしているんだ。――どうなんですか。この男はもう無実ということですか。あなたは今の話を聞いて、最後までこの部屋に残っていたのが弓場佳世子ということだから、彼女を犯人と思った。じゃあ、弓場が帰った後、もう一度佃がやってきたと考えたらどうですか」

「……なんだと？」

加賀の言葉がすぐには理解できず、康正は頭の中を整理するのに何秒間かを要した。

「馬鹿なことをいわないでください」佃が必死の形相で抗議した。「どうして、もう一度僕がここへ来る必要があるんですか。わざわざ犯行を取りやめにしたというのに」

「そうだ。戻ってくる理由がない」ここでは康正も、佃の意見に同調するしかなかった。

「そうでしょうか」

「違うか」

「たしかに、犯行を取りやめにしてこの部屋を出たのだとしたら、戻ってくる理由はない。だけど——」加賀は右手の人差し指を立てた。「もしそうじゃなかったら？」

「そうじゃなかったら？　それはどういう意味だ」

「佃は犯行を取りやめにする気はなかった。だけど弓場佳世子が現われたことで、やむをえず、いったん中断して、この部屋を出ていっただけだったとしたらどうでしょう。人殺しをしたという秘密を共有することは、お互いを不幸にする危険性が高いですからね。そこでとりあえず、それを回避したというわけです。そして充分に時間が経った頃、犯行を完遂するために、再びここへ戻って来ることも考えられるんじゃないですか」

「なんだと……」康正は加賀の荒削りな顔を見つめ、この不可解な言葉の意味を考えた。しかし閃くものはなかった。「いっている意味がよくわからない」

「弓場佳世子は、自分がここへ来た時、佃がすでに犯行を中止していたといっています。でもそれは、彼女がそう思ったにすぎない。中止したという佃の言葉を鵜呑みにしただけだと考えることもできます」

「本当はそうではなかったと……」

「違います。本当に僕は」佃が懸命に弁明しようとした。

「黙ってろといってるだろう」加賀がいい放った。そして再び康正のほうを向いた。「弓場に後を任せて自分の部屋に帰った後、やはり園子さんを殺すべきだと考え、ここへ戻ってきたことは充分に考えられるでしょう。弓場佳世子によって片づけられた電気コードなどを再度セットし、今度こそ殺害を敢行する。しかし今度は弓場に対しても、これが正真正銘の自殺であることを示さねばならない。先程和泉さんが弓場にいったのと同じことが、ここでもいえるわけです。すなわち、二つ出たままになっているワイングラスはそのままにしておかざるをえないし、園子さん宛てに書かれたメッセージは、それとわかる程度に燃やさねばならない。さらに睡眠薬の空き袋をもう一つ置いておかねばならない。そこまでの偽装工作を行った後、ようやく現場を立ち去ることができたわけです。もちろんこれは佃にとっては予定外の行動でした。本当は最初の時に園子さんを殺し、さらに午前二時以降のアリバイをも完璧にしておく予定だった。ところが出直したことで、せっかくの最初のトリックも無駄になってしまった——」

一気にそこまでしゃべった後、「いかがですか」と康正に尋ねた。

康正はため息をついた。

「いつからその推理を立てていた？　今この場で思いついた考えじゃないだろう？」

加賀は苦笑した。

「弓場佳世子と佃潤一に容疑者を絞ってから、様々な仮説を立てました。状況に合致する仮説をね。わたしはあなたのことを、少ない物的証拠から仮説を立てるプロだと思っています。でも殺人事件に関しては、私のほうがプロです」

「なるほどな」

「今の仮説に矛盾はありますか」

「いや、ないな」康正は首を振った。「見事に辻褄が合ってる。ただし」加賀を見上げた。

「その場合でも、弓場のほうが犯人という可能性もある」

「おっしゃるとおりです」加賀は頷いた。「さらにいうならば、園子さんが自殺した可能性も依然として残っている」

康正は呻いた。

犯人は、佃の犯行を引き継いだ弓場佳世子なのか。

それとも佳世子によって中止された犯行を、改めて佃が実行したのか。

あるいはやはり自殺か。

これほど延々と真相を目指して議論をぶつけあった結果が、このような形になるとは康正は予想していなかった。彼は当初から加賀にもいっていたように、たとえ証拠がなくても、自分が確信を持てる答えさえ見つかればいいと思っていたのだ。

だが今や、どの答えについても自信が持てなかった。

「正直にいってみろ」康正は二人の容疑者を交互に睨みつけた。「殺したのはどっちなんだ?」

「どちらでもありませんよ」と潤一は答えた。長時間の拘束と精神的な疲れからか、その声に張りはなかった。「あなたは最初から間違っているんです」

「園子はあたしのしたことにショックを受けて自殺したんです。そういう意味では、あたしたち二人が殺したといえますけど……」

「そういう答えを聞きたいんじゃないっ」

康正の怒鳴り声に、二人は完全に沈黙した。

厄介なのは、どちらかがもう一方を庇っているわけではないということだった。犯人でないほうは、こうしている今も、相手のことを信じている。園子の死は自殺だったと、本気で思い込んでいるに違いないのだ。

「和泉さん」加賀が静かにいった。「この審判は、我々に任せていただけませんか。今この場では、ここまでが限界だ」

「君たちに任せて、何がどうなるというんだ。結局答えを出せず、自殺だったということになるのがオチじゃないのか」

「それはならない。誓ってもいい」

「さあ、それはどうかね。君たちの上司は、はじめから自殺で処理したい考えだったからな。とにかく俺は、この場で決着をつける」

「和泉さん……」
「もう話しかけないでくれ」

3

顔の表面に脂が浮いているのが自分でもわかった。濡れたタオルで拭きたいと思った。しかし両手に持ったスイッチを離すわけにはいかない。その瞬間を、加賀は待っているのだ。康正は尿意も催し始めていた。佃潤一や弓場佳世子が、そういうことをいいださなかったのは助かった。だがいつまでもそれが続くわけではない。その時にどうするかを考えておく必要もあった。

答えを見つけなければ、と康正は焦った。もしこの場で見つけられなければ、もう二度と自分の手で復讐を果たすチャンスはないに違いなかった。

だが答えを見つけることなどできるのだろうか。

康正は頭の中で、あらゆるものを検証し尽くしていた。

手詰まりか、と諦めの気持ちがふっと首をもたげた。彼は加賀を見上げた。刑事は広い背中を康正のほうに向け、玄関先に腰を下ろしていた。コートは着たままだった。じっと何かを待っているように見えた。

俺が観念するのを待っているのだろう、と康正は思った。この刑事は俺が答えを出せないことを知っているのだ。

ではこの男には答えを出せるのか。

康正は、先程この刑事が発した台詞を思い起こした。

「それはならない、誓ってもいい」

なぜあれほど断定的にいえたのだろうと不思議になった。先程この男は、上階に住むホステスの証言を、園子の死が自殺でなかったことの根拠として述べた。だが今では、それも根拠にはならなくなっている。にもかかわらず、自信たっぷりに断言できたのはなぜか。

まだ何かカードを持っているということか。

康正は歯がゆかった。自分が仮説を立てるプロだという自負はある。だがたしかに殺人事件に関しては、この男のほうが上なのかもしれなかった。

康正は、これまでに加賀と交わした会話のすべてを思い出そうと試みた。この刑事は何度も意味有り気な発言をしている。そしてそれらは殆どすべて、実際に意味があったのだ。だがその意味が判明していない台詞が残っているのではないか。

康正の視線が、加賀の少し横に移った。靴箱の向こうからバドミントンのラケットが覗いている。

右利き左利きについて話をした時のことを思い出した。あの時にも加賀は、勿体ぶった台詞を一つ吐いている。

「破壊には必ずメッセージがある。それはどんな事件でもいえることです」

あれはどういう意味でいったものなのか。今度の事件とは関係ないのか。いやそうではないはずだと康正は思った。

だが今回、何か破壊されているものがあるか。電気毛布のコードが切断されている。ほかにはないか。ほかに切断されたもの、壊されたもの、破られたものはないか。そういえば加賀の名刺を破らされたこともあった。それに関する講釈。あれは無関係か。

胸の奥に、ちくりと刺さるものがあった。続いて、急激に目の前の霧が晴れていく手応えがあった。

彼は佃潤一に訊いた。

「電気コードを包丁を使って切ったり、ビニール被膜を削ったりした時、手袋ははめていたのか」

突然思いもよらぬ質問を出されたからか、潤一はやや戸惑いの表情を見せてから、「ええ」と頷いた。

「その後、包丁に園子の指紋をつけておいたのか」

「いえ、そこまではしませんでした。その前に犯行を中止していましたした」

「そういうことか」

包丁には園子の指紋はついていなかった。少なくとも、犯人によってつけられはしなかった。

前に加賀が利き手のことを持ち出した時、たぶん犯人によって包丁につけられた園子の指紋から、犯人は園子と違って右利きであることに気づいたのだろうと康正は考えた。だが今の話では、包丁に指紋はなかったことになる。

ではなぜ加賀は、利き手にこだわったのか。郵便物の破り方から園子を左利きと見抜いたのはいいが、そのことが事件にどう密接に関わってくるのか。

再び名刺を破ったことが思い出された。

数秒後、彼は答えを発見した。

そうか、それで加賀は自殺でないという確信を持っているのだ――。

仮に佃潤一と弓場佳世子のいっていることがすべて正しく、自殺だったとすると、園子が自分の手でしたことが、いくつかある。まずメッセージを書いたカレンダーや写真を焼くこと。次に電気コードを自分の身体につけてタイマーをセットすること。それから睡眠薬を飲み、ベッドに入る。これらの行為の中に、園子以外の人間が無意識にした場合、明らかに本人とは違った痕跡が残る可能性のあるものが存在する。それは利き手にも大いに関係がある。

康正の目が、ある物を探して一瞬さまよった。が、すぐにそれを発見した。それは加賀の腰の横にあった。いつの間にそこに移動したのか、康正はわからなかった。

「すまないが」と康正はいった。「そこにあるゴミ箱を取ってくれないか。その薔薇の絵が描いてあるゴミ箱だ」

聞こえないはずはないのに、加賀はすぐには反応しなかった。それが何らかの意思表示であるように康正には思えた。それでこう続けた。「あるいは、ゴミ箱の中のものを取ってくれてもいい」

今度は加賀も動きを見せた。向こうを向いたまま、左手で億劫《おっくう》そうにゴミ箱の縁を持つと、その場でさかさまにした。そこからは何も落ちてこなかった。

「すでに回収済みということか」康正はいった。

加賀は立ち上がり、康正のほうに身体を向けた。顔つきが、より険しくなっていた。

「まだ答えは出るとはかぎりません」刑事はいった。

「そうだろうな。君にはまだそうとしかいえないかもしれないな。だが答えは出たんだよ。俺はこの目でその瞬間を見ていたんだからな」

康正の言葉に、加賀は大きく息を吸い込んだ。その様子を見て彼は頷いた。

「今の俺の言葉で、君にも答えが得られたわけだ。鑑識に依頼する手間が省けたな」

そして康正は手元のスイッチを見つめた。もはや何も迷うことはなかった。真実は完全に明らかになったのだ。

「どういうことですか」佳世子が声を裏返しにした。

「ちゃんと説明しろっ」潤一が怒鳴った。目が血走っていた。

康正はせせら笑った。

「もうあんたたちは何もいわなくていい。答えは出たんだ」

「どう出たというんだ」

「見ていればわかるさ」康正は両手に持ったスイッチを、ゆっくりと顔の高さまで上げていった。「さあ、生き残るのはどっちかな」

二人の被告は青ざめた。

「待ってください」加賀がいった。

「止めても無駄だ」加賀のほうを見ずに、康正は答えた。

「そういう復讐には何の意味もない」

「君には俺の気持ちはわからんよ。園子は俺の生き甲斐だったんだ」

「だったら」加賀は身を乗り出した。「園子さんと同じ過ちを犯しちゃいけない」

「過ち？」康正は加賀を見返した。「園子がどんな過ちを犯したというんだ。あいつは何も悪くない、何もしていない」

すると加賀は一瞬苦痛そうに顔を歪め、佃潤一や弓場佳世子のほうを見てから康正に目を戻した。

「この二人がなぜ園子さんを殺そうとしたか、わかってますか」

「そんなことはわかってる。二人が結ばれるためには園子が邪魔だったからだ」

「なぜ邪魔だったんですか。この二人が園子さんを裏切って結ばれたとしても、法に問われることはないんですよ」

「三人の間にどういういざこざがあったのかは知らん。興味もない」

「そこが大事なところなんです。園子さんはこの二人の仲を知り、復讐しようとしたんです」

「復讐？　どうやって？」

「弓場佳世子の過去を暴露しようとしたのです」

「弓場の？」

康正は佳世子を見た。彼女は苦痛そうに顔を醜く歪めていた。彼女は明らかに加賀がこれから話す内容を予想しており、それを聞くことによって受ける痛みを、すでに感じ始めているようすだった。

そして佃潤一のほうも、同様の苦しみを味わっているように見えた。

「園子さんが殺される前の火曜日、顔を隠した格好で出かけていったという話をしましたね。どこへ行ったのだと思いますか」

「わからん、どこだったんだ」

「レンタルビデオ屋です」

予想外の答えに康正は少々面食らった。

「……何のために？」

「ビデオを借りるためです」加賀は答えた。「アダルトビデオというやつです」

「冗談を聞いている暇はない」

「冗談ではありませんよ。本当に妹さんは、そういうものを借りているんです」

「どうしてそんなことが君にわかったんだ」

「妹さんが亡くなった後、この部屋にダイレクトメールが届いてたでしょう。あの中に、いかがわしいビデオの通信販売の広告が入ってました。ご存じかどうかはわかりませんが、そういうものが届くのは、レンタルビデオ店でアダルトビデオを借りた実績がある場合が殆どなんです。それで付近のビデオ屋を当たってみたところ、あの日園子さんが行った店が見つかりました。そういうものを借りる女性は珍しいですから、店員も覚えてましたよ。その日彼女が借りたビデオのタイトルも記録に残っていました。それは古い作品で、店員によると、その女優が出演しているのは一本だけだろうということでした。私はこの主演女優に何か関係があるのではないかと考え、一部をプリントアウトして、そのビデオが撮影された頃の園子さんの交友関係を探ってみたわけです。その結果、彼女であることが判明しました」

そういって加賀は寝室の奥にいる女を指した。

彼女は外界を遮断《しやだん》するように、きつく目を閉じていた。若い頃、おそらく軽い気持ちでやった金儲けのことを、今更ながら悔いているのかもしれなかった。

「僕が園子さんに別れ話を持ち出した時、園子さんは僕に佳世子さんの過去を話し、あんな女はあなたにはふさわしくない、というようなことをいいました」潤一がうつむいたままでいった。「それで僕もすごく驚いたんですが、過去は過去だと思い、ふっきることにしたんです。そうしたら園子さんは、もし彼女と結婚したら、僕の両親にビデオを送るといいだして……世間にも公表すると」

「嘘だ。園子がそんなことをいうはずがない」

「本当です。さらに彼女は佳世子さんのことも脅迫していたんです。僕と別れなければ、昔のことを僕にばらすといったそうです。僕がこのことで佳世子さんには何も話していないということを見抜いてたんです」

「嘘だ、でたらめだ」

「和泉さん」加賀がいった。「園子さんが隣の女性からビデオカメラを借りようとしていたことは、あなたも御存じでしょう？　ビデオカメラはカメラとしてだけでなく、デッキとしても使えます。あれはテープをダビングするのが目的だったんですよ」

「しかし結局カメラは借りなかった」

「そうです。ぎりぎりのところで園子さんは気づいたんです。こんな行為は、自分の値打ちを貶《おとし》めるものだとね」加賀は足元に落ちていた便箋の切れ端を拾った。「ここに書いてあります。悪魔に魂を売って、あなたたちの幸せをぶち壊しにできたとしても、私は結局何も得られないのです。後に残るのは、人間としてのプライドも捨てた、惨めな抜け殻だけでしょう——とね。あなたが今そのスイッチを入れることは、悪魔に魂を売ることなんだ。それでは何も解決しない」

加賀の声が、しばし残響となった。

康正は手元を見つめた。二つのスイッチは、掌から滲み出た汗で濡れていた。

彼はもう一度二つのスイッチを顔の高さまで持ち上げた。佃潤一と弓場佳世子の充血した目が、それらに向けられた。彼等は声を出すことさえもできなくなっているようだった。

やがて彼は一方のスイッチを離した。残ったのは、犯人の身体に繋がっているほうだ。

「和泉さんっ」加賀が叫んだ。

康正は加賀を見つめ、それから犯人の顔を凝視した。スイッチに指をかけた。

犯人が絶叫した。犯人でないほうも悲鳴をあげた。

加賀が飛びかかってくるのを横目で感じながら、康正は指先に力を込めた。

体当たりを喰い、康正は床に倒れた。スイッチは彼の手から離れた。それはＯＮになっていた。

加賀が犯人のほうを見た。

ていた。


だが──。

何も起こらなかった。誰も死ななかった。犯人は放心状態で、虚ろな視線を空中に漂わせていた。

犯人の無事を確認してから、加賀は改めて康正を見た。

「スイッチは元々繋がっていない」

康正はぶっきらぼうに答えると、ゆっくり腰を上げた。長らく同じ姿勢をしていたせいか、膝が軋み音をたてた。

加賀が口を真一文字に結んで康正を見ていた。そのまま頭を下げた。「ありがとうございます」

「後はよろしく頼む」

二人の男が狭い室内ですれ違った。康正は自分の靴を履いた。

彼はドアを開けて外に足を踏み出した。風が目に染みた。

園子のことを考えようとした。しかしあれほど愛した妹の顔が、うまく浮かんでこなかった。

少しして、加賀が部屋から出てきた。

「署に連絡しました。ドアチェーンについて、本当のことを話していただけますね」

ああ、と康正は頷いた。

「君は俺が犯人を殺すと思ったのか」

「厳しいことをお訊きになる」刑事は笑った。「信用はしていました。それは本当です」

「まあ、そういうことにしておこう」

スイッチの内部を繋いでおかなかったのは――。

君ともう一度酒を飲みたかったからだといったら、この男はどんな顔をするだろうかと康正は考えた。この想像は、少し彼の心を和ませた。

「意味のないことをしたような気がする」

「どういう意味ですか」

「どちらかが園子を殺した――それさえわかっていれば充分だったのかもしれない」

加賀は何もいわなかった。その代わりに遠くの空を指差した。

「西のほうが暗いですね」

「荒れるかもしれないな」

康正は空を見上げた。涙がこぼれるのを防ぐためでもあった。

●本書は一九九六年六月、小社ノベルスとして刊行され、一九九九年五月に講談社文庫に収録されたものの新装版です。

|著者| 東野圭吾　1958年、大阪府生まれ。大阪府立大学電気工学科卒業後、生産技術エンジニアとして会社勤めの傍ら、ミステリーを執筆。1985年『放課後』（講談社文庫）で第31回江戸川乱歩賞を受賞、専業作家に。1999年『秘密』（文春文庫）で第52回日本推理作家協会賞、2006年『容疑者Xの献身』（文春文庫）で第134回直木賞、第6回本格ミステリ大賞、2012年『ナミヤ雑貨店の奇蹟』（角川文庫）で第7回中央公論文芸賞、2013年『夢幻花』（PHP文芸文庫）で第26回柴田錬三郎賞、2014年『祈りの幕が下りる時』（講談社文庫）で第48回吉川英治文学賞、2019年、出版文化への貢献度の高さで第1回野間出版文化賞を受賞。他の著書に『新参者』『麒麟の翼』『希望の糸』（いずれも講談社文庫）など多数。最新刊は『クスノキの女神』（実業之日本社）。

どちらかが彼女《かのじょ》を殺《ころ》した　新装版《しんそうばん》
東野圭吾《ひがしのけいご》

2023年6月15日第1刷発行
2024年7月10日第10刷発行

発行者――森田浩章
発行所――株式会社　講談社
東京都文京区音羽2-12-21　〒112-8001
電話　出版（03）5395-3510
　　　販売（03）5395-5817
　　　業務（03）5395-3615

Printed in Japan

講談社文庫
定価はカバーに表示してあります

KODANSHA

デザイン―菊地信義
本文データ制作―講談社デジタル製作
印刷――株式会社KPSプロダクツ
製本――株式会社国宝社

ISBN978-4-06-532139-3

講談社文庫刊行の辞

二十一世紀の到来を目睫に望みながら、われわれはいま、人類史上かつて例を見ない巨大な転換期をむかえようとしている。

世界も、日本も、激動の予兆に対する期待とおののきを内に蔵して、未知の時代に歩み入ろうとしている。このときにあたり、創業の人野間清治の「ナショナル・エデュケイター」への志を現代に甦らせようと意図して、われわれはここに古今の文芸作品はいうまでもなく、ひろく人文・社会・自然の諸科学から東西の名著を網羅する、新しい綜合文庫の発刊を決意した。

激動の転換期はまた断絶の時代である。われわれは戦後二十五年間の出版文化のありかたへの深い反省をこめて、この断絶の時代にあえて人間的な持続を求めようとする。いたずらに浮薄な商業主義のあだ花を追い求めることなく、長期にわたって良書に生命をあたえようとつとめるところにしか、今後の出版文化の真の繁栄はあり得ないと信じるからである。

同時にわれわれはこの綜合文庫の刊行を通じて、人文・社会・自然の諸科学が、結局人間の学にほかならないことを立証しようと願っている。かつて知識とは、「汝自身を知る」ことにつきていた。現代社会の瑣末な情報の氾濫のなかから、力強い知識の源泉を掘り起し、技術文明のただなかに、生きた人間の姿を復活させること。それこそわれわれの切なる希求である。

われわれは権威に盲従せず、俗流に媚びることなく、渾然一体となって日本の「草の根」をかたちづくる若く新しい世代の人々に、心をこめてこの新しい綜合文庫をおくり届けたい。それは知識の泉であるとともに感受性のふるさとであり、もっとも有機的に組織され、社会に開かれた万人のための大学をめざしている。大方の支援と協力を衷心より切望してやまない。

一九七一年七月

野間省一

講談社文庫　目録

浜口倫太郎　廃　校　先　生
浜口倫太郎　AI　崩　壊
原田伊織　明治維新という過ち〈日本を滅ぼした吉田松陰と長州テロリスト〉
原田伊織　列強の侵略を防いだ幕臣たち〈続・明治維新という過ち〉
原田伊織　〈明治維新という過ち・完結編〉虚像の西郷隆盛　虚構の明治150年
原田伊織　三流の維新　一流の江戸〈明治は「徳川近代」の模倣に過ぎない〉
葉真中《はまなか》顕《あき》　ブラック・ドッグ
原　雄一　宿　命〈國松警察庁長官を狙撃した男・捜査完結〉
濱野京子　with you《ウィズユー》
橋爪駿輝　ス　ク　ロ　ー　ル
パリュスあや子　隣　人　X
平岩弓枝　花　嫁　の　日
平岩弓枝　はやぶさ新八御用旅(一)〈東海道五十三次〉
平岩弓枝　はやぶさ新八御用旅(二)〈中仙道六十九次〉
平岩弓枝　はやぶさ新八御用旅(三)〈日光例幣使道の殺人〉
平岩弓枝　はやぶさ新八御用旅(四)〈北前船の事件〉
平岩弓枝　はやぶさ新八御用旅(五)〈諏訪の妖狐〉
平岩弓枝　はやぶさ新八御用旅(六)〈紅花染め秘帳〉
平岩弓枝　新装版 はやぶさ新八御用帳(一)〈大奥の恋人〉
平岩弓枝　新装版 はやぶさ新八御用帳(二)〈江戸の海賊〉
平岩弓枝　新装版 はやぶさ新八御用帳(三)〈又右衛門の女房〉
平岩弓枝　新装版 はやぶさ新八御用帳(四)〈鬼勘の娘〉
平岩弓枝　新装版 はやぶさ新八御用帳(五)〈御守殿おたき〉
平岩弓枝　新装版 はやぶさ新八御用帳(六)〈春月の雛〉
平岩弓枝　新装版 はやぶさ新八御用帳(七)〈寒椿の寺〉
平岩弓枝　新装版 はやぶさ新八御用帳(八)〈春怨　根津権現〉
平岩弓枝　新装版 はやぶさ新八御用帳(九)〈王子稲荷の女〉
平岩弓枝　新装版 はやぶさ新八御用帳(十)〈幽霊屋敷の女〉
東野圭吾　放　課　後
東野圭吾　卒　業
東野圭吾　学生街の殺人
東野圭吾　魔　球
東野圭吾　十字屋敷のピエロ
東野圭吾　眠りの森
東野圭吾　宿　命
東野圭吾　変　身
東野圭吾　天使の耳
東野圭吾　ある閉ざされた雪の山荘で
東野圭吾　同　級　生
東野圭吾　名探偵の呪縛
東野圭吾　むかし僕が死んだ家
東野圭吾　虹を操る少年
東野圭吾　パラレルワールド・ラブストーリー
東野圭吾　天空の蜂
東野圭吾　名探偵の掟
東野圭吾　悪　意
東野圭吾　嘘をもうひとつだけ
東野圭吾　赤　い　指
東野圭吾　流星の絆
東野圭吾　新装版 浪花少年探偵団
東野圭吾　新装版 しのぶセンセにサヨナラ
東野圭吾　新　参　者
東野圭吾　麒麟の翼
東野圭吾　パラドックス13
東野圭吾　祈りの幕が下りる時
東野圭吾　危険なビーナス
東野圭吾　時《トキ》生《オ》〈新装版〉

藤本ひとみ　死にふさわしい罪
福井晴敏　亡国のイージス(上)(下)
福井晴敏　終戦のローレライ Ⅰ～Ⅳ
藤原緋沙子　遠　花　火〈見届け人秋月伊織事件帖〉
藤原緋沙子　春《はる》疾《はや》風《て》〈見届け人秋月伊織事件帖〉
藤原緋沙子　暖《ぬく》鳥《どり》〈見届け人秋月伊織事件帖〉
藤原緋沙子　霧　の　路《みち》〈見届け人秋月伊織事件帖〉
藤原緋沙子　鳴《なる》子《こ》守《もり》〈見届け人秋月伊織事件帖〉
藤原緋沙子　夏　ほ　た　る〈見届け人秋月伊織事件帖〉
藤原緋沙子　笛　吹　川〈見届け人秋月伊織事件帖〉
藤原緋沙子　青《せい》嵐《らん》〈見届け人秋月伊織事件帖〉
椹野道流　亡　羊　の　嘆
椹野道流　新装版 暁　天　の　星〈鬼籍通覧〉
椹野道流　新装版 無《む》明《みょう》の　闇〈鬼籍通覧〉
椹野道流　新装版 壺《こ》中《ちゅう》の　天〈鬼籍通覧〉
椹野道流　新装版 隻《せき》手《しゅ》の　声〈鬼籍通覧〉
椹野道流　新装版 禅《ぜん》定《じょう》の　弓〈鬼籍通覧〉
椹野道流　池《ち》魚《ぎょ》の　殃《わざわい》〈鬼籍通覧〉
椹野道流　南《なん》柯《か》の　夢〈鬼籍通覧〉

深水黎一郎　ミステリー・アリーナ
深水黎一郎　マルチエンディング・ミステリー
藤谷　治　花　や　今　宵　の
古市憲寿　働き方は「自分」で決める
船瀬俊介　かんたん「1日1食」!!〈万病が治る！　20歳若返る！〉
藤野可織　ピエタとトランジ
古野まほろ　身元不明《ジェーンドゥ》〈特殊殺人対策官　箱崎ひかり〉
古野まほろ　陰　陽　少　女
古野まほろ　陰　陽　少　女〈妖《よう》刀《とう》村《むら》正《まさ》殺人事件〉
古野まほろ　禁じられたジュリエット
藤崎　翔　時間を止めてみたんだが
藤井邦夫　大江戸閻《えん》魔《ま》帳《ちょう》
藤井邦夫　三　つ　の　顔〈大江戸閻魔帳㈡〉
藤井邦夫　渡　世　人〈大江戸閻魔帳㈢〉
藤井邦夫　笑　う　女〈大江戸閻魔帳㈣〉
藤井邦夫　罰《ばち》当《あた》り〈大江戸閻魔帳㈤〉
藤井邦夫　福　の　神〈大江戸閻魔帳㈥〉
藤井邦夫　野　暮　天〈大江戸閻魔帳㈦〉
藤井邦夫　仇《あだ》討《う》ち異聞〈大江戸閻魔帳㈧〉

福澤徹三　糸《し》柳《やな》寿《とし》昭《あき》　忌《い》み地〈怪談社奇聞録〉
福澤徹三　糸柳寿昭　忌　み　地　弐〈怪談社奇聞録〉
福澤徹三　糸柳寿昭　忌　み　地　惨〈怪談社奇聞録〉
福澤徹三　糸柳寿昭　忌　み　地　屍《し》〈怪談社奇聞録〉
福澤徹三　作　家　ご　は　ん
藤井太洋　ハロー・ワールド
藤野嘉子　60歳からは「小さくする」暮らし〈生き方がラクになる〉
富良野　馨《かおる》　この季節が嘘だとしても
藤井聡太　山中伸弥　前　人　未　到
藤井聡太　丹羽宇一郎　考えて、考えて、考える
伏尾美紀　北緯43度のコールドケース
ブレイディみかこ　ブロークン・ブリテンに聞け〈社会・政治時評クロニクル 2018-2023〉
辺見　庸　抵　抗　論
星　新一　エヌ氏の遊園地
星　新一編　ショートショートの広場 ①～⑨
本田靖春　不　当　逮　捕
保阪正康　昭和史 七つの謎
堀江敏幸　熊　の　敷　石
本格ミステリ作家クラブ編　ベスト本格ミステリ TOP5〈短編傑作選００２〉

講談社文庫　目録

宮内悠介 偶然の聖地
宮乃《みやの》崎桜子《さきさくらこ》 綺《き》羅《ら》の皇女《ひめみこ》(1)
宮乃崎桜子 綺羅の皇女(2)
三國青葉 損料屋見鬼《けんき》控え 1
三國青葉 損料屋見鬼控え 2
三國青葉 損料屋見鬼控え 3
三國青葉 福猫屋〈お佐和のねこだすけ〉
三國青葉 福猫屋〈お佐和のねこかし〉
三國青葉 福猫屋〈お佐和のねこわずらい〉
宮西真冬 誰かが見ている
宮西真冬 首の鎖
宮西真冬 友達未遂
宮西真冬 毎日世界が生きづらい
南 杏子 希望のステージ
嶺里俊介 だいたい本当の奇妙な話
嶺里俊介 ちょっと奇妙な怖い話
溝口 敦 喰うか喰われるか〈私の山口組体験〉
村上 龍 愛と幻想のファシズム(上)(下)
村上 龍 村上龍料理小説集

村上 龍 新装版限りなく透明に近いブルー
村上 龍 新装版コインロッカー・ベイビーズ
村上 龍 歌うクジラ(上)(下)
向田邦子 新装版 眠る盃
向田邦子 新装版 夜中の薔薇
村上春樹 風の歌を聴け
村上春樹 1973年のピンボール
村上春樹 羊をめぐる冒険(上)(下)
村上春樹 カンガルー日和
村上春樹 回転木馬のデッド・ヒート
村上春樹 ノルウェイの森(上)(下)
村上春樹 ダンス・ダンス・ダンス(上)(下)
村上春樹 遠い太鼓
村上春樹 国境の南、太陽の西
村上春樹 やがて哀しき外国語
村上春樹 アンダーグラウンド
村上春樹 スプートニクの恋人
村上春樹 アフターダーク
村上春樹 佐々木マキ絵 羊男のクリスマス

村上春樹 佐々木マキ絵 ふしぎな図書館
村上春樹 糸井重里 夢で会いましょう
村上春樹・文 安西水丸・絵 ふわふわ
U・K・ル=グウィン 村上春樹訳 空飛び猫
U・K・ル=グウィン 村上春樹訳 帰ってきた空飛び猫
U・K・ル=グウィン 村上春樹訳 素晴らしいアレキサンダーと、空飛び猫たち
U・K・ル=グウィン 村上春樹訳 空を駆けるジェーン
T・ファリッシュ著 B・ルート絵 村上春樹訳 ポテト・スープが大好きな猫
村山由佳 天翔る
睦月影郎 密通妻
睦月影郎 快楽アクアリウム
向井万起男 渡る世間は「数字」だらけ
村田沙耶香 授乳
村田沙耶香 マウス
村田沙耶香 星が吸う水
村田沙耶香 殺人出産
村瀬秀信 気がつけばチェーン店ばかりでメシを食べている
村瀬秀信 それでも気がつけばチェーン店ばかりでメシを食べている
村瀬秀信 地方に行っても気がつけばチェーン店ばかりでメシを食べている

虫眼鏡　東海オンエアの動画が6.4倍楽しくなる本〈虫眼鏡の概要欄　クロニクル〉
森村誠一　悪道
森村誠一　悪道　西国謀反
森村誠一　悪道　御三家の刺客
森村誠一　悪道　五右衛門の復讐
森村誠一　悪道　最後の密命
森村誠一　ねこの証明
毛利恒之　月光の夏
森　博嗣　すべてがFになる〈THE PERFECT INSIDER〉
森　博嗣　冷たい密室と博士たち〈DOCTORS IN ISOLATED ROOM〉
森　博嗣　笑わない数学者〈MATHEMATICAL GOODBYE〉
森　博嗣　詩的私的ジャック〈JACK THE POETICAL PRIVATE〉
森　博嗣　封印再度〈WHO INSIDE〉
森　博嗣　幻惑の死と使途〈ILLUSION ACTS LIKE MAGIC〉
森　博嗣　夏のレプリカ〈REPLACEABLE SUMMER〉
森　博嗣　今はもうない〈SWITCH BACK〉
森　博嗣　数奇にして模型〈NUMERICAL MODELS〉
森　博嗣　有限と微小のパン〈THE PERFECT OUTSIDER〉
森　博嗣　黒猫の三角〈Delta in the Darkness〉

森　博嗣　人形式モナリザ〈Shape of Things Human〉
森　博嗣　月は幽咽のデバイス〈The Sound Walks When the Moon Talks〉
森　博嗣　夢・出逢い・魔性〈You May Die in My Show〉
森　博嗣　魔剣天翔〈Cockpit on knife Edge〉
森　博嗣　恋恋蓮歩の演習〈A Sea of Deceits〉
森　博嗣　六人の超音波科学者〈Six Supersonic Scientists〉
森　博嗣　捩れ屋敷の利鈍〈The Riddle in Torsional Nest〉
森　博嗣　朽ちる散る落ちる〈Rot off and Drop away〉
森　博嗣　赤緑黒白〈Red Green Black and White〉
森　博嗣　四季　春～冬
森　博嗣　φ《ファイ》は壊れたね〈PATH CONNECTED φ BROKE〉
森　博嗣　θ《シータ》は遊んでくれたよ〈ANOTHER PLAYMATE θ〉
森　博嗣　τ《タウ》になるまで待って〈PLEASE STAY UNTIL τ〉
森　博嗣　ε《イプシロン》に誓って〈SWEARING ON SOLEMN ε〉
森　博嗣　λ《ラムダ》に歯がない〈λ HAS NO TEETH〉
森　博嗣　η《イータ》なのに夢のよう〈DREAMILY IN SPITE OF η〉
森　博嗣　目薬α《アルファ》で殺菌します〈DISINFECTANT α FOR THE EYES〉
森　博嗣　ジグβ《ベータ》は神ですか〈JIG β KNOWS HEAVEN〉
森　博嗣　キウイγ《ガンマ》は時計仕掛け〈KIWI γ IN CLOCKWORK〉

森　博嗣　χ《カイ》の悲劇〈THE TRAGEDY OF χ〉
森　博嗣　ψ《プサイ》の悲劇〈THE TRAGEDY OF ψ〉
森　博嗣　イナイ×イナイ〈PEEKABOO〉
森　博嗣　キラレ×キラレ〈CUTTHROAT〉
森　博嗣　タカイ×タカイ〈CRUCIFIXION〉
森　博嗣　ムカシ×ムカシ〈REMINISCENCE〉
森　博嗣　サイタ×サイタ〈EXPLOSIVE〉
森　博嗣　ダマシ×ダマシ〈SWINDLER〉
森　博嗣　女王の百年密室〈GOD SAVE THE QUEEN〉
森　博嗣　迷宮百年の睡魔〈LABYRINTH IN ARM OF MORPHEUS〉
森　博嗣　赤目姫の潮解〈LADY SCARLET EYES AND HER DELIQUESCENCE〉
森　博嗣　馬鹿と嘘の弓〈Fool Lie Bow〉
森　博嗣　まどろみ消去〈MISSING UNDER THE MISTLETOE〉
森　博嗣　地球儀のスライス〈A SLICE OF TERRESTRIAL GLOBE〉
森　博嗣　レタス・フライ〈Lettuce Fry〉
森　博嗣　僕は秋子に借りがある I'm in Debt to Akiko〈森博嗣自選短編集〉
森　博嗣　どちらかが魔女 Which is the Witch?〈森博嗣シリーズ短編集〉
森　博嗣　喜嶋先生の静かな世界〈The Silent World of Dr.Kishima〉
森　博嗣　そして二人だけになった〈Until Death Do Us Part〉

講談社文庫　目録

森　博嗣　つぶやきのクリーム〈The cream of the notes〉
森　博嗣　ツンドラモンスーン〈The cream of the notes 4〉
森　博嗣　つぼみ茸《きのこ》ムース〈The cream of the notes 5〉
森　博嗣　つぶさにミルフィーユ〈The cream of the notes 6〉
森　博嗣　月夜のサラサーテ〈The cream of the notes 7〉
森　博嗣　つんつんブラザーズ〈The cream of the notes 8〉
森　博嗣　ツベルクリンムーチョ〈The cream of the notes 9〉
森　博嗣　追懐のコヨーテ〈The cream of the notes 10〉
森　博嗣　積み木シンドローム〈The cream of the notes 11〉
森　博嗣　妻のオンパレード〈The cream of the notes 12〉
森　博嗣　カクレカラクリ〈An Automaton in Long Sleep〉
森　博嗣　DOG&DOLL
森　博嗣　森には森の風が吹く〈My wind blows in my forest〉
森　博嗣　アンチ整理術〈Anti-Organizing Life〉
森　博嗣　原作　萩尾望都　トーマの心臓〈Lost heart for Thoma〉
諸田玲子　森家の討ち入り
森　達也　すべての戦争は自衛から始まる
本谷有希子　腑抜けども、悲しみの愛を見せろ
本谷有希子　江利子と絶対〈本谷有希子文学大全集〉
本谷有希子　あの子の考えることは変
本谷有希子　嵐のピクニック
本谷有希子　自分を好きになる方法
本谷有希子　異類婚姻譚
本谷有希子　静かに、ねぇ、静かに
茂木健一郎　「赤毛のアン」に学ぶ幸福《しあわせ》になる方法
森林原人　セックス幸福論〈偏差値78のAV男優が考える〉
桃戸ハル編・著　5分後に意外な結末〈ベスト・セレクション〉
桃戸ハル編・著　5分後に意外な結末〈ベスト・セレクション　黒の巻・白の巻〉
桃戸ハル編・著　5分後に意外な結末〈ベスト・セレクション　心震える赤の巻〉
桃戸ハル編・著　5分後に意外な結末〈ベスト・セレクション　心弾ける橙の巻〉
桃戸ハル編・著　5分後に意外な結末〈ベスト・セレクション　金の巻〉
桃戸ハル編・著　5分後に意外な結末〈ベスト・セレクション　銀の巻〉
森　功　高倉健〈隠し続けた七つの顔と「謎の養女」〉
森　功　地面師〈他人の土地を売り飛ばす闇の詐欺集団〉
望月麻衣　京都船岡山アストロロジー
望月麻衣　京都船岡山アストロロジー2〈星と創作のアンサンブル〉
望月麻衣　京都船岡山アストロロジー3〈恋のハウスと檸檬色の憂鬱〉
桃《もも》野《の》雑《ざっ》派《ぱ》　老虎残夢
森沢明夫　本が紡いだ五つの奇跡
山田風太郎　甲賀忍法帖〈山田風太郎忍法帖①〉
山田風太郎　伊賀忍法帖〈山田風太郎忍法帖③〉
山田風太郎　忍法八犬伝〈山田風太郎忍法帖④〉
山田風太郎　風来忍法帖〈山田風太郎忍法帖⑪〉
山田風太郎　新装版　戦中派不戦日記
山田正紀　大江戸ミッション・インポッシブル〈顔役を消せ〉
山田正紀　大江戸ミッション・インポッシブル〈幽霊船を奪え〉
山田詠美　晩年の子供
山田詠美　A《エイ》2《トゥ》Z《ズィ》
山田詠美　珠玉の短編
柳家小三治　ま・く・ら
柳家小三治　もひとつま・く・ら
柳家小三治　バ・イ・ク
山口雅也　落語魅捨理《ミステリ》全集〈坊主の愉しみ〉
山本一力　深川黄表紙掛取り帖
山本一力　牡丹酒〈深川黄表紙掛取り帖㈡〉
山本一力　ジョン・マン1　波濤編
山本一力　ジョン・マン2　大洋編

2024年6月14日現在